MARCELINO

GODOFREDO DE OLIVEIRA NETO

MARCELINO

IMAGO

Título Original:
Marcelino

Copyright © Godofredo de Oliveira Neto, 2008

Capa:
Luciana Mello e Monika Mayer

CIP-Brasil. Catalogação-na-fonte
Sindicato Nacional dos Editores de Livros, RJ.

O48m   Oliveira Neto, Godofredo, 1951-
        Marcelino / Godofredo de Oliveira Neto.
      — Rio de Janeiro: Imago, 2008.
       300 pp.

     ISBN 978-85-312-1034-1

    1. Romance brasileiro. I. Título.

08-4480.   CDD — 869.93
                    CDU — 821.134.3(81)-3

Reservados todos os direitos. Nenhuma parte desta obra poderá ser reproduzida por fotocópia, microfilme, processo fotomecânico ou eletrônico sem permissão expressa da Editora. Os direitos morais do autor foram assegurados.

2008

IMAGO EDITORA
Rua da Quitanda, 52/8º andar — Centro
20011-030 — Rio de Janeiro-RJ
Tel.: (21) 2242-0627 — Fax: (21) 2224-8359
E-mail: imago@imagoeditora.com.br
www.imagoeditora.com.br

Impresso no Brasil
Printed in Brazil

*Para Jorgen Schmitt-Jensen, Celso Cunha,
Paul Teyssier e Solange Parvaux,* in memoriam.

"*De que subterrâneos viera eu já, de que torvos caminhos, trôpego de cansaço, as pernas bambaleantes, com a fadiga de um século, recalcando nos tremendos e majestosos Infernos do Orgulho o coração lacerado, ouvindo sempre por toda a parte exclamarem as vãs e vagas bocas: Esperar! Esperar! Esperar! (...) E, abrindo e erguendo em vão os braços desesperados em busca de outros braços que me abrigassem; e, abrindo e erguendo em vão os braços desesperados que já nem mesmo a milenária cruz do Sonhador da Judéia encontravam para repousarem pregados e dilacerados, fui caminhando, caminhando, sempre com um nome estranho convulsamente murmurado nos lábios, um nome augusto que eu encontrara não sei em que Mistério, não sei em que prodígios de Investigação e de Pensamento profundo: — o sagrado nome da Arte, virginal e circundada de loureirais e mirtos e palmas verdes e hosanas, por entre constelações.*"

Cruz e Sousa. "Emparedado".

Agradecimentos
A Cynthia

1

A NOITE VOLTOU, ASSIM, DE REPENTE. O ALARANJADO DO SOL IA surgindo, A Divino Espírito Santo tinha atravessado a linha de arrebentação, Marcelino içado a rústica vela, já quase saíam da baía de Praia do Nego Forro quando a noite toldada voltou, assim, de uma hora para a outra. O clarão insinuante lá atrás da fímbria de água do horizonte se embaciou, nuvens espessas foram encobrindo a brasa nascente. Maneco, em pé, apontava nervoso na direção da barra, Lino, na popa, parou de remar. A Divino recebia no nariz um sopro cada vez mais forte, o mesmo que zunia na sua vela retesada e nas orelhas dos seus dois tripulantes. Maneco olhou firme nos olhos de Marcelino como se dissesse — é melhor a gente voltar, não tem?

Marcelino deu-se conta do perigo e logo reagiu.

— Vamos, vamos, Maneco, rápido, vamos voltar rápido, o rebojo vem forte, quando aparece assim de repente é pior que a pior das lestadas, vamos voltar ligeiro, recolhe a vela, gritou Marcelino para um contramestre atarantado. — Não, não, rema antes, rema pro outro lado, aí, não, nesse lado não, do outro, ainda continuou.

O ajudante fazia que sim com a cabeça. A baleeira, feita de um tronco inteiriço de garapuvu, parecia endoidecida.

— Acho melhor o outro remo, acho melhor o outro remo, repetia Marcelino aos berros, aflito.

Maneco, equilibrando o material na Divino, respondia que não com o dedo em movimentos nervosos.

— Tem muito peso de um lado só, larga o remo, espalha as coisas, homem, ordenava enérgico um Marcelino cada vez mais lívido.

O contramestre Maneco, filho mudo e temporão do velho arrais Chico Tainha, mal e mal se equilibrando, ia esticando a rede amontoada na frente da baleeira, voltava para o remo, levantava, remava de novo.

A embarcação, arrojada pela ventania, saía da baía de Praia do Nego Forro. O vento aumentava. As rajadas balançavam o tronco de garapuvu. A Divino tremia. As luzes ainda acesas nas duas extremidades de Praia do Nego Forro — uma delas era da casa do senador, a Villa Faial, a outra da venda do seu Ézio — tremeluziam.

— Cuidado, Maneco, bota tento, as ondas tão vindo de todo lado, bradava, já rouco, Marcelino. — Deixa que eu recolho a vela, vai remando com força, insistia.

Maneco agitava-se, remava, arrumava as tralhas com os pés, ajeitava a trouxa com o farnel, respirava ruidosamente, apiançado. Mas vogava com firmeza.

As lufadas batiam violentas ora no bojo, ora no beque, ora na proa. A procela bramia. A Divino Espírito Santo passou a voar em círculos por sobre respingos e espumas salgadas.

— Não deixa rebojar, Maneco, rema do outro lado, embica na direção do seu Ézio, do outro lado, Maneco, do outro lado, a gente tá entrando no redemoinho, o Sete-Cuias hoje tá desgraçado, deixa que eu remo desse lado, vociferava o mestre da Divino Espírito Santo para o seu assistente.

As poucas e distantes luzes de Praia do Nego Forro também se revezavam. Numa remada postavam-se à direita, logo apareciam à esquerda. O garapuvu rodava indiferente ao esforço do remo e do leme de Marcelino e de Maneco.

— Vai tirando a água de dentro, ordenava o mestre.

Fuzis cortavam os céus e entranhavam-se no mar. Trovões estouravam. Começou a chover fino.

Maneco volta e meia se acocorava e enfiava a mão entre os sarrafos do paneiro. A figa contra o mau-olhado continuava lá, debaixo do tablado, no fundo da canoa onde se debateriam e amontoariam os peixes fisgados.

2

ERA HORA DE LEVANTAR. ELA SABIA. A CIDADE DO RIO DE JANEIRO ainda ressonava, a rua Paissandu estava silenciosa e às escuras. Dormira pouco. O jantar dos pais com os dois ministros e esposas, além do speaker do Repórter Esso, tinha sido barulhento. O som de Beethoven e de Wagner intercalado por *O teu cabelo não nega*, de Lamartine Babo, estendeu-se noite adentro. Ouvia-se tudo do quarto. A conversa sempre girava em torno do Presidente — Getúlio isso, Getúlio aquilo. A guerra chegava ao continente americano; submarinos alemães rondavam a refinaria de petróleo da Standard Oil, na ilha de Aruba, em frente à costa da Venezuela. Os convidados fizeram referência à diplomacia brasileira, exaltaram a ação do "Rosa em Hamburgo" e o desprendimento e a dedicação da esposa de um jovem diplomata em Nápoles. A dona da casa elogiou a apresentação de Duke Ellington, que vira pessoalmente em janeiro de 38 no Carnegie Hall, em Nova York. O speaker fez referência à qualidade das imagens emitidas através de aparelhos que a Rússia estava testando há quatro anos, mais sofisticadas, segundo informações do serviço secreto inglês, que a "television" que a BBC inaugurara em Londres em 36. Essa imagem a distância ia acabar substituindo o rádio?, perguntou alguém. Fizeram ainda comentários sobre a violenta intervenção do Departamento de Imprensa e Propaganda no jornal *O Estado de São Paulo*. O jornal *O Globo*, do Rio de Janeiro, exigia liberdade de expressão. Um dos convidados ao jantar era amigo de colégio do sergipano Lourival Fontes, diretor do DIP. Ia ver o que era possível fazer para contornar a situação.

Às oito e meia o navio Carl Hoepcke zarparia para o sul. "É a última vez que vou para Praia do Nego Forro, a última, meus pais têm que entender, já estou farta. O que que tem para fazer lá? Nada! Marcelino pescando, uns capinando, outros cozinhando, mais outros bebendo, outro ainda contando histórias, e por aí afora. Nem rapaz de verdade tem lá! O que que a Charlotte ia dizer se me visse lá zanzando como uma barata tonta sem ter o que fazer e comendo batata-doce com melado?", ela refletia, amofinada. Ainda deitada, a filha do senador, orgulhosa dos seus dezenove anos festejados há pouco tempo, agitava-se nos lençóis de cretone inglês alternando enfado e desejos.

Charlotte, filha do ministro da Justiça interino, de mãe francesa, era sua colega de turma no colégio, a única a lhe fazer sombra. Ambas ingressariam (com a escolaridade atrasada) na Faculdade de Filosofia da Universidade do Brasil dentro de alguns meses. "Mas vai ver que ela até ia gostar do Marcelino, a sabida. Talvez até combinassem uma troca interessante."

Ela imaginou então com detalhes a cena da amiga em Praia do Nego Forro. Do rádio da copa saía baixinho a voz de Francisco Alves interpretando a música "Canta Brasil". Ouvia-se barulho de louça na pia da cozinha.

Charlotte ajoelhou-se, quase sentada na mureta de areia. De onde estavam era impossível serem vistos da Villa Faial ou da venda do seu Ézio. Charlotte olhou Lino Voador nos olhos e, lentamente, com as duas mãos, o polegar enfiado dentro do short de algodão, foi empurrando para baixo o tecido apertado, que resistia à pressão das ancas. Marcelino parecia respirar com dificuldade. Acordou com a ordem:

— Você também tem que começar, Lino!

Ele, assim, levou mecanicamente as mãos às roupas imitando a jovem. Ela mantinha o movimento, a pele alva ia surgindo, Charlotte sorria, mas era mesmo sorriso?

— Continua, ela teimou, senão não tem brincadeira.

— Mas você tinha concordado em abaixar primeiro.

— É, mas você também já podia ir começando com mais vontade.

— Você primeiro.

— Tá, Lino, tá.

A jovem prosseguiu a lenta descida das duas peças de algodão. O short verde-musgo e azul-marinho quadriculado ganhara por trás uma terceira cor, de um rosa bem claro, que se enrolava sob dedos lascivos e exibicionistas.

Marcelino sentiu uma pontada nas costas, a mesma que prenunciava a sensação profunda e impetuosa de sempre.

— Vamos, Marcelino, sou só eu que estou fazendo o combinado, vamos, ela insistiu.

Charlotte estava visivelmente assustada e irritada. E impaciente. O algodão cor-de-rosa já tomara a primeira posição no cingir dos tecidos. Os pêlos pubianos iam aparecendo, devagar, Charlotte olhava as águas do rio encontrando o mar, o olhar meio de soslaio, agora como envergonhada. Ela parecia já não exigir a contrapartida de Marcelino, que tinha os olhos penetrados na penugem dourada crescendo de mais em mais sob os tecidos e acariciada pelos raios oblíquos do sol de fim de tarde. Raios que refletiam o mel que ele imaginava estivesse saindo pouco mais abaixo e que, com certeza, contribuíam para aquela coloração lembrando os cabelos de uma espiga de milho verde. De novo a pergunta de Charlotte:

— E você, Lino Voador?

Marcelino, então, continuou o mesmo gesto. A descida do seu short azul-marinho encontrava forte oposição em carnes rígidas, duras e pontudas afagadas pelo olhar agora hirto de Charlotte naquela parte do corpo esguio, moreno e musculoso do pescador nego-forrense. Os pêlos de Marcelino, negros e lisos, iam surgindo provocantes. Os fios dourados de Charlotte também se adensavam cada vez mais. O movimento lento acusava a hesitação dos dois protagonistas. O olhar da jovem mantinha-se cravado no short de Marcelino. Um jorro de músculos duros ia escapulir daquela peça de algodão grosseiro. Ela desceu um pouco mais o rolo cor-de-rosa. Pétalas róseas, de relevos irregulares, desabrochavam lentas, espremidas pelos panos.

A cena de Charlotte e Marcelino ela a imaginava com minúcias sob o frêmito da dissolução, ainda sonada e estirada na cama, enquanto seus dedos percorriam partes febris do corpo jovem e cúpido. Golfadas de prazer estavam prestes a arrebentar, a sensibilidade acalmava um pouco, cedia, logo a ponta dos dedos voltava a acariciar saliências íntimas em movimentos circulares, pressionava, alisava com volúpia, o movimento se espessava, a jovem tremia. E súbito a sensação facultada, consentida, libertada, nos olhos verdes o rodopio de imagens ansiadas, alternância de corpos, olhares, sexos. Charlotte expulsa, o prazer envolto nos lençóis ingleses só para ela. E uma vez mais o fôlego retomado, o prazer suplicante e autoritário se insinuando tal frágeis e descoloridos brotos da quaresmeira prenunciando o roxo vivo de corola ardente, o movimento circular no relevo molhado e pegajoso. Desta vez a expectativa da voluptuosidade liberta foi bruscamente frustrada pelo chamado do pai. O auto já estava estacionado à porta da Paissandu 71, no bairro do Flamengo, à espera da família do senador. Direção Praça Mauá, navio Carl Hoepcke, destino Florianópolis. O rádio da copa tocava agora, sempre baixinho, "Moonlight Serenade". Glenn Miller se esmerava no trombone. Sibila, trauteando a melodia, calçou indolente os chinelos de cetim cor-de-rosa.

3

O PAMPEIRO ASSOBIAVA NAS VENTAS E NOS OUVIDOS DOS DOIS pescadores e vomitava água na palamenta espalhada na barriga da Divino Espírito Santo. Maneco, tragueado, virava-se de um lado para outro e, tal danaide ébria, tentava com uma grande cuia esvaziar o mar acumulado no encovado da canoa. A embarcação caturrava.

O dia tentava trespassar a cortina de nuvem. Marcelino largara a cana do leme e remava compulsivamente, já não alternava o lado, vogava agora sempre do mesmo bordo, como a dar mais impulso ao girar. Maneco fitou o companheiro, entendeu a manobra e continuou a sua faina.

O tronco de garapuvu pendendo para um lado seguia rodando, o vento silvando, a grande enseada de Praia do Nego Forro borrifando com gotas gigantescas as feições crispadas e soturnas dos pescadores.

O rodopio continuou por algum tempo, assustador. Os dois tripulantes mareados.

— Me ajuda a remar do mesmo lado, Maneco, temos que sair da roda, ordenou Marcelino, extenuado, a voz rouca.

Maneco obedeceu. A velocidade da embarcação aumentou ainda mais. A Villa Faial e a venda do seu Ézio apareceram três ou quatro vezes, ora do lado esquerdo, ora do direito, até que a quilha da Divino Espírito Santo ultrapassou num farfalho espúmeo o círculo do redemoinho e, empurrada pelo bojo, logo pela popa, a baleeira foi cuspida, num safanão, fora do vórtice.

O timoneiro e o contramestre se olharam.

— Agora vamos pro outro lado, Maneco, me ajuda a remar, camba pro costão grande, pras bandas da casa do senador, na direção da croa.

O banco de areia estava encoberto pelo mar encrespado, mas os marinheiros conheciam bem a sua posição, por ali, na entrada da baía de Praia do Nego Forro, mais para o lado do costão grande.

O vento continuava a soprar com energia. As ondas se mantinham vigorosas. As rajadas, no entanto, passaram a vir com regularidade do Sul, o que facilitava a navegação. Passou a chover forte. A venda do seu Ézio e a casa do doutor Nazareno desapareceram mergulhadas no temporal. Os dois companheiros continuavam remando compulsivamente.

— O cacau veio tarde, Maneco, já estamos molhados até as espinhas, até as espinhas, ainda zombou Marcelino, mais aliviado com a uniformidade do vento.

Nesse exato momento, bem na hora em que ele acabava de repetir "até as espinhas", a Divino Espírito Santo levou um tranco na proa. Foi como um tapa gigantesco que tivesse acertado exatamente na madeira pregada na parte da frente da quilha, usada para evitar o desgaste do garapuvu, onde o atrito com as ondas era maior. O vagalhão desparelhado e inesperado — empuxado por lestada curta e solitária — que bateu na subsão da quilha levantou a proa da Divino Espírito Santo a altura tal que, na volta, a canoa, desequilibrada, tombou do lado esquerdo. Mas o garapuvu, leve e de grande flutuabilidade, se endireitou. Espinhéis, garatéias, a tarrafa, a rede, remos, cabaças, puças, a verga de bambu, tralhas com bóias, iscas e a trouxa com cuscuz de farinha de milho espalharam-se na água em volta da embarcação. Marcelino conseguiu segurar-se no banco da vela, Maneco se equilibrou como pôde, agadanhado nas bordas da Divino.

Mantiveram-se ambos imóveis por alguns segundos, temerosos de uma nova onda traiçoeira. As albitanas da rede tinham prendido no capelo da canoa. Marcelino foi o primeiro a reagir.

— Salva a rede, Maneco, puxa pra dentro, a malineza do Demo ficou na metade.

Marcelino segurava o leme com força.

— O leme tá diferente, Maneco, tá diferente, deu algum problema, puxa a rede, puxa a rede.

Maneco, se aprumando na madeira azul, trêmulo, desprendeu as malhas da ponta do beque e, lentamente, foi puxando a pesada rede para o interior da canoa. No final da tarefa encontrou tempo para apertar a figa. Ela ainda estava lá, fagueira. Ele fez o sinal-da-cruz, Marcelino o imitou. O barco ondeou solto, arrastado, brinquedo de ventos e águas, por quase uma hora. Gaivotas barulhentas libravam-se nas asas pontiagudas sobre os dois pescadores malogrados.

4

NESSE SÁBADO NÃO HOUVE PESCA PARA QUASE NINGUÉM. SÓ MESTRE Janjão conseguiu parte de uma pequena manta de tainhas e uma dezena de linguados. A Divino Espírito Santo, sem remos, sem mantimentos e material de pesca, o leme avariado, foi rebocada até a praia por um barco atuneiro de São Francisco do Sul. Outras embarcações também passaram por maus momentos. Uma baleeira — do mestre Abelardo — se estraçalhou contra os rochedos do costão de Itapema; uma canoa se refugiou nos Ratones; um pescador apareceu na praia dos Ingleses vomitando água, dois outros na ponta das Canas quase desmaiados; uma baleeira encalhou emborcada em Cachoeira do Bom Jesus. Os marujos do mestre Abelardo, sentindo o perigo, tinham se jogado na água e foram salvos por um navio da salga de Itajaí. Um barco de passageiros foi jogado nas areias da praia da Guarda do Embaú, um marujo e duas crianças se machucaram.

Não houve mortos. Para o padre Arlindo, da capela de Praia do Nego Forro, onde se realizou missa em ação de graças, foi um milagre. Até dona Ednéia, professora da escola primária Luiz Delfino, da vizinha Santo Antônio de Lisboa e moradora de Nego Forro, veio engrossar o coro, as rezas e as testas rociadas de água benta em agradecimento a Deus. Chico Tainha, pai de Maneco, o companheiro mudo de Marcelino, tostado do sol e com um largo bigode louro, afagava no adro da capela os cabelos do filho salvo das águas, beijava-lhe as mãos, cerrava-o ao peito. Maneco, de baixa estatura, atarracado, de cabelos negros encaracolados e pele cor de catuto, sorria constrangido.

Dona Ednéia, na saída do ofício religioso, entre conversas sobre greves no porto de Itajaí, submarinos que ameaçavam barcos brasileiros, racionamento de gasolina e escassez de alguns gêneros alimentícios, não cessava de relembrar seu aluno, "menino bonito, comprido, pele cor de canela escura, cabelos negros escorridos, nariz fino, olhos grandes e aquilinos".

— Me lembro sempre do Marcelino. Ele foi até o terceiro ano, se a avó não tivesse morrido conseguia acabar pelo menos o curso preliminar, um dos melhores alunos, asseado e aplicado, muito inteligente, de temperamento diamantino. O avô foi escravo e depois trabalhou para o coronel Laurindo, o dono do clube açoriano inteiro, ali da Trindade, o avô veio lá das bandas de Hamônia. A avó, dona Chiquinha, era meio índia daquele fim de mundo ainda mais pra cima, lá pro alto da serra. Vieram pra cá fugidos do posto dos índios. Marcelino não conheceu nem pai nem mãe, pai conhecido não tinha mesmo, a mãe morreu parindo, a certidão de nascimento dele está errada, ele é um ano mais velho do que consta no papel. Naquela época a dona Chiquinha era muito pobre, a chupeta dele era um nó de pano com açúcar, eu mesma vi, nem sei como ele conseguiu manter essa dentição tão perfeita, açúcar dá cárie, eu li no boletim do Ministério que chega à escola. A vida dele é a vida de muita gente neste país. Ele é um Cruz e Sousa dos mares.

— Há quem diga que ele é filho do próprio coronel Laurindo, que na época tinha força no Serviço de Proteção aos Índios e ia muito para Hamônia, atalhou uma moradora de Cacupé.

Dona Ednéia não pareceu ter ouvido a observação. Continuou as suas explicações.

— Ele veio com os velhos ainda nenenzinho. Marcelino Alves Nanmbrá dos Santos, nunca esqueci o nome dele, dizia que Nanmbrá tinha que ser escrito separado, Nan-mbra, erraram no cartório. Era de pouca fala, quase sempre quieto num canto. É bom rapaz, todo mundo diz bom pescador, mas as pessoas falam que ele é de poucas palavras, então continua o mesmo, igualzinho ao que era antes. Ele não se libertou pra valer, não saiu bem da casca do ovo, tá preso a alguma coisa por dentro dele, não sei, mas um dia vai se soltar, vai encontrar a sua liberdade.

A professora se aproximou de Marcelino já no períbolo, sob o copado flamboyant em plena floração que crescia entre duas soberbas palmeiras, seculares e fiéis atalaias da capela. O rubor exaltado das flores adereçava trechos do céu e das águas da enseada.

Os dois conversaram. O sol brilhava com intensidade, a capela alvaiada fulgia, a placidez da enseada de Praia do Nego Forro lembrava a lagoa da Conceição. Gaivotas com pios chorosos circunvoavam sobre restos de peixes abandonados na areia.

— Deus te abençoe, meu filho.

— A bênção, dona Ednéia.

— Deus te ajudou no mar, meu filho. Reza e agradece nesta noite, antes de dormir.

— Vou rezar sim, dona Ednéia.

— Quantos anos você tem agora, dezoito, dezenove?

— Vou fazer dezenove, dezoito no papel, daqui a um mês e pouco.

— Te cuida então, Marcelino Alves Nanmbrá dos Santos, Nan-mbra separado, eu me lembro, te cuida, pescador. Dizem que você está se tornando um profissional de mão-cheia, mas não esqueça que todos nós ainda temos muito que aprender, sempre. E o mar tem os seus segredos. Te cuida, então, pescador, não facilita!

— Sim senhora, dona Ednéia, sim senhora, obrigado.

— E quando der vai até a Matriz do Desterro, te ajoelha diante de Santa Catarina de Alexandria, ela é a Padroeira da nossa Ilha.

— Eu já fui na Matriz várias vezes com a vó Chiquinha, até toquei no burrinho da Sagrada Família fugindo para o Egito.

— Que bom, Marcelino, que bom!

As lições da professora — ela de óculos de grau, um eterno coque nos cabelos, pele muito branca, magra, sempre com um giz na mão e olhando firme para os alunos — ecoavam por toda a escola, não tinha como escapar. Badalavam como a sineta do padre Arlindo arrebanhando fiéis para a missa dos domingos. Agora era a mesma coisa. A lição rangia tal o carro de boi carregado de ramas de aipim que passava ronceiro, puxado pelo boi brasino do seu Manuel na estradinha atrás da capela. Dessa vez também o "te cuida" acompanhou o aluno. A calça desbotada marrom-escura e os sapatos pretos, o traje de domingo de Marcelino, pareciam-lhe hoje particularmente desconfortáveis. Algo lhe inoculara uma estranha sensação de desassossego. A vó Chiquinha bem que poderia estar com ele ali naquele momento. À noite Marcelino custou a pegar no sono. O peito confrangido era estreito para o resfolegar descompassado. Vontade de mergulhar nas pedras da ilha do Arvoredo e ver as arraias voando devagar dentro da água, olhar os peixes na ilha do forte de Santa Cruz de Anhatomirim. O mar todo para ele. "O mar é como eu, dona Ditinha. Derruba casas e canoas feitas de areia na praia, constrói outras sozinho, leva e traz barcos, está sempre mudando, como eu." Dona Ditinha, a mulher do falecido oleiro de Nego Forro, pareceu entendê-lo na saída da capela.

A tempestade desabrida já no primeiro mês do ano foi o assunto mais importante no domingo entre os jogadores da rinha de galo e de canários de briga, aonde Marcelino sempre ia após a missa, e no armazém "Porto Santo da Madeira", do seu Ézio. Alguém também lembrou que uma traineira tinha visto um submarino perto da praia do Moçambique, no outro lado da ilha.

5

A PASSAGEIRA SOLITÁRIA SENTADA NO BANCO DA FRENTE DO BONDE Cinelândia-Copacabana ia pensativa. A paisagem do Rio de Janeiro se exibia como uma cena de cinema. "Todas essas palmeiras imperiais, esses cafés, tantas confeitarias, essas fiambrerias, reclames, Pharmácia Azambuja, Leite de Colônia, Dentifrício Odol, Armazéns Triumpho. Essas faíscas relampejantes, esse sacolejo, essas rodas de aço puxando e empurrando sempre a gente para o ponto final. Ferro com ferro, limpinho. Aço frio redondo e brilhante sangrando os trilhos luzidios com ruídos férreos regularmente metálicos, portando uma carcaça amarela, verde outras vezes." O pensamento da mulher foi suspenso por uma revoada de pombos que pousaram com estardalhaço sobre a marquise de um prédio da rua Paissandu. Ela logo voltou aos seus devaneios. "Alguns passageiros com as pernas de fora. O barulhinho da alavanca puxada pelo motorneiro, o cobrador passando, uma cáfila de cédulas enfiada entre os dedos, as moedas numa ensebada bolsa de couro marrom. A pecúnia e as gentes do Brasil nas mãos negras e à sombra das palas dos bonés da Tramway Company do Rio de Janeiro. Sim senhor!"

O sinal fechado. De uma janela da casa ao lado ouvia-se "Otelo", de Verdi. A passageira cantou junto, baixinho.

"O ruído regular do motor do Studebaker verde-escuro retido ao lado do bonde. O chofer com o dedão da mão direita na algibeira, de onde administra o tempo o provável Patek-Philippe atado pela corrente de ouro. O guarda, luvas brancas, imperador imperando o seu império esquina das ruas Paissandu com Praia do Flamengo, braços abertos, Jesus negro em cruz, orgulhoso.

— Agora ninguém passa, ninguém passa, minha gente, ninguém passa!
— Sim senhor, seu guarda!
— Aqui nesse cruzamento do Rio de Janeiro e do Brasil mando eu, senhoras e senhores, mando eu!

O apito na boca e as pupilas africanas cravadas em linhos e sedas de janotas impacientes e moçoilas despreocupadas, com o feminino pescoço pálido sucurianamente envolto em pérolas trazidas do oceano Índico — provável herança de maquias desonestas de séculos coloniais — para enlear róseos colos europeus transportados para os trópicos. Mas acho que tudo vai mudar. O pequeno mas influente lado podre do governo Getúlio tem que ser extirpado. Basta eliminar fisicamente certas pessoas. Alguém que tenha coragem de entrar no Palácio do Catete e atirar em algum graúdo e pronto. Um Odin de cabelos negros, lindo como um atahualpa comandado por um uirapuru harmonioso, e eu o tranqüilizando:

— Relaxa, guardião de peixes, sereias e pássaros coloridos, relaxa, tudo vai dar certo.

Talvez o guarda de trânsito até acabe por desconfiar que está sofrendo um salvador, o herói salvador, sim senhor, hein, seu guarda? O poder mestiço mandando no Brasil, hein? Quem diria! Meu Deus! A retenção nessa esquina do Distrito Federal vai durar quanto tempo?"

O bonde e o Studebaker verde — a que vieram se juntar um Chevrolet preto, com as letras Styleline prateadas brilhando, e um Packard cinza-escuro com motor barulhento — continuavam parados diante dos braços estendidos do guarda. Uma mulher sentada ao lado lia uma revista em inglês. As cenas em volta continuavam passando.

"O motorneiro imóvel. O chofer do Chevrolet impávido, cara de endinheirado, com o olhar perdido se alternando entre as montanhas do outro lado da baía de Guanabara e o Pão de Açúcar. Os dedos tamborilando no impecável banco de couro marrom debruado com botões dourados, dá para ver daqui de cima do bonde. Parece rico, comerciante, quem sabe dono de grande mercearia, importador de castanhas, nozes e avelãs, bacalhau? Vai ver simplesmente alfaiate dos ricos do Rio de Janeiro."

Um menino puxando um pastor alemão pela coleira atraiu a atenção dos viajantes e interrompeu a mulher ensimesmada. O cão ladrava e tentava pular sobre os ombros da criança, que gargalhava desbragadamente.

Finda a travessia da rua pela dupla brincalhona, a passageira do banco da frente mergulhou de novo nos seus voluteios. A leitora da revista em inglês ao lado voltou os olhos às páginas.

"Meu Deus, quanto tempo vai durar esse gesto do guarda? Horas? E ainda por cima agora esse bonde, o taioba Humaitá–Passeio, passageiros com certeza pobres, trouxas e pacotes no colo, bonde mulato fechado passando devagarinho ao longo da avenida. Se o Odin de cabelos negros escorridos estivesse aqui poderia alçar penas, fazer-se ao vento como aquelas gaivotas voando em círculos por cima do barco pescando sardinhas em frente à praia da Glória."

O rodopio teatral do guarda e a inversão da cruz negra soltou o trânsito e os sonhos da viajante solitária.

6

O CHOFER DA CAMINHONETE DODGE DE SANTO ANTÔNIO DE LISBOA, que vinha toda as tardes recolher o pescado das canoas de Praia do Nego Forro, estacionou o veículo enlameado na grama da entrada do cemitério, ao lado da capela onde se realizava a missa dominical, e gritou de dentro do carro:

— Ainda bem que você se salvou da tempestade, ô Lino!

Dona Ednéia falava com Martinha, filha do meio do seu Ézio, a maioria dos fiéis já se fora.

— O senador vai ficar contente, Marcelino — seguiu comentando o chofer, já no descampado, vestido de azul, a extrema magreza disfarçada sob roupas folgadas, a cabeça pequena se equilibrando mal no alto do pescoço. Ele apoiou a mão direita no ombro do pescador e ainda detalhou: — A família chegou toda anteontem do Rio de Janeiro pelo Hoepcke, já estive com eles. O senador pediu notícias sobre o atacante Saul, do Avaí Futebol Clube e sobre os Moritz, jogadores do Figueirense. Quer chamar todos na casa dele com os dirigentes para uma homenagem. Pensa organizar um jogo no Campo da Liga para o presidente Getúlio Vargas. O velho também perguntou por você, quer que você vá lá amanhã de tardezinha brincar com as crianças e falar de peixes e pássaros. Vendi um lote de linguado dos grandes pra ele, o bicho ficou contente, bem dizer dei, porque vendi pelo mesmo preço que comprei do Janjão, sabe como é, senador é senador. Ele também quer ostras, pediu para a Bertilha temperar elas com limão-galego daqui da ilha.

— Eu sei, Aveleza, eu sei, a Bertilha me avisou da chegada do doutor Nazareno, sei que já tá lá trabalhando, e vi as janelas abertas e o carro chegando, explicou Marcelino, paciente, fixando o olhar no singelo império de madeira construído em homenagem ao Espírito Santo ao lado da capela.

— Mas vai, Lino, o senador insistiu, dona Emma também.

— Vou, vou, amanhã de tardinha.

— E avisa pro pessoal que o Brasil vai romper relações diplomáticas com a Itália, a Alemanha e o Japão, ouvimos o presidente fazendo ameaças ontem no rádio. Agora mesmo é que vai faltar gasolina e comida, o gasogênio vai durar muito tempo, ainda explicou o motorista de Santo Antônio de Lisboa.

Após palavras curtas e gestos carolas com o padre Arlindo, Aveleza acendeu um cigarro, voltou ao carro com a inscrição "Salga de peixes Funchal" nas duas portas dianteiras, buzinou com estridência e arrancou com ostentatório ruído de motor e extravagante derrapar de rodas no macadame do pátio da capela.

Marcelino comprou parte do material da sua canoa perdido no mar no depósito do Maximiniano. Muita coisa lhe foi dada pela viúva Anita. A tarrafa foi a mais cara, a antiga era do que melhor havia por ali, perdeu-se na água. Maximiniano facilitou o pagamento em quatro vezes de uma igual. Sorte ainda que o Maneco tinha conseguido puxar a rede grande para dentro.

Naquele mesmo dia à noitinha a Divino Espírito Santo, conquanto entorpecida e extenuada, estava aparelhada para lanhar novamente de madrugada a enseada de Praia do Nego Forro e o aleive do oceano.

No domingo Lino pensava até fazer um passeio, após a costumeira visita ao túmulo da vó Chiquinha e a troca das flores — rosas brancas, de que a avó tanto gostava — no pequeno vaso de xaxim. Às vezes ele ia contar as baleias lá para os lados de Imbituba. A Divino era cumprimentada por caudas e dorsos monumentais — seis, sete, oito, uma vez contou dez — que desapareciam e surgiam abruptamente. Lino sorria para aqueles enormes peixes que dona Ednéia chamava de mamíferos marinhos. As baleias retribuíam com chamados fraternos. Certa vez viu uma fêmea com um filhote na praia do Moçambique. Lino quase conseguiu acariciar-lhes a cabeça, a Divino navegou ao lado dos animais durante mais de uma hora. Soube alguns dias mais tarde que ambos, mãe e filhote, acabaram arpoados por pescadores da Armação dos Ganchos. Também já acompanhara por um bom tempo os trejeitos de um casal perto da ilha de Anhatomirim num dia chuvoso e escuro.

7

MARCELINO ENTROU NOS JARDINS DA VILLA FAIAL — DEVIAM SER TRÊS horas da tarde, a pesca tinha sido boa — com olhos de boi laçado, calado, os pés descalços, de short, a camisa azul desbotada pelo sol e pelo sal avivando o corpo moreno esguio e forte tisnado ao sol adusto. Trazia quatro grandes lagostas numa cesta de cipó. O senador não estava, fora ao palácio do governo na praça XV, só as mulheres e as crianças no gramado, dona Emma nos seus aposentos no segundo andar. A grande construção, pintada de um amarelo ocreado com venezianas e portas brancas e acairelada de pedras de cantaria, sempre atemorizava. O cheiro, as cores, o mobiliário do jardim.

A governanta e Bertilha, conhecida cozinheira do interior das terras de Santo Antônio de Lisboa que trabalhava na Villa Faial durante as férias da família carioca, se aproximaram, sorridentes.

— Bom dia, Lino Voador, como vai?

O sorriso da governanta foi franco, o aperto de mão demorado, o olhar fixo. Bertilha, vestida com um guarda-pó azul-marinho quase da cor da sua pele arrastando nos pés, corpulenta, segurou a cesta de cipó. As crianças se aproximaram: Pedrinho, filho do senador, de nove anos, um primo, mais um amigo, todos com a mesma idade, e a filha Sibila, já moça. As crianças relembraram das brincadeiras do ano anterior e queriam repetir as encenações. Marcelino tinha sido o mais importante personagem, até de cavalo ele serviu daquela vez correndo com Pedrinho.

— A gente quer que você brinque de novo, Marcelino, propôs um dos meninos.

— Eu sei, eu sei, o Aveleza da caminhonete me falou, respondeu Marcelino em voz baixa.

Todos pareciam iguais ao ano anterior, o mesmo rosto rosado, os mesmos cabelos finos e lisos, as mesmas roupas engomadas, só que mais altos. Estranho. Marcelino na verdade não teve muito tempo para se deter e observar, pois, subitamente, foi puxado pela governanta.

— Aqui, aqui, fica em pé aqui junto da Sibila, ordenou Eve.

Ela deu uma parada e emendou:

— Puxa, como você cresceu, Marcelino!

Olhando para os meninos, ainda disse em tom enérgico:

— Crianças, vocês aí, por aqui, em fila, vamos já.

O gramado da Villa Faial virava uma mistura de pátio de escola e parque de diversões. Lino, já sem camisa, como costumava passar os dias no verão, esperava o início do jogo ao lado de Sibila, manifestamente enfadada com a idéia.

— É só por causa do Pedrinho, ele gosta de brincar, mas acho uma chatice essa coisa de criança, e você?

A pergunta de Sibila vinha vazada em tom de cumplicidade.

— Não sei, pra mim tanto faz.

— Você cresceu muito desde o ano passado, Lino, ficou forte, fez ginástica?

Sibila tinha no rosto a ardentia de certos seres marinhos. A luminescência da jovem ganhava do sol que, ainda assim, tentava sufocá-la.

— Fiz o quê?, perguntou Lino, surpreso.

— Ginástica, porque eu faço num clube perto da minha casa, o Fluminense, insistiu a filha do senador.

— Eu não, eu não, mas você também ficou maior e parece uma mulher adulta, replicou o pescador.

— Claro, fiz dezenove anos agora em novembro, queria o quê? Se lembra de quando a gente brincava de se esconder?

— Me lembro, você sempre se escondia atrás do capinzal ali perto do muro.

— Quem, eu?

— É.

— Não, disso não lembro, mas em compensação me recordo que um dia você chorou, foi no ano retrasado, ou no outro ainda. Na hora mais importante do jogo machucou o pé no ancinho e foi correndo pra tua avó Chiquinha. Aquela mulher era muito boa pra todo mundo, lavava roupa e passava como ninguém.

 O estame da infância fruída juntos urdia tramas inabaláveis. Soprava leve brisa. A viração vinha acompanhada por intensa maresia intercalada por aromas açucarados saídos do fogão da cozinheira Bertilha. Gaivotas ganiam nos ares.

 — Ei, Lino Voador e Sibila, vocês dois aí de conversa, vamos começar, ordenou a governanta, interrompendo o diálogo dos dois amigos sobre o passado jungido pelo perfume de Praia do Nego Forro.

8

A GOVERNANTA, ALTA E ESPADAÚDA, PELE MUITO CLARA, LÁBIOS FINOS e nariz arrebitado, olhos grandes encharcados de um azulado fulgurante, cabelos lisos castanho-claros amarrados atrás, corpo de curvas exuberantes, decidia tudo.

— Sibila, corre para o outro lado, você, Pedrinho, fica parado aí, deixa eu pensar quem vai fazer o Getúlio.

Eve olhou para as outras crianças, Amália e Anacleto, em busca do melhor ator.

— Sibila, vai ser você, pronto!

— Mas o Getúlio é homem, é melhor o Anacleto, Eve, ponderou Sibila, com humildade.

— É, mas eu quero que seja você, e você vai ter como guarda o Marcelino. Ele vai ser o chefe da guarda pessoal do excelentíssimo senhor presidente da República, doutor Getúlio Dornelles Vargas. Marcelino estará, assim, contribuindo para a defesa da democracia. — Marcelino, você ao lado do Anacleto, não, não, primeiro você vai conhecer a sua sala, continuou Eve.

Lino Voador aproximou-se, tímido.

— Sua sala vai ser lá, apontou autoritária a governanta, puxando o pescador pelo braço até a churrasqueira coberta que dava para o muro dos fundos da casa — aqui, aqui, senta aqui, ela ainda insistiu.

A rapidez das ordens, a montagem do cenário e a convicção impressionavam e assustavam Marcelino. Ele sentou-se numa cadeira de vime. Na sua sala! Eve parecia querer mostrar qual deveria ser a postura de um chefe de segurança, as duas mãos para a frente, abertas sobre a mesa, os olhos no presidente.

A governanta, trajando short bege e blusa cor-de-rosa, dava ordens de pé, encostada atrás de Marcelino, que sentia cada vez com mais força a virilha da secretária pessoal dos filhos do senador Nazareno — dos filhos do senador Nazareno! — no seu ombro esquerdo. Igualzinho ao ano passado, Marcelino se lembrava muito bem, como se tivesse sido há poucos dias. Ele era um pouco menor, Sibila parecia então uma criança, dona Eve é que, fisicamente, não tinha mudado, só os cabelos mais curtos.

Ela já era assim decidida nas brincadeiras. Mas dava pra notar uma diferença, ela não tratava mais ele como um menino. O sorriso, o aperto de mão, o olhar fixo, parecia fêmea no cio.

Naquela vez, no ano anterior, o teatro montado tinha sido a Guerra do Paraguai. Ela, a linda e garbosa Eve, segundo palavras do senador, era a chefe geral. O senador comparava-a a Betty Grable, nome que, pela reação, Eve e Sibila conheciam muito bem.

— Direito, soldado, segura a arma direito!

Eve, postada atrás de Marcelino, ela então bem mais alta que ele, ambos em pé, colava seu rosto no pescador-recruta que mirava o soldado inimigo numa sangrenta batalha contra Solano López. O cabo de vassoura visava o mar calmo da baía de Praia do Nego Forro. Os paraguaios iam sendo abatidos: à esquerda, à direita, no centro, de novo à esquerda. Os lábios da chefe de operações militares e comandante-geral encostavam no lado da boca do destemido soldado brasileiro. O hálito quente do superior hierárquico entrava pelas narinas do pescador nego-forrense feito herói de guerra contra o vil ditador paraguaio. O corpo de Eve atrás do seu corpo! Dera até para sentir o osso da bacia da governanta naquela guerra, tinha dado para sentir todas as carnes dela! Encostadas no alto das costas do praça avançavam meio fofas, como duas barrigas de baiacu inchado. Na altura dos rins uma saliência, como um gatinho peludo, se esfregava nas costas nuas do soldado raso brasileiro! Cada infeliz paraguaio no chão acarretava uma série de esfregadas com a saliência macia. Ela, o rosto sempre colado, quase beijava e molhava a comissura dos lábios do imóvel Marcelino. Os coitados dos homens morrendo e ela vibrando e se retesando, como esquecer daquelas cenas do ano passado? E agora era quase a mesma coisa.

Ele não era mais recruta da Guerra do Paraguai, mas chefe da segurança do presidente Getúlio Vargas, a época era outra.

— Você tem que olhar sempre o presidente, Eve repetia, didática, indicando movimentos a serem interpretados, gestos a serem exibidos e precauções a serem tomadas.

9

Aquela almofadinha felina entre as pernas da governanta, como da vez passada, se encostava e se contorcia, nesse ano só faltava miar. Parecia até que se molhava, meio pegajosa, no alto do braço esquerdo do chefe sentado à mesa, chefe da guarda pessoal do excelentíssimo presidente dos Estados Unidos do Brasil! Era o apoio do corpo às ordens da boca. Palavra e matéria se complementando para a eficácia da comunicação e da segurança presidencial. A governanta em certos momentos se curvava, os braços enlaçavam por trás o tórax desnudo de Marcelino que, tenso na cadeira, sentia o colo de Eve esquentando a sua nuca. O bafo ardente no ouvido vinha acompanhado de sussurros e palavras inidentificáveis.

Mas ele também tinha mudado. Experimentava calafrios perpassando pelo corpo todo, essa era a diferença do ano passado com os paraguaios, ela bem tinha dito neste ano: "puxa, como você cresceu!" Agora, como protetor do Getúlio, a coisa tinha se modificado, ele crescera mesmo. Foi assim que segurou o braço que o enlaçava no peito, apertou-o contra o queixo, e a sua língua deslizou pelas costas da mão da decidida professora dos jardins da Villa Faial. Marcelino gelou com o seu próprio ato, arrependido. "Meu Deus, o que que eu fui fazer?"

Eve, surpresa com a iniciativa do chefe da segurança de Getúlio, recuou. Marcelino continuou com os olhos nas cinco crianças, que gritavam e corriam sobre a grama recém-aparada pelo alfanje afiado do jardineiro da casa de praia do senador Nazareno. Eve retornou ao centro do gramado, de onde lançou um olhar úmido, um pouco assustado, mas longo, a Marcelino, petrificado na cabine de segurança do presidente. Ele sentia ainda o calor, a umidade e a maciez daquela saliência do corpo da aia dos filhos do senador Nazareno nas suas costas.

A cozinheira chamava as crianças para o café da tarde (no lanche da véspera Bertilha tinha servido biscoitos de araruta, massa de farinha de milho assada para se comer com manteiga e queijo, além de broa de polvilho). A brincadeira continuava no dia seguinte, conforme explicações de Eve. Ademais do cabra-cega e do esconde-esconde de praxe, ia ser a declaração de guerra ao Eixo que todos diziam estava por acontecer. Marcelino também foi convidado para o lanche. Antes, Eve tirou fotos do grupo com uma máquina Leica, por solicitação da esposa do senador.

10

Bertilha desta vez serviu cuca de banana com farofa, orelha-de-gato, sonhos e capilé de framboesa. Uma das crianças pediu bolinhos de araruta da véspera. Dona Emma, a esposa do senador, cabelos louros, um coque na nuca, usando uma boina marrom meio enviesada da mesma cor do vestido, desceu dos seus aposentos no segundo andar com um cigarro aceso entre os dedos e instalou-se no canto da varanda, em volta da mesa de vime com cadeiras guarnecidas de almofadas vermelhas. Enfeitando o chão havia uma grande esteira de gravatá fabricada pelo compadre Agostinho, do morro do Badejo. Eve ocupava a cadeira em frente à patroa. Sibila sentou-se entre as duas. Tomavam chá.

Marcelino, já vestido com a camisa desbotada, sentara-se na grama junto com as crianças, não muito longe da varanda.

— Aproxime-se, Marcelino, a gurizada já te usou muito, disse dona Emma.

O pescador achegou-se do canteiro de gerânios colado à varanda, temeroso do olhar de Eve, mas obedecendo ao convite da esposa do senador Nazareno.

Dona Emma passou a falar com a preceptora dos seus filhos. As unhas pintadas de um vermelho vivo realçavam-lhe as mãos longas e irrequietas. Marcelino reparou no parapeito da janela da varanda um vidro de esmalte, escrito "Peggy Sage–cereja", da mesma cor das unhas.

— Uma amiga me escreveu dos States, me disse que Sinatra está brilhante cantando *"From the bottom of my heart"*. Você devia ir ver no Rio, na volta, *O ébrio*, de Vicente Celestino, com música de Jaime Correia, já vai pra mais de trezentas representações, bateu a peça *Pensão de dona Estela*, que também adorei, do Gastão Barroso, com duzentas e cinqüenta representações. O Nazareno me disse que a comédia *Iaiá Boneca*, esqueci-me agora do autor, está fazendo sucesso no teatro Odéon de Paris. É importante que você fale dessas coisas com as crianças, Eve. O Nazareno tem tendência a infantilizar demais os filhos, eles têm que crescer, não ser tratados sempre como bebês. Pode até fazer essas brincadeiras de criança, como aqui de férias, mas educação é educação.

— Eu sei, dona Emma, é claro, a senhora tem razão, assentiu Eve.

A esposa do senador dirigiu-se a Marcelino, que tinha o olhar perdido no gramado.

— E você, Marcelino, como vão as coisas?

— Bem.

— A pesca tem sido boa, meu filho?

— Tem.

— Gostávamos muito da tua falecida avó, mulher de qualidade.

— Obrigado, dona Emma.

— Agora tem que pensar no futuro, meu rapaz.

— Eu sei, eu sei.

— Você em breve vai crescer ainda mais, já está um rapagão e tanto, vai crescer e constituir família. Tenta encontrar uma boa mulher que te ajude em casa e não fique pensando em bobagens. Eu fui a primeira e única mulher do meu Nazareno até hoje, ele nem sabe o que é outra mulher! Esposa que é esposa tem que cuidar do seu marido como eu. A dona Chiquinha, tua avó, gostaria de te ver com uma moça direita.

— É, acho que ela gostava, dona Emma.

— Escolhe bem, meu filho, você já tem alguma em vista?

— Não, dona Emma, nunca pensei nisso, nunca. Tenho os meus amigos Maneco, a Martinha, o Tião, o seu Ézio, o Chico Tainha, a comadre Jaciara, os meus passarinhos, sou ainda muito novo.

— Novo o quê! É de pequenino que se torce o pepino, argumentou a esposa do senador com um leve sorriso.

— Eu ainda não quero pensar em moça nenhuma, dona Emma, nunca pensei, concluiu secamente o pescador.

Marcelino nesse momento mirou Eve envergonhado e contrito, que retribuiu com um olhar difuso. Ela, com certeza, ia contar para os Di Montibello a insolência do chefe da guarda! Por que ter beijado daquele jeito a mão da governanta, meu Deus? Por quê? O peito ímpio do pescador ansiava-se. Marcelino buscou abrigo nos olhos da amiga de infância.

11

SIBILA, LÁBIOS CARMINADOS, NARIZ PEQUENO, OLHOS VERDEJANTES rasgados de lampejos reluzentes e cabelos alourados espessos e cacheados renteando-lhe as faces, sobrancelhas negras cerradas, um esboço de sorriso malicioso se desfolhando sempre em sua boca, só observava. Vestia, nessa tarde, saia branca rodada e blusa verde-musgo. Sua mãe continuava dissertando, com voz algo rouca. Eve tinha um ar estranho, às vezes fixava por um largo tempo o pescador, outras piscava um olho, sorria?

— Como o meu marido Nazareno demora, meu Deus!, queixou-se Dona Emma. Deve estar naquelas secretarias mofadas e imundas do Centro, no Palácio, nas repartições públicas. Santa Catarina tem essas coisas de província, tudo pequeno e acanhado, eu não conseguiria morar aqui. Sou carioca da gema, nasci, cresci e estudei entre Flamengo e Botafogo e dali não saio tão cedo, se Deus quiser! É ali que vivem as grandes famílias cariocas, ali é o centro do Brasil, as recepções, as festas, as embaixadas, a grã-finagem mora naquele miolinho. Um pouco antes de viajar para cá fui assistir ao *Um ianque na R.A.F.*, com a Betty Grable e o Tyrone Power, uma maravilha. Que filme vou ver aqui?

Dona Emma olhava fixamente para Eve, às vezes para a filha, respirava fundo, dava uma tragada e seguia falando compulsivamente, era quase um monólogo.

— Já é duro ter que vir todos os anos para a ilha de Santa Catarina por conta do trabalho do meu marido, é o nono verão que passo em Praia do Nego Forro, o Pedrinho era bebezinho. Minhas amigas todas em Petrópolis ou em Londres e eu aqui. Às vezes o meu Nazareno vem também em julho.

Ano passado se demorou quinze dias em Florianópolis sozinho no hotel, é o trabalho dele. E ele ainda tem que ajudar o pessoal daqui que vai para o Rio. O meu Neno, meu Deus! Se nessa praia ao menos tivesse telefone. E essas estradas esburacadas pra chegar até em casa! Tem vezes que o Neno quer vir dirigindo sozinho. Se o chofer for o mesmo da última vez eu, Emma Alencastro do Nascimento Silva Azambuja di Montibello, vou, eu própria, falar com o interventor, o Nereu Ramos, o governador daqui. É o equivalente do nosso Amaral Peixoto que vocês já viram várias vezes lá em casa, no Rio. Vou pedir pra ele demitir aquele desajeitado. Sujeito rude, ainda não saiu lá do interior dos Açores, só falando de um jeito que ninguém entende! Meu marido me disse que outro dia passaram perto de um campo de futebol improvisado e o dito cujo apontou o dedo e só dizia "olholhó, é o Joaquim das calças rotas lá correndo atrás da bola, o que que esse diabo está fazendo aqui?" Agora você vê, Sibila, o teu pai tendo que ouvir observações dessas pessoas. Essa gente não tem compostura!

— Posso ir embora, dona Emma?, perguntou Marcelino com humildade, aproveitando uma hora em que a esposa do senador dava uma longa e angustiante inflada de peito e apagava o cigarro no cinzeiro.

— Claro, meu rapaz, vai, vai. Crianças, está na hora de entrar, todos, vamos, bradou ainda dona Emma levantando-se e batendo as mãos.

Marcelino despediu-se de Sibila e de Eve, que, pelo sorriso franco, parecia ter esquecido do gesto descontrolado do pescador na cabine de chefe de segurança. Lino olhou para o céu, aliviado. A esposa do senador voltou-se para a filha para relembrá-la de compromissos no dia seguinte.

— Amanhã vamos à recepção dos Konder lá no centro da cidade, e na semana seguinte tem o jantar nos Ramos, você vai junto, já completou dezenove anos, já pode ir! Deixa as brincadeiras de criança para o gramado! E aqui é a região de Anita Garibaldi, a heroína do Brasil e da Itália, mulher nesta terra tem força. Pega ali as *Seleções do Reader's Digest* sobre a mesa, dá uma lida, é o primeiro número em português, oficialmente só vai ser vendida a partir do mês que vem. Teu pai ficou de me trazer o vestido encomendado naquela loja da Felipe Schmidt, esqueci o nome da loja, a dona Alzira é a proprietária.

— Loja La Femme de Demain, acudiu Sibila.

— Isso, La Femme de Demain, da dona Alzira. Mulherzinha provinciana que se acha o máximo, mas o vestido é bonito, vou usar o mesmo no Grande Prêmio Brasil no Jóquei, no Rio, o que você acha?

— Não sei, não vi, não sei qual é, mamãe.

— Dona Alzira disse que ele veio de Buenos Aires, é coisa fina.

— Aquele francês cinza da senhora também é bonito.

— É, mas não posso usar de novo, já botei na festa dos Guinle, no palácio deles das Laranjeiras.

Dona Emma arrumava os cabelos nos lados, como se fosse fazer um penteado, e já se sentindo na tribuna de honra do Jóquei do Rio de Janeiro ou no Copacabana Palace. Apoiando-se no corrimão da escada interna da casa, ainda fez um pedido à filha.

— Minha filha, antes que escureça, leva esses biscoitos amanteigados para o Marcelino, coitado, esqueci, a gente tem que tratar bem dessas pessoas mais simples, pode-se precisar deles uma hora. Nem sei se ele vai notar que são finíssimos, vêm da Colombo, mas não faz mal. Volta logo, a Eve tem que ficar comigo, quero que me ajude a limpar a penteadeira do quarto, que está uma desordem só.

12

Sibila levou os biscoitos reclamando, rabujando frases mal articuladas e imitando baixinho a voz de Francisco Alves em "Eu sonhei que tu estavas tão linda", que ouvia com freqüência no seu quarto da Paissandu. As férias, malgrado os ainda poucos dias transcorridos, já pareciam demasiadamente aborrecidas, mas, talvez com outras palavras, pensou o equivalente a dizer que o gáudio, para que seja merecido, há mister de amargura. E tinha que passar o tempo, e tinha que agüentar mais trinta e poucos dias ali, e tinha mesmo coisas a falar com Marcelino, a quem conhecia desde os nove anos de idade. Ademais, franquear a alma ao amigo praieiro retiraria um pouco do fastio e do tédio da estada, que se anunciava longa.

— Quero dizer uma coisa, Marcelino, sem que você veja nisso algum outro sentido.

— O que quer me dizer?, indagou o pescador agradecendo e segurando com cuidado a cesta com os biscoitos, oferta da esposa do senador Nazareno.

— Nada de realmente importante, só que não sei se sabe, é capaz de não saber porque aqui não tem ninguém pra dizer o que estou querendo dizer. É que você ficou um rapaz muito bonito, pensei que fosse só eu que achasse, mas agorinha vi a minha mãe e a Eve comentando na cozinha a mesma coisa.

— A dona Eve também falou isso?, quis confirmar Lino.

— Falou. Mamãe até brincou que você nunca poderia ir pro Rio de Janeiro, mesmo se um dia a gente precisasse de você lá, porque todas as empregadas do prédio iam ficar apaixonadas. Minha mãe também diz que fica sempre surpresa com o seu raciocínio e com as suas palavras. Acha você inteligente.

Sibila encostara-se no pé de ameixa, Lino sentou-se numa pedra, ao lado.

— Eu não gosto dessas coisas, Sibila, gosto de peixes e de pássaros. A única coisa de diferente que faço às seis e meia da noite é ir no seu Ézio ouvir o noticiário no rádio. Muita gente também ouve a novela inteirinha, eu não, prefiro que me contem depois. Às vezes mudo ela na minha cabeça, invento personagens, troco a história.

— O rádio pega direito, Lino? O nosso tem chiado.

— Não, às vezes não pega muito bem, daí o seu Ézio se encarrega de explicar a novela e as notícias. Ontem ele deu explicações pros quatro tocadores da bandinha de música de Santo Antônio de Lisboa, que queriam porque queriam entender o que que estavam falando naquela hora no rádio, sabiam que era sobre música, mas não entendiam o quê.

— O que que aconteceu?

— O seu Ézio explicou que não vão mais tocar música brasileira nas rádios americanas, e se não toca ninguém conhece, deu uma briga lá nos Estados Unidos entre duas firmas, também não sei se entendi bem. Mas, voltando: já tive muita experiência com namoradas.

— Teve?

— Tive. Muitas.

"Tião cairia para trás se me visse assim tão decidido, mas ele me disse uma vez que às vezes a gente tem que mentir", pensou Marcelino. Só Martinha, talvez, conhecesse um Marcelino tão desembaraçado.

— Quantas?, insistiu Sibila, incrédula.

— Já perdi a conta, ele respondeu, ufano da sua desenvoltura.

Marcelino mantinha o seu discurso.

— Puxa, tão novo! Mas há pouco, não tem nem uma hora, você disse pra minha mãe que é meio novo de tudo, que não pensa nessas coisas de mulher pra casar.

Sibila também continuava na sua incredulidade.

— É, mas novo de amor. Tenho muita experiência com mulheres, mas não é amor. A mulher com quem eu casar eu vou dar de tudo pra ela, tudo mesmo.

Marcelino, emocionado com as próprias palavras, levantou, afastou-se um pouco da filha do senador, correu os olhos pelo ar. Talvez por ali, voando, passasse a continuação do pensamento. Encontrou apenas a copa da amendoeira-de-praia. Voltou o olhar para a menina.

13

SIBILA, COM O ESPAÇO aberto pelo pescador, retomou a palavra. Ela encostava e desencostava o ombro da ameixeira com regularidade.

— Eu tenho um namorado no Rio de Janeiro. Ele é alguns anos mais velho que eu, o Roger, estuda Direito e faz estágio com o meu pai. Tem 24 anos. Diz que nunca andou com mulher nenhuma, mas não acredito.

— Se ele disse é porque é verdade, Sibila.

— Ele sabe que nunca andei com ninguém mesmo, por isso gosta de dizer que não conheceu outra mulher. Mas eu até preferia um homem com experiência com mulheres que passasse a gostar só de mim e esquecesse todas as outras, porque acho que o amor é sagrado.

— Também acho, respondeu o pescador mecanicamente.

— É, mas você não conhece a vida, só o Tião, a Martinha, os passarinhos, o Maneco. E onde você conheceu tantas mulheres?

Sibila buscava a verdade Que seu companheiro de férias não estivesse mentindo!

— Não posso dizer.

— Mas você não está mentindo, está?

— Não, nunca minto, nunca, ele repetiu, sem que enrubescimento algum de pudor lhe subisse ao rosto.

— Mas então não sei onde você conheceu essas mulheres.

— É que já fui ao Centro, e também numa casa chamada L'Amore, perto de Santo Antônio de Lisboa. E já tenho dezoito anos, vou fazer dezenove logo, a certidão está errada, estou esperando a nova, o escrivão me prometeu que estão corrigindo.

— Eu não imaginava isso de você, juro. Você sabe que o meu namorado não gostaria de me ver falando essas coisas com outro rapaz, mesmo que esse rapaz seja o empregado da casa. E a maioridade se atinge para algumas coisas com 21 anos, o Roger me explicou.

— Eu não sou empregado de vocês.

— Não, não bem um empregado, mas quase. Alguém ia ter que explicar que as coisas que acontecem aqui em Praia do Nego Forro não são as mesmas que acontecem no Distrito Federal, os sentimentos são diferentes.

O rapaz levantou-se e retrucou elevando um pouco a voz.

— Não são não, Sibila, são os mesmos.

— E como você sabe que são os mesmos se você só conhece a ilha?

— Eu sei porque sei, e escuto o rádio do seu Ézio. É assim com os bichos na ilha, no continente, em qualquer lugar eles fazem as mesmas coisas, têm as mesmas reações.

— É, Lino, mas gente não é bicho.

— Eu sei que não, mas o medo, a tristeza e a alegria não são as mesmas?

Sibila foi sentar na pedra perto da ameixeira, as pernas juntas esticadas para a frente, a saia puxada acima do joelho deixando entrever as coxas douradas pelo sol, e seguiu falando.

— Não, não, na cidade grande a gente sabe mais sobre tudo, é por isso que cada vez eu gosto menos de vir aqui pra Praia do Nego Forro. Antes eu gostava, mas não dá pra ficar muito, acabo enjoando. Quando você conhecer a cidade grande você vai ver, é diferente de só ouvir as coisas pelo rádio. Um pouco antes de vir para cá eu vi *Fantasia*, dos Estúdios Disney, num cinema de Copacabana, no Rio. Se você for para lá um dia com a gente eu te levo para ver o filme, você sai chorando de tão bonito.

— É, mas o Tião, que tem muita experiência de vida, disse que a dor de uma facada, a tristeza pela morte de alguém que a gente ama, o amor e a raiva são iguais pra rico e pra pobre, iguais na beira do mar e lá na serra, iguais pra preto e pra branco, pra patrão e pra empregado.

— Bobagem, Lino, bobagem, o Tião é preto.

— E o que que tem?

— Preto é preto, é diferente.

— Eu não acho, cortou o pescador.

— Não acha porque não conhece o mundo, objetou Sibila.

— Então você não gosta mesmo da gente daqui, da ilha de Meiembipe dos carijós, acha que nós somos bichos-do-mato, que a gente não é gente.

— Gosto sim das pessoas da Ilha de Santa Catarina, de Meiembipe, como o meu pai também diz, senão não ficava falando tanto tempo como agora. A minha mãe já disse que você fala como qualquer um da cidade grande, ela acha um milagre. E você tem um sorriso muito bonito, os dentes perfeitos, o cabelo negro, espesso, escorrido, um rosto de anjo moreno, queria que meu namorado tivesse o seu nariz, a sua boca, o seu físico, só fosse um pouco mais branco, e, claro, com o brilhantismo dele.

Sibila levantou-se da pedra, ensombrou os olhos com a palma da mão direita, fixou o olhar, e exclamou:

— Olha o meu pai chegando lá na estrada, ele não pode me ver com empregados, nem a minha mãe!

A filha do senador saiu em disparada. Ficaram apenas, ecoando nos ouvidos do pescador negoforrense, as palavras "sentimentos diferentes" que, competindo com os gritos das gaivotas, homiziaram-se no seu peito por todo o resto do dia.

14

— Eu também senti muitas saudades desde julho na festa da tainha. Fiquei, aliás, mais tempo aqui no estado por tua causa, meu amor, tinha milhões de coisas no Rio de Janeiro pra fazer.

— É, mas todo mundo diz que você tem várias amiguinhas que vão te visitar no hotel quando você está sozinho em Florianópolis.

— Mentira, minha pombinha, gosto só de ti.

— Então me aperta, Nazareno, aperta, ninguém consegue isso que você me faz, me dar esses prazeres, o carro é do palácio, é?

— É. Do palácio. O governador me empresta.

— E se alguém souber que a gente tá aqui?

— Aqui no carro?

— Aqui nessa entradinha, onde eles guardavam os palmitos cortados no mato!

— Ah, ninguém vai ver, e tá escuro como breu aí fora.

— Mas pode passar alguém a pé ou de carroça e olhar.

— Pode nada, vem, meu amor, me dá a tua boca.

— O que você quiser, dou tudo que você quiser.

— Tira a roupa, então.

— Toda?

— É, claro, toda.

— Mas aqui no carro?

— É, aqui mesmo, minha flor.

— Então tá, deixa eu tirar tudo, me solta.

— Tira, paixão, tira, isso, isso, tira tudo.

— E você, não vai tirar?

— Não, porque se chegar alguém é mais fácil eu me recompor. Cuidado com o painel de vidro do carro do palácio, é um Cadillac Fleetwood, o carro oficial preferido do Interventor.

— Mas será que a gente não vai sujar ele todo?

— Sujar só se for de amor, minha beldade, de amor.

— Mas será que não vai manchar o banco de couro?

— Não faz mal, minha garota.

— Tá, então, senador, então tá bom, só perguntei por perguntar, te amo.

— Eu também, minha paixão, minha linda, vai, guria, continua, vai, isso, continua, assim mesmo, sua vagabunda.

— Vagabunda eu, Nazareno?

— Não, meu amor, é só o jeito de dizer, continua, a boca, a boca!

— Como você é maravilhoso, Nazareno; grande, você é o melhor homem, o melhor, entende?, bom como em julho do ano passado de madrugada na festa da tainha, naquele lugarzinho escuro em Santo Antônio de Lisboa. Vem aqui, bem aqui, agora, vem, meu homem, meu macho de verdade.

— E o teu namorado?

— O meu namorado não é nada perto de você. E acho que nem amo ele, quero é você pra mim, esse corpo de senador. Me disseram que não existe mais senador, mas quem foi senador pra mim será sempre senador, forte, pesado, perfumado, perfume de gente rica.

— Mexe, guria, mexe, mexe mais, você é melhor que a Marlene Dietrich.

— Quem é essa? Uma daquelas mariposinhas lá do porto, é? Continua, também, Nazareno, vou gritar, põe a mão na minha boca, põe, tenho medo de gritar sempre nessas horas, nunca senti isso assim tão forte, você me ama, senador?

— Cuidado com os vidros do painel, já te disse, mulher, você acaba quebrando tudo com os pés. Continua mais um pouco esse rebolado, minha gazela, assim.

— Você é o melhor homem. O mais forte. O maior. O mais rico. O mais tudo, te amo, te amo, jura que nunca vai me abandonar, jura, senador.

15

Os suspiros foram diminuindo, os pulsares se abrandando, os fluidos viscosos se craquelando sobre dermas repousadas e músculos entibiados.

Os dois corpos permaneceram por um bom tempo colados, desfalecidos.

— Nazareno, acho que ouvi passos, cochichou a amante, suspendendo o repouso do senador.

— Ouviu?

— Ouvi.

— Onde?

— Ali atrás da capoeira. O carro tava fazendo barulho, nhec-nhec-nhec, você é um pouco gordo e pesado, devia ser alguém passando a pé pela estrada vindo de Santo Antônio de Lisboa, escutou o ruído e veio ver o que era nessa entradinha.

— Mas que diabo, quem podia ser nessa hora?

— Não sei, Nazareno, não sei.

— Que horas são?

— Devem ser umas dez, tenho que ir correndo, senão o pai me mata.

— Então te veste.

— Preciso de um vestido novo, esse já tá velho.

— Tá bem, amanhã eu compro, mas vai pela picada do mato, desce ali na frente, ou passa pelo cafezal do seu Arlindo.

— Eu conheço o caminho, em dez minutos pelo mato estou em casa e descendo é mais fácil; pelo cafezeiro do seu Arlindo alguém pode me ver.

— Vai indo então, vou acender as luzes do carro um pouco mais embaixo, quando já estiver na estrada. Vai na frente me guiando pra eu não cair no buraco, eu vou freando, o carro vai descendo sozinho.

O Cadillac preto com detalhes prateados começou a descer lentamente, emergindo da senda na curva fechada da estrada que levava à Praia do Nego Forro. Rãs coaxavam.

— Pode vir, senador, já é a estrada, vira a direção, isso, assim.

Nazareno acendeu os faróis do automóvel. O cascalho estrelou o caminho.

"Todos querem alguma coisa, essa, que até o Codroaldo papou, quer vestido, a outra lá do Rio sapatos e jóias. E todos vão ficando exigentes. Antes um sabonete Vale Quanto Pesa ou um creme Rugol pronto, não, agora é perfume L'Amant, lingerie não sei o quê, roupa tem que ser da marca Joliet. No Rio podia ser uma entrada pra um teatro qualquer, agora se não for no Grill da Urca com a orquestra de Kolman e a Linda Batista de crooner não querem, vagabundas, as vagabundas, todas vagabundas. O Crodoaldo só pensa em cargos, uma diretoria dessa aqui, uma chefia de seção lá, uma secretaria se possível, e o pior é que não tem como não dar. Amanhã mando o estafeta comprar um vestido para essa garota. E os seis cargos pedidos pelo Crodoaldo estarão vagos no mês que vem, como Getúlio ordenou. O Crodoaldo que indique quem ele quiser, aquele galã balofo, mais gordo que eu, metido a conquistador. Se acha ainda mais bonito com o sigma proibido há mais de três anos apertando o bíceps. As meninas dizem que gosta de usar a braçadeira na cama pelado em cima delas gritando anauê."

16

JÁ ERAM QUASE DEZ E MEIA — OS JASMINS DA VILLA FAIAL RECENDIAM intensamente — quando Eve, interrompendo o pensamento do senador Nazareno Corrêa da Veiga di Montibello ao volante do cadillac Fleetwood, abriu o portão de ferro para o automóvel do patrão. Patrão cansado e opresso que, cachimbo apagado ao queixo, chegava de mais um dia estafante, como suspirou ao descer do carro afrouxando a gravata. Os óculos de grau do senador, com aros dourados que realçavam o azul dos seus olhos, estavam tortos. Eve notou.

— Os óculos do senhor estão meio de través, senador.

Ele não respondeu, apenas ajeitou as lentes rapidamente e alisou a longa mecha de cabelo que tentava debalde esconder a calvície.

Notícias do Rio de Janeiro trazidas à Villa Faial por mensageiro esperavam o senador. Chegara a informação de que um veículo do Ministério da Guerra dirigido por um recruta tinha abalroado em cheio a lateral de um bonde na rua Senador Vergueiro. No bonde viajava o antigo mordomo do ex-senador Nazareno Corrêa da Veiga di Montibello. O senador — a rádio não cessava de detalhar — era alto funcionário do executivo, próximo do presidente da República e encarregado da criação de indústrias-chave e estratégicas. Personagem de destaque do governo Vargas, segundo os jornais cariocas. Nazareno di Montibello, escrevia um editorialista do Diário de Notícias do Rio de Janeiro, era o assessor especial de Getúlio que intermediara o contrato de dez milhões de libras esterlinas firmado entre o governo brasileiro e a empresa alemã Krupp, em 38, para compra de material bélico, e o chorudo contrato de crédito de sessenta e cinco milhões de dólares com o Eximbank, dos Estados Unidos, em 39, para o desenvolvimento da indústria brasileira.

O mordomo teve a bacia e as duas pernas fraturadas. O próprio ministro da guerra mandou telegrama e um tenente do exército foi especialmente enviado a Florianópolis para apresentar desculpas ministeriais. O mordomo era muito antigo na residência dos Di Montibellos e figura muito querida do senador e dos seus convidados nas festas e saraus da Paissandu 71.

O caminhão do exército, antes de bater violentamente no bonde, derrubou a vitrine de uma confeitaria que fazia ângulo com a rua Barão do Flamengo, perto da rua Paissandu. Houve dezessete feridos, um gravemente. O mordomo, já velho, estava acabado. Doutor Nazareno, dizia Bertilha, chegou a chorar. A oposição, ainda que lamentando o acidente, se perguntava por que o serviçal de um alto funcionário próximo do Palácio do Catete merecia mais atenção do governo do que milhões de brasileiros, também com os ossos quebrados, mas por falta de vitaminas, conseqüência da subnutrição e da falência da saúde e da educação no país. O semanário *Diretrizes*, de Samuel Weiner, desancava o governo. Um jornal de grande circulação de São Paulo enfatizava em manchete, "Dor e escândalo no Rio". Dona Emma lamentava sem parar o mordomo e a vitrine da Vienense Confeitos. O senador Nazareno, mirando a enseada de Praia do Nego Forro e alisando o gramofone da Villa Faial, os olhos vermelhos, refugiou-se nas árias de Verdi e na fumaça do cachimbo, como soía fazer em momentos de tensão. No dia seguinte, segundo Bertilha, o casal Di Montibello fez o périplo completo: rezou na igreja Matriz, consultou Nega Mãe Olavina de Ogum, que vivia amasiada com um russo quarenta anos mais novo que ela nas encostas do morro de Santo Antônio de Lisboa, e se benzeu com a velha Graciana, sortista esposa de um pescador de Praia do Nego Forro. Soube-se também, mais tarde, que o senador se aborrecera com alguns comentários que a PRG-3 Rádio Tupi, de Assis Chateaubriand, divulgara a seu respeito por aqueles dias.

17

MARCELINO, A FACE RECOSTADA NO TRAVESSEIRO DE PAINA, ESPIAVA O nascer do sol através de uma greta aberta por um mata-junta mal fixado. O carro de boi em chamas tantas vezes descrito pelo cego Basílio — "parece carro de boi de verdade, cenas que os olhos de dentro nunca vão esquecer, você que enxerga aproveita e aprecia, Lino" — ia rodando sem rangidos, surgindo avermelhado por trás daquele aguão azul-esverdeado, às vezes verde-azulado, com rugas prateadas pela manhã espelhando o céu. Mar rendado, como a renda de bilro da sua ilha. O desejo no corpo de Marcelino também se esbraseava tal o carro de boi que nascia atrás do mar, um lumaréu só. De repente ouviu-se um assobio chorado e abafado.

— Diacho, exclamou o pescador dormente.

Ainda não era neste sábado à noite que ele ia ver ao vivo e em cores aquilo que quase chegava a ver em sonho, não acordasse sempre exatamente um centésimo de segundo antes. Tinha separado o dinheiro e tudo. Tião até já explicara qual era a mulher mais tolerante e compreensiva da casa rosada. É verdade que ela só dispunha dessas qualidades, como explicava o próprio Tião, não se levasse em consideração boniteza física. Mas era fêmea que mostrava o corpo do jeito que a gente quisesse. Por pouco dinheiro se deixava ser olhada como se examina uma tainha na tábua, o ventre franqueado, tudo escancarado, a ova amarela com veinhas rosadas explodindo de cheia, as guelras vermelhas escarrapachadas, o peito apojado. "Será que a dona Eve tinha alguma semelhança com aquelas mulheres da casa rosada?", pensou Lino.

— E já está mais do que na hora de você ver uma daquelas pererecas de verdade; de pertinho, ver os cabelinhos e sentir o cheiro de mel com vinagre, Tião não se cansava de repetir.

Mas azar! Maroca assobiou antes. Só ia se o Chico fosse o primeiro a trinar de manhãzinha, não foi, o L'Amore ficava para outra vez. A luzinha vermelha de mentira pendurada no poste na frente da casa rosada de madeira estaria, com certeza, brilhando com luxúria e lascívia num outro sábado qualquer desses.

— Vai ver que é melhor, até lá já vou ter dezenove anos, ponderou Marcelino a um Tião ausente.

No sonho que tivera de madrugada, já quase raiando o dia, mulheres exibiam-se para ele, acariciavam sua virilidade, mãos expeditas demoravam-se no seu sexo ereto, mãos que se confundiam com as suas, que movimentavam peles libertadoras, que alforriavam glande sufocada, que provocavam jorros impetuosos. Nessa noite mais uma vez líquidos viscosos se colaram nas dobras do lençol e lambuzaram pêlos negros e sedosos.

Lino Voador — apelido que Marcelino recebera pela atração por peixes voadores e pássaros — levantou-se da cama e abriu a porta da pequena meia-água de madeira acinzentada pelo tempo coberta com telhas-vãs. O reflexo do sol no mar cegou-o, os raios oblíquos feriam os olhos, os pontos prateados brilhando no meio da enseada lembravam peixes-voadores. Lino mirou-se no pequeno espelho sobre a prateleira. A reverberação ofuscava-lhe o rosto. Ele desceu os dois degraus de madeira, contornou a casa e se dirigiu para as três gaiolas penduradas nos fundos, perto da chaminé de tijolos. Maroca, Chico e Zequinha já gorjeavam com volúpia. O vozear de um bando de papagaios-de-peito-roxo alcandorados na palmeira retinia.

Pendurou a sabiá-laranjeira no pé de ameixa, voltou para o fundo da casa, segurou a gaiola do cardeal com cuidado e pousou-a com delicadeza no tronco que sobrara do garapuvu serrado no ano anterior. O pássaro cantava freneticamente. O curió Zequinha, esse, ficou de frente para o mar, a gaiola pendurada num prego cravado acima da lindeira da porta da meia-água. Foi apoiar no prego e o assobio do avinhado logo tremulava no covo das ondas e nos ares de Praia do Nego Forro.

Lino lavou o lençol e algumas peças de roupa no tanque perto do galinheiro e pendurou-as no varal. O lençol estendeu-o sobre a relva para corar.

Arrancou, ainda, do solo arenoso uma rama de mandioca — o mandiocal estava particularmente viçoso neste ano — e voltou para casa. Sentou na soleira. Desfez o nó do estrovo de um anzol enferrujado olhando os flocos de espuma das ondas se espraiando na areia fina acompanhadas pelo marulho acolhedor. Entre ele e o mar só aquela farinha, a parte molhada lembrava beiju. No dia seguinte, bem cedinho, já estaria no mundão salgado. Os olhos de grumixama do pescador fixaram-se na sua embarcação, não fosse a vó Chiquinha o que seria dele hoje?

18

A Divino Espírito Santo foi presente de aniversário da avó Chiquinha pelos quinze anos de Marcelino. Ela tinha conseguido comprar a baleeira graças ao dinheiro economizado a duras penas ao longo de anos e anos com o trabalho de lavadeira e de passadeira na Villa Faial no verão, e com a salga de corvinas, mangonas e tainhas para pescadores de Santo Antônio de Lisboa e de Praia do Nego Forro durante os meses de inverno. Antes da construção da casa do senador Nazareno, trabalhara por vários anos em outra residência em Cacupé.

A Divino vinha da armação de Sant'Ana, no Pântano Sul, propriedade do compadre Joaquim, de Sambaqui, que se mudou para lá ninguém sabe por quê. A inscrição *Sant'Ana*, meio apagada e borrada, ainda podia ser vista por baixo das letras "Divino Espírito Santo". Foi Chico Tainha quem trouxe a Sant'Ana num domingo do Pântano Sul até Praia do Nego Forro. A canoa de Marcelino, pintada de branco, tinha as bordaduras azuis e seu jovem arrais costumava explicar que, navegando ao longo da linha da barra, o tronco maciço de garapuvu alvaiado se confundia com o risco que separa o céu do mar. Com a elevação lateral de madeira acrescentada ao corpo da embarcação, a Divino ganhava um bojo mais amplo.

— É uma baleeira de bom pé. E é muito boa pra amontoar tainha, anchova, mangona, pescada e corvina, das gradas, foram as palavras da avó Chiquinha ao neto no dia em que a Sant'Ana chegou à Praia do Nego Forro.

Embarcação com as bordas falsas como a Divino Espírito Santo exigia uma tripulação maior. Lino e Maneco, o filho mudo de Chico Tainha, quase da mesma idade de Marcelino, davam, no entanto, conta de tudo.

— Basta um bom remeiro de ré e um de proa e pronto e, claro, ter mão santa pra pescar e conhecer pesqueiro com peixe dos grandes, resumia o neto da falecida dona Chiquinha.

O problema maior mesmo era em casa. "Falta uma mulher. Cozinhar, lavar roupa, limpar a casa, preparar o farnel para levar para o mar, cuidar da horta, das galinhas, do porco que teriam — é sempre bom ter um chiqueiro com um ou dois chanchos criados na lavagem, no natal a gente mata o mais gordinho, dizia sempre a vó Chiquinha. Era difícil cuidar da casa sozinho, mas que mulher ia querer ele?" O pensamento de Marcelino vagueava pelos ares. Mas faltava uma mulher!

Os pássaros pararam subitamente de cantar. Ficou só o cicio das cigarras. O velho Tião, grande amigo e conselheiro de Marcelino, se aproximava pela areia. Ele vinha anunciado de longe pela barba branca, pelo chapéu de palha amarelada contrastando com a pele negra, pela camisa azul desbotada e pela calça larga de algodão marrom sungada à meia perna. Sempre descalço. Tião cumprimentou o pescador com um grande sorriso:

— Bom-dia!

— Bom-dia, Tião.

— Quer beiju? Só que não está muito bom.

— Tá seco?

— Tá, é que tem que fazer com a massa de mandioca bem úmida, logo depois de sair do tipiti, comadre Angelina deixou secar muito.

— Não quero não, Tião, obrigado.

— Ainda não deu trato pros teus irmãozinhos de asas?

— Já dei sim.

— O senador Nazareno chegou do Rio de Janeiro pra veranear.

— Eu sei, já fui lá na Villa Faial ontem.

— Será que ele vai querer comprar de novo o teu curió canto-praia, Lino?

— Não vendo o Zequinha nem por vinte rasas de farinha, já te disse.

— E o doutor Nazareno veio com a família toda?, perguntou, curioso, o amigo de Marcelino.

Os pássaros voltaram a cantar. Marcelino respondeu à pergunta olhando para a gaiola de taquara.

— Inteirinha, a empregada alemoa e mais um bando de crianças.

— Ela não é alemã, é polaca. Sabe, Lino, o meu patrão Machado, do engenho lá de baixo, disse ontem que o governador do estado e o presidente Getúlio Vargas também vêm passar o verão na casa do senador neste ano. Praia do Nego Forro vai virar o lugar mais importante do Brasil, não sei como pode, com a guerra aí nas barbas.

— É, vai ser bom, vale mais a pena pra nós vender o peixe no varejo, sobra mais dinheiro.

— Isso lá é, meu rapaz, e o verão de 42 vai ficar na história de Nego Forro. E então, Marcelino, vai mostrar o birro no L'Amore esta noite? Dezenove anos, já está mais do que na hora!

— Dezoito, Tião, dezoito, faço dezenove em março, dia vinte.

19

Tião arrumou o chapéu, deu uma risada e exclamou:

— Pior! Continua atrasado. Escolhe a Rosália, como já te disse uma vez, ela é gorducha e meio feia, mas é branca e compreensiva, ela ensina tudo.

— Eu sei, eu sei, você já falou.

— O Ézio, da venda, também tem uma mulher lá, uma mulata alta. Agora que a tua avó Chiquinha que te criou morreu, você está sozinho no mundo. Só viver com os passarinhos não dá, o pessoal todo diz que você já é o melhor pescador do litoral que vai de Laguna até São Francisco do Sul, tem que arranjar mulher pra casar, meu nego, mas tem que treinar antes. A Rosália vai gostar de ti e vai te mostrar coisas.

— E de ti ela não gosta?

— Não. Diz que não gosta de preto, fala que é o cheiro. Mas você tem cabelo negro escorrido de índio, nariz e boca de branco, só a pele é de preto clarinho. Pra ela você é moreno meio chinês, por causa do teu olho um pouco puxado. Ela te conhece, te viu naquele dia que fomos lá na praça XV, no centro.

— É, você já me disse, Tião.

— Outra coisa: tenta falar com a família do senador de igual pra igual, senão eles montam em ti. Tem que aprender a mentir, a dizer uma coisa que na verdade quer dizer outra, e por aí vai. Eu sei que eu também já te disse isso outras vezes, mas não custa repetir. Tem que fingir, dissimular, só assim eles vão te respeitar.

— Tá, Tião. Não vou no L'Amore hoje não, a pesca ontem foi cansativa, furei a mão no esporão de uma raia, não sei se foi isso, acho que passou veneno, não sei, só sei que não vou no L'Amore.

— Está com medo, ô Marcelino? Eu, com sessenta e cinco anos ainda me lembro da primeira mulher.

— Medo nada, que eu não sei o que é isso, mas não vou e pronto.

Marcelino ergueu-se e ofereceu pirão com café e batata-doce com melado ao amigo. Com a recusa de Tião, despediu-se, algo irritado, e franqueou a soleira da casa. Logo depois Marcelino Nanmbrá ia cuidar da sua embarcação, tarefa cotidiana, como a de tratar dos pássaros. Tião continuou o caminho em direção à venda do seu Ézio no final da praia.

Tião conversava sempre de política com o seu jovem amigo, tentava conscientizá-lo, doutriná-lo. Levava-o às vezes a comícios organizados pelo governo, já tinham aplaudido os discursos varguistas do Interventor Nereu Ramos no salão de Santo Antônio de Lisboa. No iniciozinho do mês, num domingo, os dois tinham ido ao Centro juntos. Políticos convidaram os moradores para uma manifestação na praça XV com refeição e transporte gratuitos. Navios da Marinha de Guerra faziam uma demonstração de tiros na barra, dava pra ver da praça e do porto. A melhor vista era da praia de Fora, perto do rancho de canoa da Rita Maria. O nome dos navios foi decorado por todos naquele domingo, até as crianças sabiam de cor as denominações corveta Camaquã, cruzador Bahia, encouraçado Minas Geraes, contratorpedeiro Marcílio Dias. O desencontro era só o de saber qual era qual. Tião ajudou a segurar uma faixa ostentando os dizeres "Trabalhador tem vez no Estado Novo". No interior dos três cafés da praça XV, o Joinvillense, o Flor de Laguna e o São Miguel e Terceira, o rádio tocava Villa-Lobos e Ary Barroso.

A praça estava lotada, gente por todo lado, carros buzinando atravancando as ruas, puxa-puxa pra todo mundo, pé-de-moleque, coruja de polvilho, pipoca, beiju, soda limonada. Nas janelas do palácio do governo debruçavam-se mulheres com chapéus, homens engravatados. Acenos, vivas, gritos. Marcelino acompanhava calado o amigo Tião. O colega mostrava-se particularmente loquaz e alegre naquela manhã. Houve, em certa hora, um tumulto na calçada. Alguns simpatizantes dos proibidos Ação Integralista Brasileira e Partido Comunista se digladiavam em volta da figueira, em plena praça XV. Foi um corre-corre, a polícia interveio, as facções se dispersaram, todos tinham militância clandestina e se passaram por torcedores de time de futebol. Marcelino ia aonde Tião indicasse, aturdido.

Voltaram de baleeira pra Praia do Nego Forro no início da tarde com um sol de rachar. Ainda foram, antes, rezar diante de Santa Catarina de Alexandria na igreja Matriz. O calor era tanto que o timoneiro da baleeira diminuiu a marcha e desviou a embarcação quando passaram sob a ponte Hercílio Luz, a sombra da gigantesca estrutura pênsil trazia algum frescor.

20

Agoniada e entristecida, ela refletia enquanto varria as folhas de amendoeira que matizavam o espraiado diante da venda "Porto Santo da Madeira". O vestido de chita estampado com grandes flores vermelhas enfiado displicentemente no corpo esgarçava-se na altura dos seios e dos quadris. A imagem de Nossa Senhora num altar no alto da parede a observava. "Faz quanto tempo que esse sol se levanta no mesmo lugar e se deita lá atrás do morro do Tabuleiro? Se o Zezinho e a Lúcia, esses dois irmãos que não servem para nada, pelo menos me ajudassem, teria um pouco mais de tempo pra mim. Assim nunca vou arranjar marido, só eu agüentando cachaceiro, vendendo porcaria."

— Quer quanto de arroz, dona Enésia, dois quilos? E café e açúcar, não vai levar? Qual pinga, seu Manoel, a do engenho do Preto Véio ou a amarelinha da destilaria Flores e Corvo?

— Como vai o Ézio, menina?

— Bem, seu Abelardo.

E isso, e aquilo, e as mesas pra limpar, e a mãe que sempre diz ter sido a mais bonita da região — "como a tua tia que ficou em Vila Real, em Portugal, ouviste, Martinha? O teu pai é que é de origem madeirense, eu sou de Portugal mesmo, e Portugal já dominou o mundo!" — chamando o pai toda hora:

— Ézio, vem cá, homem de Deus, experimenta o caldo de peixe desse meio-dia, vem ver se tá bom, se não boto mais cabeça de corvina e de cação pra dar mais gosto, traz mais alfavaca do canteiro.

E a Lúcia arrastando a asa pro motorista da caminhonete de Santo Antônio de Lisboa que vem buscar todos os dias os peixes de Praia do Nego Forro. Deve estar lá no quarto passando batom. Já tá quase na hora de a caminhonete chegar.

— Não gosto de praieiro, Martinha, é isso, você entende? O Aveleza é o melhor chofer da ilha, só ele consegue dirigir bem Dodge Towner Country, como ele fala, tem que dizer Dodge Towner Country, bem assim, a língua enrolada. Ele já trabalhou pra gente rica lá do Centro, é branco e limpo, e um dia vou morar com ele em São José, no continente. A família dele tem comércio na rua principal, pelo menos é o que ele diz, vai largar o trabalho de Santo Antônio de Lisboa.

— Tá bem, Lúcia, mas São José também é pequeninho, e mais pobrezinho do que aqui, e tem preto, de que você não gosta, e muito, mana.

— Tem, mas não são como esses fedorentos daqui, e lá conhecem o lugar deles, o Aveleza sempre me diz isso. Essas três famílias de pretos daqui de Nego Forro bastam pra empestear o lugar. Pede pro Zezinho te ajudar a lavar a louça hoje.

— Pois para mim os pretos são gente igual a todo mundo e merecem respeito, o Aveleza, se pensa assim, ele é que só merece desprezo. E o Zezinho não pode me ajudar, Lúcia, a mãe disse que ele tem que ir pra escola, se perder a carroça que leva as crianças até Santo Antônio tá frito.

— Pois é, mana, mas, infelizmente, não posso te ajudar, o Aveleza, se você gosta dele ou não pouco me importa, não demora chega, e você ainda é muito nova pra ter namorado, e já crescida pra ajudar na venda, esse é o problema, depois isso muda, eu também já tive de dezessete para dezoito anos, Martinha, entende?

— Já fiz dezoito o mês passado! Esqueceu?

— É, mas você parece criança bobinha.

— Quase ninguém da minha idade conversa comigo nessa droga de venda. O Antônio, irmão da falecida Ritinha, casou com a mais nova daquela família alemã lá da Trindade, estão morando em Sambaqui, têm filhos, são felizes, todo mundo casa e encontra a felicidade, só eu não. Vou ficar pra sempre aqui velha, sem ninguém, o único da minha idade é o Marcelino, que só vem aqui de noitinha para ouvir o rádio. Claro, nos dias que ele tá livre é quando isso aqui enche de pinguço, daí ele não vem mesmo.

— É mentira tua, Martinha, ele está toda hora aqui no final da tarde ouvindo rádio, como você acaba de dizer, todos os dias! Só que o burro quando a Emilinha Borba canta na rádio Mayrink Veiga ele se distrai! Só interessa pra ele novela e noticiário. Se ele não gosta de ti para casar azar o teu, e a cor dele é meio estranha.

— Na hora que ele vem eu estou no quarto fazendo os deveres para o colégio.

— Para que estudar? É perda de tempo! É melhor ir colher café na plantação do pai!

— Porque não quero ficar como você, vinte e quatro anos e ainda sem ninguém e sem profissão. Eu vou ser professora a partir do ano que vem, entende, Lúcia?

— Não te mete na minha vida. A minha vida é minha e de mais ninguém! E por que você não pega o mudinho Maneco de uma vez? Ele gosta de você.

— É, gosto dele, mas só como pessoa, não para casar.

— Então eu te dou esse restinho de xampu Dagelle, vê se lava mais vezes esses cabelos, e agora tem que usar depilatório pra debaixo dos braços, eu ganhei o Racê, não deixa pêlo nenhum, na Europa e nos Estados Unidos da América todo mundo usa.

— E o perfume?

— O Organdy de Bazin não posso te dar, foi uma amiga do Centro que me ofereceu esse frasco, ela ia ficar ofendida se soubesse que dei pra alguém.

— E o esmalte?

— Só o Fátima, então, Martinha, aquele outro não, ainda tá novo, e também te dou esta pulseira com pedrinhas vermelhas.

— E de quem você ganhou tudo isso, Lúcia?

— Já disse, de uma amiga.

Mas não pode ser, Deus é justo, um dia vou encontrar alguém pra casar."

— Vê um litro de pinga do engenho lá de baixo do Batista e um pedaço de fumo de rolo aí, menina.

O grito de cachaça do cliente com um cigarro de palha na boca, quase uma ordem, interrompeu o longo diálogo imaginário, a aflição e os sonhos da filha do meio do seu Ézio, dono da única venda de Praia do Nego Forro.

21

Além de ajudar a moer cana no engenho do Machado, Tião era vigia de peixe. Em certas épocas do ano permanecia horas no alto dos morros acima das coivaras de café ou debruçado nas pontas dos rochedos da enseada. Se a água escurecia, todos os moradores de Praia do Nego Forro sabiam que milhares de dorsos de tainha encostados uns nos outros se aproximavam da costa. A manta no mar vinha anunciada pelos gestos desesperados do vigia com o chapéu ou com uma colcha velha; em tempos mais frios um cobertor. Tião lá em cima pulando, se agitando, se rebolando. O povoado inteiro se mobilizava. Quando o cardume se aproximava da praia espicaçando e arrepiando a água e relampejando ao sol no côncavo das ondas, dezenas de homens, mulheres e crianças jogavam-se à água até o pescoço, lançando e puxando avidamente as tarrafas.

— Olha o Tião lá no topete do morro, o homem tá endiabrado, deve ser manta das gradas, vamos pegar as tarrafas, repetiam as crianças nas brincadeiras dominicais.

O vigia de peixes, comentava-se, guardava outros segredos. Diziam que em noites de lua cheia virava lobisomem. Às vezes as palmas das suas mãos, os cantos dos seus olhos e parte dos seus lábios se tornavam de um amarelão de dar calafrios ao passante desavisado. Era provável, então, que na véspera havia crescido espessa pelagem em todo o seu corpo e caninos descomunais haviam despontado na sua boca; o achatado nariz se alongado e a voz anasalada do Tião se transformado naqueles uivos que ecoavam terrificantes nas canhadas dos morros, nos peraus e nos costões rochosos. Até os cachorros, rabo entre as pernas, aninhavam-se na areia sob as casas, grunhindo; as cabras baliam retesando apavoradas a soga em círculos irracionais; as crianças se pelavam de medo, chorando e acordando em pleno sonho; os pais se agarravam aos símbolos religiosos ajoelhando-se e pedindo proteção a Deus.

Como ter coragem de perguntar ao Tião, no dia seguinte, se se tratava dele mesmo? Vai ver era conversa dos moradores, sempre se inventavam coisas sobre as pessoas.

— Você é lobisomem, Tião?

— Sou sim, olha os dentes e os pêlos, seu Lino Voador medroso, vou te devorar todinho, aos poucos.

Melhor não imaginar um diálogo desses. Quantas vezes ele já tinha convidado Lino para que um dia, quando pudessem, fossem visitar um pedaço de terra que possuía distante dali, pegado ao posto indígena Duque de Caxias, lá no pé da serra, encostado em Hamônia. Pena que era longe. Terrazinha pequena, vinte e dois de frente por vinte e cinco de fundos, mas própria, herança de um velho coronel de Lages que no final da vida se arrependeu das malvadezas e foi distribuindo chão pras pessoas que tinham lutado contra a estrada de ferro dos gringos lá em cima no planalto, no Contestado, e acabaram amontoadas, depois, pelo governo no posto dos índios. Um dia contava se mudar pra lá. Seus pais estavam enterrados ali perto, no cemitério dos pretos e dos índios, e também os seus irmãos, uma hora ia se juntar a eles.

Na dança do Cacumbi quase sempre Tião fazia o personagem do capitão. O papel de Nossa Senhora que, segundo a lenda, tinha aparecido para três negros nas matas do morro da Cruz, era da velha Jacinta. A Santa era coroada por três negros num altar improvisado com pedras e galhos. Os três, após a coroação, se afastavam do altar andando de costas repetindo "omatumba, oquerenga, oruganda". Logo se iniciava um combate com pedaços de pau tal uma luta com espadas, acompanhado por repentes decorados por todos: "Senhor capitão/ cadê o dinheiro/ da nossa nação// Dinheiro não tenho/ não posso lhe dar// Nossa Senhora/ ajuda nós cá". Tião cuidava para que a formação dos dançarinos negros, em meia-lua, não se desfizesse. A dança, o eco do choque das madeiras e a cantoria na beira das matas de Praia do Nego Forro só se encerravam alta madrugada. Nas madrugadas ouvia-se por vezes a voz rouca e solitária de Tião entoando o que ele chamava de fado negro.

22

Não demorou muito para que Tião, com seu passo arrastado, voltasse da venda do seu Ézio carregando um saco nas costas. Foi Lino quem o chamou da janela.

— E então, comprou muita coisa?

— Só açúcar, café, farinha, um pedaço de fumo em corda e um litro de leite de cabra, tá tudo caro. Cachaça eu tenho por um bom tempo.

— Eu não bebo e não fumo.

— Eu sei, Lino, eu sei. Eu bebo e fumo.

Tião emendou a frase com uma nívea gargalhada.

— E o teu terreno lá pras bandas da serra, como vai?

— Tá lá, tá lá, antes de morrer vou lutar pra conseguir uma terra maior, que dê pra plantar de verdade aipim, feijão, batata-doce, criar galinhas.

Tião foi se chegando, depositou o saco de aniagem com cuidado na areia, sentou no chão e se pôs a dar explicações sobre a propriedade:

— Se a gente se juntar dá pra conseguir mais terra dos alemães, dos italianos, dos russos e dos polacos em volta, tem até um pessoal que apóia.

— Mas a terra é de quem?, atalhou Marcelino.

— Aquela terra é nossa, é dos índios, e uma parte é dos sobreviventes da guerra santa lá do Contestado, o representante do Getúlio Vargas da Intendência sempre diz isso, um primo meu que veio aqui no Natal me contou. Mas o intendente fala toda hora que tem que lutar, ele sozinho não pode nada. O presidente mandou dizer que se as pessoas tiverem vontade e se organizarem pra valer ele dá mais terras.

— Vó Chiquinha me dizia que o meu avô lutou muito lá na serra.

— Se teu avô estivesse vivo ele ia comigo, correu de lá do posto com a tua avó porque parecia que a escravidão para aquelas bandas continuava, tinha fome e briga. A gente era visto como bicho. Nós viemos pra cá num caminhão pra trabalhar como empregados do coronel Laurindo na capital, bem ali no Centro, na praça XV, mas ele bateu as botas um ano depois. E logo depois o teu avô foi junto.

— Eu não gosto dessa coisa, Tião, política, andando por aí como um pedinchão. Quero trabalhar sozinho e viver dos meus peixes, já tá bom, e estou bem aqui. Tenho minha casa e minha vida, ponderou Marcelino, visivelmente incomodado.

— É, mas não era assim que pensavam o teu falecido avô e a tua falecida avó Chiquinha. Ela quis que os pescadores daqui te ensinassem a pescar pra ter uma profissão e depois você poder ajudar todo mundo.

— Mas tem muita gente de Praia do Nego Forro e de Santo Antônio de Lisboa que também não gosta de negro nem de índio.

— Eu sei, Lino, acha que não sei?

Os dois acenaram para o compadre Miguelão, que caminhava célere pela praia em direção ao armazém, os dois filhos ainda pequenos logo atrás.

O vigia de peixes continuou dando longas explicações.

— As coisas vão mudar, Getúlio Vargas tá do nosso lado, vai romper, se já não rompeu, relações com a Alemanha, com a Itália e com o Japão, o seu Ézio disse que deu no rádio, mas vai faltar comida e gasolina. Você vai acabar tendo que servir o exército. Algumas pessoas daqui tão com a cabeça virada, depois eles se acertam, e a gente não é bicho, Lino, bicho é que só pensa nele, gente tem que um ajudar o outro, até lá no Rio de Janeiro o presidente diz que é assim.

— Então por que tem gente que fala mal do presidente?

— Gente burra! A coisa só não vai melhor porque têm homens ruins trabalhando com o presidente Getúlio Vargas e ele não sabe. Essa gente ruim não quer o bem do povo, como esse doutor Crodoaldo, lá do Centro, que às vezes passa por aqui com aquelas pessoas feias e faladoras com uma faixa amarrada no braço gritando que o integralismo vai voltar e salvar o Brasil.

— Ele também já veio falar comigo dizendo isso, confirmou Marcelino.

— Mentira, vai voltar nada, Marcelino. Eles sempre insistiram pra votar no candidato que eles indicavam, e é o que a gente, lá no sindicato, claro, nunca fazia. O doutor Nazareno diz que é proibido usar aqueles panos no braço, já o doutor Crodoaldo afirma que vai ser permitido de novo. Parece história de doido, concluiu Tião, dando uma gargalhada.

Refeito da surpresa — a gargalhada interrompera abruptamente a seriedade das palavras e o tom do discurso de Tião —, Marcelino respondeu secamente.

— Mas eu não voto.

— Eu sei, Lino. Numa época eu não podia votar porque não tinha documentos em ordem, mas eles mandavam votar assim mesmo; entregavam um documento na hora. Agora nem tem mais eleição pra nada, tá proibido. Quando eu trabalhava no sindicato dos estivadores, lá perto do Mercado Municipal, no Centro, depois que o coronel Laurindo morreu, o doutor Crodoaldo me tratava a pão-de-ló. Mas agora que puxo de uma perna e de um braço e moro aqui em Praia do Nego Forro ele nem liga direito pra mim, mas mesmo assim quer o meu apoio pras idéias dele, pra eu ajudar a convencer as pessoas.

— O doutor Crodoaldo às vezes passa horas aqui falando de política.

— É melhor nem ouvir esses cabras, Lino, é gente ruim.

— E a Aninha lá do terreiro disse que eles não gostam de negro.

— Claro que não. O problema da nossa raça continuou no dia 14 de maio de 1888. Tinha uma lei no Parlamento que dava a cada ex-escravo uma mula, um pedaço de terra e um saco de semente pra plantar, como nos Estados Unidos. Essa lei perdeu no Parlamento, a maioria dos deputados da época votou contra e a gente foi jogado na rua. Se tivesse passado, esse país hoje seria outro. O Crodoaldo se vivesse naquela época ia votar com essa corja. Esse pessoal integralista acha que nós somos ignorantes, mas conheço a luta sindical e aprendi a ler sozinho, depois tirei curso no sindicato dos estivadores. O professor era um sindicalista de São Paulo. Também tive curso com o Álvaro Soares Ventura, liderança dos estivadores do porto de São Francisco. Foi ele que me falou da lei que dava um pedaço de terra para nós no dia da libertação dos escravos.

23

AGORA ERA O MESTRE ANASTÁCIO QUE VOLTAVA DO ARMAZÉM PELA praia em direção à sua casa na beira da estrada para Santo Antônio de Lisboa, vizinha à área conhecida como Faxinal de João Maria. Cumprimentaram-se. Mestre Anastácio trabalhava para os pescadores de baleias. Era exímio na faca e no trabalho com o óleo extraído dos enormes animais nas armações de toda a região. Tião retomou as suas explicações.

— Não existe mais senador desde 37, mas o doutor Nazareno tem um cargo muito importante com o Getúlio. O presidente acabou com o partido comunista e o integralista, quis ficar com tudo sozinho. Agora tomou jeito e a gente tem que apoiar, ser positivo, lutar pelo bem do povo, ir fazendo conquistas, o mundo também é nosso, as lideranças do sindicato dos portuários sempre dizem isso, temos que ter fé. E o Gregório, que é da nossa raça, tem força com o Getúlio e protege o presidente. Gregório é a prova viva da nossa força.

Tião se levantou e encostou o corpo no tronco da ameixeira. Marcelino, após um muxoxo, resmungou uma resposta.

— Eu não gosto de política, já disse, mas até compreendo, você não tem um chão teu, aqui em Praia do Nego Forro, por isso quer ir lá pra serra. Eu tenho o meu lotezinho que a avó Chiquinha deixou pra mim, já tá mais que bom, e eu só sei pescar, e só quero o que é direito e, como disse, não gosto desses assuntos.

O amigo do pescador tirou o chapéu, coçou a cabeça, ajeitou-o novamente sobre a carapinha esbranquiçada, deu uma pitada no palheiro, arrumou o saco nas costas e retrucou com severidade:

— Mas tem que gostar, um dia tem que gostar. E aqui é a terra da República Juliana, lá pra Laguna, gente que lutou muito. Mas já vou indo, a minha véia Nini tá me esperando pro café lá no meu rancho. Amanhã tem moagem e esse mês é capaz de faltar dinheiro pro aluguel.

— Tá faltando dinheiro, Tião?

— Tá. O seu Machado quer pagar menos porque o meu braço tá fraco e o velho Adão não perdoa, vem pegar o dinheiro do aluguel da nossa casa todo final do mês, ali, certinho. Um irmão dele está vindo de Trás-os-Montes morar no Brasil de vez, ele não pára de falar nisso, precisa de cobres. Seu Machado comprou um daqueles cavalos de pata grossa, raça percherão, disse que teve que gastar um bom dinheiro pelo bicho, é para moer cana, o boi velho morreu.

— Eu sei, o seu Ézio me disse.

— Vou indo, e cuida dos teus passarinhos, Lino. Lá no seu Ézio disseram que o senador anda por aí treinando pra fazer discurso pros políticos do Rio de Janeiro. À noite vou na cerimônia na casa do Nego Babá lá no morro, a filha dele já é filha-de-santo, a Ana de Oxum. E cuida também com os olhos da gringa da Villa Faial. Até amanhã, Marcelino.

O pescador não respondeu. Até gostou de saber da Aninha, os dois estudaram na mesma classe no Luiz Delfino. Mas a observação, quase um alerta, sobre os olhos da dona Eve o deixou intrigado. Intrigado e aborrecido.

24

Convidado pelas crianças, Marcelino foi à Villa Faial nessa tarde. Era o aniversário de um dos primos de Sibila. Ele trouxe seis estrelas-do-mar já secas e dois enormes caramujos colhidos nos costões de Anhatomirim, que distribuiu para as crianças. O aniversariante foi o primeiro a ouvir o murmulho das ondas ao colar o ouvido na concha madreperolada. Sibila fora com o pai ao Centro, iam ao teatro Álvaro de Carvalho, transformado às vezes em cinema. Estava passando o filme *Ao compasso do amor*, com Rita Hayworth e Fred Astaire, segundo não parava de anunciar o irmão de Sibila. Dona Emma descansava na cadeira de balanço da varanda com uma amiga, esposa do comandante da base aérea de Itajaí, e Eve.

— Você conhece Marcelino, o cafuzo, o grande pescador de Praia do Nego Forro, Vandinha?

— Não.

— Ele é uma mistura de açoriano com negro e com índio. Tem um ano a mais do que diz, erraram no cartório. Me disseram que é filho bastardo do coronel Laurindo, muito conhecido por aqui, de uma tradicional família dos açorianos que vieram para a ilha de Santa Catarina no século XVIII.

— Então ele é a cara desse Estado, Emma.

— Só falta o sangue alemão e italiano.

— Eles vieram para cá um século depois, meu bem!

— Eu sei, Vandinha, eu sei. E muitos portugueses daqui vieram agora, no século XX.

— Pois é, Emma, então se ele se casar com uma italiana ou com uma alemã vira a cara desse Estado nos dias de hoje.

— Daí sim. Dá uma olhada que rapagão, Vandinha, espia só. Acho que é mesmo mistura de guarani com negro, cafuzo perfeito.

— Lindo rapaz, de fato, mas deve ter sim um quê de português no meio, ou não? E só músculos, alto e esguio. Se estourar a guerra vai dar um bom soldado. Reprodutor dos bons! E que cor, Santo Deus!, exclamou a convidada da Villa Faial, de chapéu masculino e uma jaqueta branca curta com um lenço lilás no bolso de cima. Ela segurava um maço de Continental na mão direita.

— Se você visse!, Vandinha, ele às vezes, ao falar, quando perde a timidez, parece alguém do Rio ou de São Paulo, tem conversa de gente de cidade, Nazareno acha que é porque ouve muito rádio. Quer ver?: — Marcelino, ôh, Marcelino, chega aqui, meu filho, quero te apresentar à esposa do comandante da base aérea da região, ela também está interessada nas tuas lagostas, ela é carioca como eu.

— Boa tarde, cumprimentou Marcelino, cabisbaixo.

— Boa tarde, meu filho, então é você que pesca aquelas lagostas deliciosas e aqueles camarões que de vez em quando o senador Nazareno manda pra nós?

— É, sim senhora, sou eu mesmo.

— Pega uma cadeira, Marcelino, ordenou dona Emma — senta aí no gramado perto da gente, as crianças já estão brincando de outra coisa.

As duas comentavam episódios do Rio de Janeiro.

— Imagina, Vandinha, como andam as coisas. Pelos tempos que correm você já não sabe em quem confiar. O Pacheco de Andrade há quatro ou cinco anos era chefe da censura à imprensa, freqüentava muito a nossa casa. Uma noite em que o doutor Getúlio veio jantar conosco conversaram até tarde num canto na saleta dos fundos, ele e o Getúlio. Orgulhava-se de usar a caneta ofertada pelos integralistas com o sigma gravado, obteve o cargo por nomeação direta do próprio presidente. Agora falam que o mesmo Pacheco de Andrade vai acabar preso porque freqüenta reuniões políticas proibidas, o três virado ao contrário apertado no braço de que ele tanto se gabava é proibido, imagina, ninguém entende mais nada.

— Não esquece, querida, que o anjo e o diabo disputam a gente o tempo todo. Melhor então ouvir música, Emma, meu bem, Tito Guizar, por exemplo, que tá se firmando como cantor e ator. Dizem também que há por aí uma outra cantora em formação, uma tal de Rosina de Rimini, será a nova rouxinol do Brasil, como diz o meu marido comandante. Diz ele que ela vai fazer sensação, ainda é muito novinha. Ontem fui visitar as inscrições rupestres lá na ilha do Campeche, têm mais de quatro mil anos, são magníficas. Só os militares têm acesso àquele lugar, pouca gente conhece. É melhor apreciar arte do que falar em política. O meu marido foi hoje visitar as fortalezas de Santo Antônio e de São José, as Forças Armadas querem reativá-las militarmente. A guerra está aí na nossa cara.

Sobre o tema música Eve acrescentou que a Rádio Nacional praticamente só tocava músicas de Lamartine Babo, Ary Barroso e Almirante. Dona Emma e a amiga conversaram também sobre a programação do Cassino da Urca e criticaram o último baile do Copacabana Palace e a reforma da piscina do Country. A convidada carioca insistia em detalhar, quando dava, que o seu marido comandante, engenheiro militar formado nos Estados Unidos, já tinha participado de reuniões na casa do ministro Capanema com os arquitetos e artistas encarregados da construção do prédio do Ministério da Educação e Saúde, na capital federal. Fez questão ainda de ressaltar que sempre que podia ouvia Bidu Sayão interpretando a Bachiana número 5 das Bachianas Brasileiras — "você sabia que a soprano cantou especialmente para o casal Roosevelt na Casa Branca, Emma?" Mas o orgulho era mesmo o marido.

— Meu marido é um humanista, guardou todos os números da *Careta* e da *Fon-Fon*. Dependendo do grupo político que aparece, mostra uma ou outra. O Capanema o adora, ele representa as idéias do ministro da Educação e Saúde nos meios militares. O Brasil vai estar na ponta da arquitetura mundial, e o Getúlio, sabe como é!, primeiro ele e Filinto Müller prenderam por quase um ano aquele escritor de Alagoas, agora o mesmo escritor escreve pra revista *Cultura Política* do DIP junto com uma porção de intelectuais.

— Também conheço ele, Vandinha.

— Mário de Andrade e Manuel Bandeira, o Oswald também, que é meu amigo, já foram lá em casa no Rio várias vezes falar com meu marido, querem ajudar na criação de uma identidade nacional forte.

As duas cariocas ainda emitiram opiniões sobre a guerra, que um dia, avaliavam, ia chegar ao Brasil. Ao que parecia haviam esquecido "o lindo cafuzo", que quase não abriu a boca.

— Tivemos um gostinho com a reunião dos chanceleres americanos há pouco, só a Argentina e o Chile continuam neutros. O meu marido me disse que da base aérea de Florianópolis e de Itajaí podem decolar quatro aviões de guerra Vultée V-11 a qualquer momento. O Vultezão, como ele chama, carrega bombas potentes. Por sorte deu tempo para vermos o musical Louisiana Purchase, do Irving Berlin, em Nova York, há dois anos, se tiver guerra *c'est fini*. Ainda bem que aqui na região a maior parte dos descendentes alemães é contra o nazismo. Mas os que são favoráveis são muito ativos. E o nosso presidente é politicamente ambíguo nesse particular, não acha, Emma?

A esposa do senador não respondeu, pareceu não ter ouvido. Ainda falaram da briga nos Estados Unidos entre as cadeias radiodifusoras e a American Society of Composers.

— Significa, pura e simplesmente, Vandinha, que lá só se pode ouvir e comprar música brasileira em loja de discos, mas como não toca no rádio ninguém conhece, é a morte da nossa música. Em compensação, a radiodifusora da prefeitura no Rio de Janeiro está com uma excelente programação.

— Nós já ouvimos essa notícia sobre música brasileira no rádio aqui do seu Ézio, disse Marcelino, baixinho, para Eve.

A governanta sorriu com ternura. O deslize de um pescador sequioso e desejoso na cabine da guarda presidencial parecia pertencer ao passado.

Marcelino se deu conta em certa hora que a amiga de dona Emma o examinava tão intensamente que ele se assustou. Num momento em que se levantou, ela, abrigada por um astuto ângulo de visão, fixou longamente o meio das coxas do fornecedor de lagostas do senador. Marcelino chegou a olhar para baixo, temeroso de que houvesse algo de anormal com a sua roupa. Logo em seguida ela dirigiu-se ao interior da Villa Faial. Lá de dentro, oculta por uma pilastra e perto de uma janela, dirigiu o olhar clandestino para Marcelino molhando lentamente os lábios com a língua. Lino sentiu a lubricidade e a concupiscência daqueles olhos, ele tremeu. O que queria aquela mulher casada com um comandante e já uma senhora? O que havia com ele que, de uns tempos para cá, despertava esse tipo de comportamento? Já tinha notado na última festa junina quando dançou quadrilha. Algumas moças e até uma mulher casada de Canasvieiras com parentes em Cacupé encostavam-se estranhamente a ele.

Na despedida a amiga de dona Emma estendeu-lhe a mão e disse, dissimulada: "obrigada pelas lagostas, Marcelino". Lino sentiu, no entanto, que a frase pensada era outra, ela tinha dito algo diferente com os olhos. Como seria lá no L'Amore?

— Olha aí a Bertilha com o chá e os *petits fours*, crianças, venham, chamou, impaciente, dona Emma, interrompendo as indagações secretas do pescador.

Marcelino devorou dois ou três *petits fours* oferecidos pela governanta — sempre as mesmas pupilas perturbadoras e obstinadas procurando os olhos do pescador, o sorriso cúmplice — e tomou um copo de xarope de framboesa. Ainda brincou com as crianças, levou os meninos nas costas, serviu de goleiro, jogaram quilica, empinaram pandorga.

Ao voltar para casa pela praia, Lino viu um pingüim sair desajeitado da água. Ele aninhou o animal nos braços e depositou-o com cuidado no interior da Divino Espírito Santo. Todos os verões pingüins desgarrados davam nas praias da ilha. Chegavam exaustos e desorientados. Mas se alimentados com peixe fresco, em um dia estavam descansados e prontos para o retorno ao mar. Pedaços de peixe-galo e uma dezena de sardinhas restituíram as forças do visitante marítimo. Como todos os anos, no dia seguinte o pingüim ia ganhar faceiro as águas da enseada pelas mãos dóceis do pescador hospitaleiro.

À noite Lino cozinhou os siris que havia deixado num balde com água do mar. O cozimento dos bichos ainda vivos o impressionou mais do que de costume. As garras arranhando a panela, os siris tentando desesperadamente escapar da água fervendo aos poucos, o cinza azulado da carapaça se transformando em vermelho diabólico. O sofrimento dos bichos podia, um dia, ser o dele. Essa sensação de ansiedade e depressão, quando vinha, era mau agouro. Algo ruim ia acontecer. Lino benzeu-se.

25

— O TIÃO ME DISSE QUE VOCÊ CONTINUA EMBRUXADO PELA MULHER da Villa Faial.

— Eu, embruxado, Martinha?

— É, embruxado.

— Então o Tião deve ter falado na hora que ele vira lobisomem, só pode ser; eu só vi o pessoal da Villa Faial na quarta-feira de tardinha e uma outra vez de manhãzinha.

— Ela já veio aqui na venda toda vestida de roupa estranha, um short com dois botões grandes, um lenço cor-de-rosa de seda enleado no pescoço, parecia que estava com dor de garganta.

— Que ela voltou eu sei, e daí? E acho que o Tião não tem o direito de dizer isso, embruxado é ele de noite.

— Você sabe muito bem que o Tião não é nada lobisomem.

— Eu sei, eu sei, mas também sei que não estou embruxado por ninguém.

— Então por que todo mundo sempre diz que você fica falando com a alemoa e ela te olhando sem parar?

— E o que é que tem isso?

— Nada, mas que está embruxado, está, e o Tião também diz que quando a família Nazareno chega você fica mais falador.

— Conversa dele, Martinha, só isso.

Martinha limpava as mesas de madeira da venda do pai. O estabelecimento do seu Ézio, mistura de mercearia e bar, estava vazio nessa hora da tarde. Só o cachorro Jiló, de um marrom meio esverdeado, dormia num canto. Pelo abanar descompassado das orelhas, mosquitos o incomodavam. O rádio da venda "Porto Santo da Madeira" tocava Edith Piaf. A mãe cozinhava, seu Ézio estava lá pros fundos. Martinha continuava a limpeza e falava com ironia.

— Lino Voador, Lino Voador, te cuida, homem, te cuida, olha o que falam, a benzedeira vem sempre aqui e disse que você tá carregado, ela vai fazer um trabalho pra ti, te cuida, Lino.

Martinha, olhos escuros grandes e percucientes ataviados por longos cílios, cabelos castanhos anelados roçagando-lhe os ombros, corpo magro bem desenhado, seios proeminentes e direitos, nariz levemente adunco, lábios cheios e vermelhos, ria. Um riso escancarado, os dentes muito brancos. — Te cuida, ela repetia.

— Vou me cuidar, vou me cuidar, concordou Lino, intimidado.

— A nossa professora de Santo Antônio de Lisboa veio aqui naquele dia da tempestade em que a canoa do seu Abelardo se arrebentou lá pras costas de Itapema.

— Mas você não disse a ela que eu estou embruxado, disse?

— Eu? Eu não, ela só dizia — o Marcelininho era muito bom aluno, o mais inteligente, o que entendia tudo, o que aprendeu a escrever e a ler antes de todo mundo.

— É, mas você acabou o primário e eu não, a minha avó Chiquinha morreu e tive que parar de ir pro grupo escolar.

— Eu sei, mas acho que o que interessa mais pra você é que a bruxa da Villa Faial tá aí.

— Que bruxa nada, você mesma disse que o Tião não é lobisomem coisa nenhuma.

— Não é mesmo, Lino, a velha benzedeira contou que o Tião anda de madrugada pela praia e corre os matos porque não consegue dormir. Só depois de dar uns gritos bem fortes é que o sono vem, e o grito não aparece quando ele quer, vem assim, de repente, se não vier ele não consegue dormir. É como se o grito libertasse ele de um pesadelo.

— Eu sei, a minha avó sempre me contava essas cenas. Eu era criança, não acreditava e tinha medo, achava que ele era lobisomem mesmo, mas ele é boa pessoa, decente.

— Eu também sei, Lino, e não conseguir dormir é uma doença.

— Pois é, então a dona Eve também não é bruxa.

— Bruxa desse tipo não, bruxa de outro jeito, te cuida com aquela velha.

— Velha?

— É, velha, trinta e quantos anos ela tem?

— Não sei.

— Ontem eu vi ela daqui da venda do pai. Ela estava deitada na praia, já no final da tarde, fazendo movimentos com o corpo, os pés na água, deitada de barriga para cima, os braços estendidos pra trás, como se esperasse um espírito. Levantava os dois braços, levava até os pés e voltava eles pra areia em cima da cabeça, tava esperando ser possuída.

— O que você está dizendo, Martinha?

— É isso mesmo, aquela gringa é esquisita.

— Mas ela é de confiança do senador!

— Eu sei, eu sei. E então tá, o que que você quer?

26

Martinha fez a pergunta num tom irritado, Lino respondeu prontamente.

— Preciso de açúcar, fósforos, barbante se tiver, óleo pra pomboca porque já estou usando graxa de tainha, e café.

— Está bem, tudo que você quiser, mas pra aquela mulher não.

— Não fala assim, Martinha, o que que você tem hoje?

— Nada, é que tenho medo de você ficar diferente quando encontrar aquela alemoa, como no ano passado. Até o Tião já disse pro meu pai que você com ela parece outro.

— Pra começar, ela é polaca! E vou falar sério com o Tião.

— Não, Lino, é brincadeira, deixa. Aqui estão as tuas coisas.

— Obrigado, bota na conta.

— Já botei.

— Pago no final do mês.

— Tá bem, como vão os teus passarinhos?

Martinha já modificara o tom da voz e a pergunta veio acompanhada de afetuoso sorriso. Marcelino respondeu sucintamente.

— Bem.

— Traz eles aqui, eu gosto de pendurar as gaiolas na porta da venda, gosto do canto deles, o pai também gosta.

— Tá, Martinha, vou trazer.

— O neto da benzedeira Graciana me disse que um dia você vai soltar eles, é verdade?

— É, eu disse para o Joãozinho. Um dia quero ver eles voa ..o e cantando perto da minha casa. Vou deixar sempre comida no telhado. Queria voar junto, viver solto como eles.

— Mas você já vive solto.

— Mas não como queria, às vezes tenho pensamentos ruins de noite, tenho pesadelos.

— Isso passa, Lino, eu um dia te ajudo com essa coisa. E você quer ajuda pro café?

— Como assim?

— Ajuda, ora.

— Não, obrigado.

— Você sempre me ajudou na Escola Luiz Delfino, seu Marcelino Alves Nanmbrá dos Santos! Então eu posso fazer o teu café, essa era a minha ajuda.

— Tá, eu tinha entendido, mas por ora não precisa.

— Um dia quero falar mais tempo com você.

— Mais sobre o quê?

— Coisas, coisas.

— Tá bem, até amanhã, bom dia pro seu Ézio e pra tua mãe.

— Tá, não vou esquecer de dizer pra eles. Leva essas roscas, eu mesma assei a massa de farinha de mandioca na folha de bananeira. Não tinha mais canela mas botei bastante erva-doce e cravo, não sei se estão boas de açúcar. Esqueci de te dizer que quem veio aqui outro dia foi a Dalva, te lembras dela? A Dalva do Saco dos Limões, que depois foi morar com um tio em Laguna! Casou com um italiano grandão de Nova Veneza. Trouxe o filho junto, o menino já tá andando, vão morar em Canasvieiras.

— Pena que eu não estava aqui no dia. E obrigado pelas roscas.

— De nada.

Dalva era um ano mais velha do que Martinha. Foi com ela que Lino dançou pela primeira vez, na escola, a Chamarrita, teria lá seus doze ou treze anos. De início coubera-lhe uma outra menina, moradora de Cacupé, a Ritinha, que morreu algum tempo depois de tuberculose. Marcelino na roda na ponta dos pés, os braços ora atrás das costas, ora levantados em direção ao céu, as mãos coladas, sentia os olhos de Dalva invadirem os seus enquanto dançava com Ritinha. Acabaram os dois, ele e Dalva, formando o par mais notado da tarde friorenta. Dançaram juntos novamente a dança da Ratoeira algumas semanas depois também ao ritmo da gaita, do pandeiro, do tambor, da viola e da rabeca. Marcelino, de tamancos, ensaiava desajeitados movimentos da dança acompanhados de estribilhos amorosos. Acabou repetindo a desenvoltura de Dalva, que não hesitava em repetir: "meu galho de rosa/ meu manjericão/ dá três pancadinhas/ no meu coração". Na Quadrilha da festa junina daquele ano, também no pátio da igreja de Santo Antônio de Lisboa, Dalva o acompanhou toda a tarde no folguedo com pinhão e quentão bebericado às escondidas pelos dois. Martinha, nessas duas ocasiões, acompanhou a alegria de Marcelino calada num canto do pátio.

Do seu quarto, na cama, nessa noite, após a conversa com Marcelino na venda do pai, Martinha ouvia com mais nitidez as vagas se chocando contra os rochedos, as espumas rumorejando sobre a areia úmida. Nunca sentira as ondas tão perto — o fragor, os respingos, os cicios. Seu corpo queimava mais do que a noite abafada lá fora, um calor tropical com cheiros de sensações perfumadas, expelidas de poros intumescidos, corpos imaginados tremidos em movimentos pares, desparelhados por ardores terminais, por sons reprimidos, por fôlegos sufocados, por prazeres a cada vez inéditos. "Se o Marcelino estivesse aqui comigo!", pensou a já então mulher plena, inteira, madura, fêmea possuída e ardente. Martinha, vestida naquela noite só com a pulseira oferecida pela irmã, os cabelos entornados sobre o travesseiro de macela, continuou por tempos infinitos suas quimeras e sonhos solitários, suas carícias íntimas, seus suspiros represados por gritos contidos, libertados por gemidos arrastados, emoções grilhadas remidas por carnes viscosas, te-amos afogados em correntes de voluptuosidade. A música ouvida com fúria pelo senador na Villa Faial invadia-lhe o corpo, a luxúria rebentava-lhe o peito. As ondas nas pedras, estros demoníacos, raivavam.

27

— E ENTÃO, MARCELINO, BOM-DIA, COMO VAI O MEU STRADIVARIUS de asas? perguntou, de chofre, o senador a um Marcelino assustado.

— Como, doutor Nazareno?

— O curió canto-praia, como vai?

— O Zequinha?

— É, o Zequinha.

— Vai bem, senador.

— Traz ele aqui, vamos veranear em Praia do Nego Forro até as primeiras semanas de março ou mais, as aulas das crianças este ano começam lá pra fins de março, começam tarde. Vem gente importante nos visitar nessa temporada, quero mostrar o canto dos passarinhos da minha região para os meus convidados. E a pesca, tem sido boa?

— Tem, doutor Nazareno, tem, muito, estou trazendo umas lagostas pro senhor, as de sempre.

— Muito bem, Marcelino, muito bem, obrigado.

A conversa para Lino Voador foi rápida nesse domingo de manhã na varanda da Villa Faial. Mal e mal abriu a boca, mas voltou com pacotes de comida para as aves. Doutor Nazareno possuía mais de vinte gaiolas com pássaros no Rio de Janeiro, no apartamento da rua Paissandu. Orgulhava-se dos gorjeios, trilos, assobios e trinados da sua orquestra de penas.

— Os meus bichinhos estão uma beleza lá no Rio, gabou-se, ao presentear Marcelino com os grãos.

Todos os anos ele dizia que até o chefe da nação já fora apreciar o concerto na imensa sala do apartamento com vista magnífica para a baía da

Guanabara, como sempre insistia em detalhar — "as águias dos beirais do meu palácio não são nada perto da garra dos vossos pássaros, excelência", teria declarado Getúlio numa das visitas à casa do ex-senador. A governanta sabia essa frase presidencial de cor.

Doutor Nazareno continuava do mesmo jeito, a soberba e a altivez intactas. Gostava de falar sozinho. Às vezes ignorava por completo as pessoas presentes, como se representasse um monólogo num teatro imaginário. Imitava o tom, a voz e os gestos do presidente, falavam que o homem estava meio doido, bebia muito. Tião dizia que era treino para discursar no Rio de Janeiro, tinha que ir pegando o jeito do presidente, aproveitava para ensaiar com pessoas menos importantes, e era desrespeitoso sair da sala enquanto o senador discursasse. Nesse verão não parecia ser diferente.

Até Eve, alguns dias mais tarde, disse para Marcelino:

— Ouvi do meu quarto o senador falando sozinho, sabia que você estava ao lado dele porque escutei você dar uma tossida. O senador é assim mesmo, às vezes se acha o Getúlio, treina o discurso.

— É, dona Eve, o Tião já me disse.

— Sei que certos nomes e palavras você nem conhece, mas o doutor Nazareno é um bom homem, Lino, é um bom homem.

A certa altura daquele monólogo ouvido pela governanta, doutor Nazareno tinha feito longas dissertações e dado explicações tão precisas quanto incompreensíveis e desnecessárias para Lino Voador.

— Pois é, Marcelino, o Hitler fica tentando seduzir a Marlene Dietrich mas ela não vai ceder não! Conhecia-a pessoalmente, sei como ela é. Mas foi importante a queima simbólica das bandeiras dos estados em 37, acabar com essa farra federalista, e a Olga Benário tinha mesmo que ser extraditada em nome da governabilidade, não tinha jeito.

— Como, doutor Nazareno?

Os olhos do senador fizeram várias viagens entre a copa do caquizeiro que crescia no terreno baldio ao lado e a espuma das ondas quebrando na areia de Praia do Nego Forro antes da resposta — "a Olga Benário, Marcelino". O senador deu-se conta de que falava sozinho há algum tempo.

— Nada, esquece, desculpe, esquece, estava pensando em outra coisa, pode ir, traz o Zequinha amanhã.

O orador solitário se levantou. Vestia um robe de chambre vinho. Foi até a sala, um cantor invadiu com voz grave todo o aposento. "Hoje vai ter

Orlando Siva cantando "Carinhoso" e Ataulfo Alves "Leva meu samba", Marcelino ouviu-o dizer. Em seguida caminhou até o filtro de água — "eles são chatíssimos com o tal filtro Fiel deles", dizia Bertilha — e serviu-se de um grande copo. Marcelino só percebia as golfadas garganta adentro. Depois acendeu o cachimbo com dificuldade, o isqueiro falhava. Foi logo em seguida que o doutor Nazareno separou quatro pacotes de painço e três de alpiste com a observação — "toma pros teus pássaros, Lino Voador".

Naquela quinta-feira, por volta de meia-noite, a família carioca foi surpreendida por batidas na porta e cantos. O Terno de Reis pedia para entrar na Villa Faial: "Ô senhor dono da casa// Abre sua porta// E dê sua oferta// Que nós queremos cantar". A tripa, o tambor e a voz fanha da cantoria interromperam abruptamente o sono de Sibila. Dona Emma e Eve, vestidas com roupões brancos felpudos, serviram café com leite, pão com geléia, biscoitos e chocolates para o grupo usando roupas coloridas, Marcelino entre eles.

Os cantos continuaram na varanda da Villa Faial. Faziam referência aos reis Magos, ao menino Jesus e alternavam saudações ao "feliz ano velho que terminou e ao feliz ano-novo". Mestre Neninho, capitão da baleeira Portugal, morador de Faxinal do Padilha, se encarregava das medidas singelas da percussão. O repentista era o compadre Matoso, oleiro em Itacorubi que vinha visitar a filha em Santo Antônio de Lisboa, e a terceira voz do mestre Adelino, da baleeira Pescadores de Nazaré, ex-morador de Pirajubaé agora vivendo no Saco dos Limões. Sibila e as crianças não desceram, tampouco o senador, às voltas com terrível dor de cabeça, conforme pedido de desculpas de dona Emma.

28

LINO VOADOR NÃO IA ESQUECER OLGA BENÁRIO. NÃO A PESSOA QUE SE colava a esse nome e que ele nem sabia quem era, e que para o senador Nazareno parecia ser importante, não, não ela, mas Sibila, a filha, que apareceu de camisola. Ela acabava de acordar, claro, domingo, nove e meia da manhã! Ali, apoiada no batente da porta, atalaia do desejo, imóvel, as pernas ligeiramente afastadas. Dava pra ver a claridade da janela da outra extremidade da sala através da seda amarelinha da camisola. Dava para ver também uma mancha escura embaçada e fugidia entre as coxas, a transparência desvelando ainda dois rosados insinuantes na altura do peito meio protegidos pelos longos cabelos anelados. Foi quando o senador pronunciou Olga Benário pela segunda vez que ela apareceu.

— Oi, Marcelino, dissera, num sorriso.

Tinha crescido desde o ano passado, a bernunça, já parecia mulher mesmo. Ele nem tinha reparado direito naquela quarta-feira da brincadeira de guarda do Getúlio no gramado da Villa Faial, nem quando ela tinha vindo trazer os biscoitos oferecidos por dona Emma. Talvez tivesse sido a roupa, ou então a lembrança ainda fresca das carnes quentes da governanta, o que fosse. A verdade é que, para ele, Sibila era outra mulher, não só do ano passado pra cá, não, de alguns dias para cá. Ela era quase da idade dele, um pouco mais velha, dezenove anos, pouco mais que a Martinha, só que Martinha parecia uma criança. Sibila tinha pronunciado Marcelino de jeito estranho, parecia Mahhhrcelino, ou coisa desse tipo, enfim, parecia outra língua, era a língua do Rio de Janeiro. Junto com o sorriso os dentes branquinhos, os olhos esverdeados se apertando, tal uma china alourada, o nariz pequeno. Aquele jeitinho não podia ser de mulher como as lá do L'Amore, Sibila era mulher para casar.

Quanto tempo ele tinha permanecido olhando o ninho de pêlos dourados entre as pernas da filha do senador? Será que o doutor Nazareno notou? Marcelino tremeu — "toma pros teus pássaros, Lino Voador", foi a frase dele. Se tivesse percebido teria dito outra coisa, teria brigado, talvez até batido nele. "Traz o Zequinha no domingo", ordenara o senador.

O pescador teve, nessa noite, um sono agitado. Às vezes, em madrugadas quentes de sonhos aflitivos, surgia-lhe medonho pulando em sua frente um ser desengonçado e terrorizante com três cabeças, duas viradas para trás. A que o olhava ria, gargalhava, as que lhe davam as costas oravam preces de uma só nota contínua e interminável. Um "o" grave longo e ininterrupto, ensaio apavorante de um coro a capela sem rosto com ele, Marcelino, por único espectador. Dessa vez aquele pesadelo tinha passado longe.

A seda amarela transparente, os dois pequenos círculos rosados, os cabelos cor de mel, pêlos, peles alvas e um corpo de menina transformado em mulher pronta e acabada é que compartilharam a palha de milho e o estrado duro da cama do pescador. Um onirismo alternando fantasias e ansiedades entre sorrisos, olhos verdes amendoados e ralhares de senador.

29

UMA TARDE MARCELINO E O DOUTOR NAZARENO SE ENCONTRARAM de novo em plena praia. O pescador caminhava em direção à venda do seu Ézio, o senador voltava. O convite para dar uma passada na Villa Faial era comum.

— Vamos lá em casa agora, Lino Voador, você já pescou hoje, não é?

— Já, doutor Nazareno, e o Aveleza já passou com a caminhonete.

— Então vamos limpar uma tainha, você sabe que pra mim é um descanso, é um relaxamento tirar escamas de peixe, fazer churrasco, limpar mexilhão, cozinhar siri.

— É, mas eu tinha que ir até a venda comprar um óleo que a comadre Jaciara disse que chegou no seu Ézio, óleo A Patroa, redargüiu Marcelino.

— Vamos lá em casa, a Emma deve ter na despensa, ela te dá logo duas latas.

Marcelino aceitou. Doutor Nazareno assobiava, o pescador apenas ouvia os sibilos desafinados e o atrito das sandálias do senador na areia.

O anfitrião da Villa Faial, com o copo de uísque ao alcance da mão, escamava a tainha falando sem parar. No rádio da sala ouvia-se "Aquarela do Brasil".

— No inverno as tainhas são maiores, agora, no verão, só dá dessas tainhotas. Quando dá!

— No ano em que dá muita baguinha no espinheiro na ponta do rio vem manta das grandes, as tainhas desovam ali e comem as frutinhas. É como com o garapuvu: no ano em que dá muita flor é ano de muita chuva.

Após ouvir com atenção as explicações de Marcelino sobre peixes e flores, o senador, limpando as mãos num pano de louça, chamou Eve, que examinava as gérberas do jardim.

— Vem cá, minha filha.

Eve aproximou-se, sentou perto de Lino. Ela cruzava e descruzava as pernas, usava nessa tarde sandálias de camurça preta, de salto, os pés batiam inadvertidamente no joelho do pescador, as pupilas úmidas insistentes aspergiam o rosto de Marcelino. E, como sempre, um sorriso clandestino acompanhava o movimento dos olhos.

Doutor Nazareno detalhou a história de uma francesa, de nome Pierrette, muito rica, que amealhara a sua fortuna se apresentando nua nos palcos de teatros de terceira classe no Distrito Federal e dirigindo uma casa de prostituição na Lapa. Possuía prédios inteiros no Flamengo, em Botafogo e em Copacabana.

— Um dia, meus amigos, a mulher sumiu depois de raspar todo o dinheiro vivo que tinha num banco. Eu a conheci pessoalmente no Cassino da Urca, veio me pedir favores. Tinha uma única irmã, que ofereceu uma soma enorme pra quem desse notícias dela. Pierrette era o seu nome de guerra. Ela nunca foi encontrada, a polícia acredita que a Migdal, que é uma forte organização de escravas brancas, de que ela fazia parte, acabou por matá-la.

O senador parou de falar porque uma escama intrometida veio colar-se sobre sua pálpebra direita e uma segunda embaçou a lente esquerda dos óculos. Ele retirou-as com um gesto brusco, limpou os olhos, pôs os óculos sobre a mesa, e logo emendou falando do bispo de Maura. Os óculos — encomendados especialmente nas ópticas Rangel, de São Paulo, já dissera Eve certa vez — pareciam vigiar e exigir a atenção dos dois ouvintes cativos.

— Ele vai acabar sendo expulso da Igreja e internado, quer dizer, internado não, preso na prisão santa do Caraça, em Minas Gerais. Esse também já veio me ver no Senado pedindo favores e explicando seus propósitos, dizendo que a Igreja fugia dos seus princípios originais e possuía, são palavras dele, o mais formidável recenseamento de fortunas e idéias de brasileiros. O Getúlio se interessou muito.

Doutor Nazareno às vezes assobiava entre uma aspirada e outra no cachimbo.

— Hoje estou com essa música na cabeça, "Três apitos".

Interrompia a melodia, falava sozinho de outras coisas, assuntos descosturados, Eve só dizia "ah é, ah sim, que coisa", outras vezes interrogava a governanta.

— Você leu o *Rua Alegre, 12*, do Marques Rebelo?

Sem esperar resposta, continuava.

— O *Our Town*, do Wilder, é melhor, *Deus lhe pague* e *Amor*, do Viana, tão tendo boa carreira internacional. A Dulcina de Moraes está querendo montar uma peça do Shaw ou do Lorca no ano que vem, veio ver se eu posso interceder junto ao Capanema. Neste ano vai montar *Chuva*, do Somerset Maugham, ela fará o papel da prostituta Sadie. Já conseguiu os cobres para este ano de 42, agora está pensando em 43. Um polonês chegou no ano passado ao Brasil e também já veio me pedir ajuda, quer montar peças de autores brasileiros. Eu gosto de teatro, o nosso cinema é que deve fazer mais, o Roquette-Pinto tá dirigindo o Instituto Nacional do Cinema Educativo, faz o que pode, coitado, mas tá difícil. Sabe, Eve? É aqui no estado que foi fundado um dos primeiros povoamentos do Brasil, em 1504, em São Francisco do Sul, pelos franceses. Dali foi o primeiro índio brasileiro para a Europa, o índio Içá-Mirim, que deu Essomericq em francês. São Francisco do Sul está entre os primeiros vilarejos do Brasil, ali, assim, cabeça com cabeça com o Rio, Pernambuco e Bahia. Tanto é que, depois, no planisfério anônimo de Weimar de 1527 já aparece a designação rio São Francisco aqui na região, e o topônimo Santa Catarina também! E consta no mapa-múndi de Diego Ribeiro de 1529. Exatamente aqui onde nós estamos agora! No Meiembipe dos índios! Meus ex-colegas de Senado no Rio nem sempre concordam, aqueles pândegos! De qualquer maneira, André Gonçalves e Gonçalo Coelho já estiveram por aqui em 1502. Mas quem desceu mesmo, fincou bandeira e construiu casas foi Nuno Manuel em 1514 e trocou o nome de Meiembipe no início por ilha dos Patos. O nome ilha do Desterro veio bem mais tarde, sabe, Eve?

— É, o senhor já me disse, senador.

A frase de Eve não foi sequer ouvida pelo doutor Nazareno, centrado sobre si mesmo, envolto na construção de suas frases e nas lições senatoriais.

— A cidade só passou a se chamar Florianópolis no fim do século XIX em homenagem ao Marechal de Ferro, que lutou contra a revolução federalista e a revolta da Armada e fuzilou centenas de habitantes daqui da ilha. Tem gente que reclama até hoje, querem de volta o nome Desterro.

O senador lia *A retirada da laguna*, de Sílvio Dinarte, numa edição recém-impressa, como frisou.

— Sabe, acho mesmo que o Taunay, abolicionista e imigracionista, que escrevia com esse pseudônimo — o livro, de capa azulada, tronava sobre uma das cadeiras de vime, o senador apontava-lhe o dedo — é, de certa maneira, o meu exemplo. Taunay foi senador por este estado, nunca abandonou o Pedro II, e agora submarinos estrangeiros estão de alcatéia em nossas águas territoriais. O Taunay, se vivo fosse, ia lutar pra acabar com regimes políticos que pregam o racismo, a intolerância e a perversidade. Vou mandar notícias para o semanário *Diretrizes*, do Samuel Weiner, ver se ele aprende alguma coisa!

Marcelino não se mexia. Assim como o senador o chamou, dispensou-o.

— Leva os peixes lá pra Emma, Eve, e pede pra Bertilha acabar de limpá-los, essas nadadeiras da tainhota não querem sair de jeito nenhum, o peixe parece querer voar, estou cansado. E pode ir, Marcelino.

— Até amanhã, senador.

— Até amanhã, rapaz.

Ao chegar em casa, Lino notou que a cachopa de marimbondos pendurada na ponta do telhado tinha aumentado em poucos dias. Marimbondo de peito amarelo era o mais temido, ele sabia. Uma única ferroada podia matar uma galinha. Só fogo para dar fim ao ninho. Ele, então, enrolou um pano velho na extremidade de um caniço, embebeu-o com querosene retirada do candeeiro, e rodou o isqueiro. As labaredas cuspiram uma fumaça negra e oleosa. Logo as chamas e a fumaceira acometiam o ninho ameaçador. Os insetos, tresloucados, sandejavam, afastavam-se da morte, voltavam desvairados e belicosos para a sua casa como a defendê-la debalde do elemento em fúria, procuravam entender, abriam as asas, voar embora? Ficar e morrer? Imolar-se no fogo? Lutar contra as labaredas? Tentar picá-las até apagar aquele braseiro medonho?

Lino agüentava firme, seus inimigos caíam às dezenas, a fúria tolhida, o assombro esfumado, o peito atoniado, o dardo inútil. Um marimbondo logrou, ainda assim, trespassar o ferrão no antebraço do algoz, logo outro no pescoço, um terceiro conseguiu, nos estertores, furar-lhe o rosto. A dor das picadas era lancinante. Marcelino cerrou os olhos com força. Defendia-se, assim, de uma possível ferroada na vista e, ao mesmo tempo, evitava assistir à cena macabra e torturante. Lino temia que o fogo se extinguisse antes da completa destruição dos terríveis peito-amarelos. Ao abrir os olhos jaziam no chão — alguns ainda se debatendo num debuxo tétrico — centenas dos outrora altivos e arrogantes insetos. As formigas e as galinhas se encarregariam de suprimi-los para sempre.

30

Na manhã seguinte — para grande espanto do seu contramestre — a pesca na Divino Espírito Santo foi diferente.

Acabavam de atravessar a marca da arrebentação e a linha do caniço menor já fora lançada por Maneco. Gesto, aliás, mecânico, com resultados quase sempre pouco rentáveis — um baiacu ousado, uma tartaruga marinha desajeitada, um robalo de pequeno porte perdido na enseada de Praia do Nego Forro, um peixe-voador confuso com sua natureza. Ziguezagueavam com força média. O lenho branco com bordas azuis comandado pelo leme seguro de Marcelino seguia impávido em direção ao traço separando o céu do mar. Por detrás daquele risco surgia silencioso o carro de bois em chamas do cego Basílio.

De repente a voz de Marcelino, em tom de ordem, interrompeu as carícias da brisa no rosto dos dois pescadores.

— É peixe-voador no anzol, Maneco, levanta, puxa logo, rápido.

Maneco recolheu a linha e olhou para Marcelino, como a certificar o mestre do palpite emitido. O peixe-voador debatia-se no ar, as nadadeiras, lembrando asas malformadas e inconformadas, chocavam-se com a bordadura da Divino Espírito Santo. Marcelino ainda ordenou, severo:

— Traz ele aqui.

Maneco retirou a ponta do anzol bruscamente.

— Não machuca ele, Maneco, gritou Marcelino.

O contramestre olhou confuso para um chefe estranho, obedeceu e, logo depois, o capitão da Divino Espírito Santo, mantendo o leme com a mão esquerda, segurava o peixe com ardor. Examinava-o com cuidado, abria-lhe as nadadeiras com o polegar e o indicador. O bicho respirava com dificuldade, as rêmiges gosmentas imploravam a volta ao mar. Marcelino abandonou o timão subitamente e sentou-se no fundo da Divino. Abriu ainda mais as nadadeiras, escancarou as guelras, acariciou o peixe da cabeça à cauda.

Maneco estava atordoado, a proa da Divino Espírito Santo apontada para a saída da enseada. Os rochedos e o alto-mar se aproximavam. O filho mudo de Chico Tainha bateu repetidas vezes com as mãos nas paredes da embarcação e com os pés na palamenta, grunhiu, uhr, uhr, uhr, voltou a bater com os pés. Marcelino estava fechado em outro mundo, tinha enlouquecido? Ele continuava a abrir e fechar, agora compulsivamente, as nadadeiras do peixe, que lembravam asas.

Maneco, ignorando o timoneiro sentado no fundo da canoa, dirigiu-se ao leme. A Divino Espírito Santo desviara perigosamente da rota, os rochedos se exibiam com ameaçadora arrogância. A embarcação ia se estraçalhar em poucos minutos. Marcelino continuava a sua lide com o peixe. Pusera-o com cuidado no estrado de madeira, acariciava-o, interrompia os gestos abruptamente e mirava insolente o sol cada vez mais forte. O brilho obscurecia-lhe as retinas. Após alguns minutos, escondia os olhos no antebraço e voltava ao peixe-voador, já agonizante.

Maneco virou o leme. A Divino Espírito Santo balançou, a proa apontou logo para a serra do Tabuleiro, no continente. Marcelino continuava absorto no peixe então morto.

A baleeira tomou o caminho de volta sã e salva. A vicissitude das ondas foi aumentando com a aproximação da praia. O balançar parece ter acordado Marcelino.

— O que foi, Maneco, o que foi?

Lino levantou-se, Maneco nem virou o rosto e, logo depois, iniciou as manobras para aportar nas areias de Praia do Nego Forro.

Ainda na baleeira, Marcelino queixou-se de dor de cabeça. Maneco continuou sozinho a faina. Comadre Jaciara, o cabelo amarrado atrás formando uma trança, já esperava o filho sob o alpendre da casa de madeira pintada de branco com janelas e portas azuis que se debruçava sobre a areia clara e fina da praia. Não parecia muito surpresa com a volta antecipada. Seu rosto estava parcialmente encoberto pelo roseiral juncado de flores brancas que bordava o caixilho da porta. O alpendre estava coalhado de flores purpúreas da bougainvíllea que já lambia a beira do telhado. Alfama, a cadela de Maneco, toda preta com o focinho caramelo, de rabo cortado, correu para o seu dono espirrando e ganindo entusiasmada. Comadre Jaciara ajudou a empurrar a Divino.

Lino Voador caminhou cabisbaixo para a sua meia-água. Gaivotas alheias à pesca frustrada da Divino Açoriana reclamavam barulhentas o seu peixe cotidiano perto da embarcação. Uma mais ousada pousou sobre a bordadura azul. No coqueiro perto da casa de Lino um bando de tirivas devorava avidamente os pequenos frutos amarelos que pendiam de cachos fartos e fecundos. O pescador olhou os pássaros com inveja. Vontade de ser um deles, gaivota ou tiriva, qualquer um! A aspiração trouxe-lhe algum sossego.

No fim da tarde, aniversário de Maneco, houve cantoria e doces preparados pela comadre Jaciara numa mesa improvisada no terreno atrás de casa. Alguns dançaram, contaram histórias, riram muito. Chico Tainha exagerou na pinga, soube-se depois. Só faltou Marcelino, que, indisposto, preferiu deitar-se mais cedo.

31

ERA SAUDADE, ÀS VEZES RAIVA. O anseio e as vontades iam para o Distrito Federal. O vento sibilava nas venezianas brancas, o céu estava cinzento, chovia fino, o verde dos matos escurecia, a areia da praia escurecia, as ardósias que enfeitavam o gramado da Villa Faial escureciam, o quarto anoitecia cada vez mais.

"No fundo são um bando de caipiras os que moram em Praia do Nego Forro, essa paisagem daqui da minha janela, a venda do seu Ézio lá na outra ponta, as casinhas dos pescadores, só nós da cidade, por que o pai cismou de fazer a casa nesta praia, meu Deus? Somos os únicos de fora. Antes, quando eu era menor eu até gostava, agora é esse tédio, se pelo menos ele deixasse a gente ir ao clube lá no Centro. Dá vontade de fazer qualquer loucura para sair desse fastio.

— Não, minha filha, é longe, e é bom você ficar com a sua mãe. Lá no Rio é aquela correria e vocês se vêem pouco e, depois, não esqueça que você está de segunda época no colégio, por isso tem inclusive que voltar antes da gente, e você se atrasou no colégio quando tinha nove anos por conta da hepatite.

De que adiantaria dizer:

— Mas papai, tenho dezenove anos, fiz há um mês atrás.

Ele ia responder que eu sou o bebezinho dele:

— Ainda é muito cedo para você, minha filha, você ainda é uma criança, apesar dos dezenove anos. Quando completar vinte e um anos, daí sim. É mais prático você conhecer pessoas importantes dessa região, filhos das grandes fortunas catarinenses, lá na nossa casa da Paissandu, no Rio. Aqui é pra descansar o corpo e a cabeça. E o pai tem que resolver assuntos de grande importância no palácio do governo na praça XV, no Centro, até tarde da noite. Por isso às vezes tenho que pernoitar no hotel, não dá tempo pra vir até Praia do Nego Forro. Você tem que pensar em encontrar um rapaz ilibado e filho de fortuna sólida, aquele que será o único homem da tua vida e pra quem você será a única e eterna esposa, serem felizes e fiéis como tua mãe e eu somos.

E de novo de que adiantaria dizer:

— Pai, todos os empregados da casa no Rio de Janeiro sabem — o motorista espalha — que você vai depois do trabalho pro outro lado da avenida Rio Branco ver as mulheres da vida, um cabaré que tem por ali. Até um colega teu de trabalho, assessor de não sei quem, já me disse isso baixinho. E quando me tirou pra dançar lá em casa, na festa que você e mamãe fizeram pros Galotti, ele me apertava toda. Numa outra vez me chamou numa salinha do Departamento de Indústrias Estratégicas e disse que não fazia mal nenhum a gente se beijar um pouco porque o meu pai também tinha as suas jovenzinhas. Só deixei ele me beijar na boca um dia num lugar escuro porque eu já tinha completado dezenove anos e ele era bem novo e charmoso, mas ele queria mais. E agora nem a minha mãe sabe que estou namorando com o Roger, aqui não tem ninguém apresentável, só praieiro e caboclo, um ou outro até é bonitinho, mas só um ou outro. O motorista da caminhonete dos peixes de Santo Antônio de Lisboa, aquele magrela, sonha que vai me levar pra cama, coitado, um pobretão daquele. O Marcelino é bonito mas é atrasadinho, mas é bonito, sim. E a merda da Eve sempre com essa carranca de enfermeira zangada. Foi bom que Amália e Anacleto e as duas outras crianças vieram junto neste ano de novo, assim podem brincar com o Pedrinho. Que vontade de ver o Roger, meu Deus! Tomara que quando voltar pro Rio possa assistir a *O cortiço* no cinema, nessa droga de praia nem cinema tem. A sessão no teatro Álvaro de Carvalho foi interrompida quatro vezes. No Rio não é assim. *Limite* e *Favela dos meus amores* foram chatinhos, mas todo mundo gostou. Aqui em Praia do Nego Forro meu cinema é essa merda dessa janela. Dá, sim, vontade de fazer alguma loucura."

O cheiro de bolo de nata — uma das especialidades da Bertilha — que subia da cozinha interrompeu os devaneios de Sibila. A filha do senador saiu do quarto assobiando: "J'attendrai", cantada por Jean Sablon e muito ouvida pelo pai nas noites de insônia.

32

No domingo seguinte Marcelino, como prometera, levou Zequinha à Villa Faial. Para chegar à vivenda amarela foram ambos, homem e pássaro, pela areia. Antes, na estradinha paralela à praia, cruzaram com Zeca Pires montado no velho cavalo zaino. Cumprimentaram-se. Zeca Pires levava uma cesta trançada repleta de siris que terçavam as garras em movimentos lentos. Passaram também pela viúva Otília, que carregava um saco do qual escapava a cabeça curiosa de um pato cujo grasno parecia sair a compasso com o andar da sua dona.

O avinhado ia orgulhoso e empertigado no poleiro de cima da gaiola ouvindo a areia fina de Praia do Nego Forro crepitando sob os pés do seu amo e companheiro. Marcelino falou com o pássaro:

— Hoje é um dia importante, Zequinha, canta pra valer, nego, tem gente grada essa manhã pra te ouvir.

Lino carregava a gaiola de taquara sem olhar para o passarinho. Zequinha ia se equilibrando, as unhas cravadas no poleiro de camboatá raspado. Mas ia mudo.

— Só não faz desfeita, Zequinha, por Deus Nosso Senhor, ainda murmurou o pescador fixando desta vez o olhar no bico fechado da ave.

O senador, com um paletó azul-marinho, chapéu panamá, calças bege e sapatos brancos com as pontas pretas, com um grande charuto no canto da boca, foi o primeiro a se levantar quando Marcelino entrou no jardim da Villa. "Devia devia ter posto os sapatos que uso para ir na igreja, não sabia que vinha tanta gente", pensou Lino.

A casa ganhara gerânios e violetas nas janelas e na varanda. O jardim estava salpicado de orquídeas roxas e brancas. O jardineiro era um velho originário de Rancho Queimado, na estrada que leva ao planalto lageano, e que acabou vindo morar em Santo Antônio de Lisboa. Trabalhara como bugreiro a serviço de madeireiros que exploravam as matas da serra do Tabuleiro. "No Morro dos Cavalos matei seis bugres de uma vez só, foi no verão de vinte e cinco", gostava de dizer. Tinha sotaque agauchado e se vestia como um tropeiro serrano. Era bom de plantas. Dava para ver; até um canteirinho de arumbeva ele conseguiu fazer, os cáctus despontavam viçosos no jardim, numa quina da casa.

Havia um grande número de pessoas em volta do caramanchão, de onde saía cheiro de churrasco. Xaxins com samambaias e orquídeas olho-de-boneca pendiam dos caibros da construção coberta com palha. Junto com o aroma do assado, um perfume de lavanda, de rosas, de jasmins e de flores do campo exalado de mulheres alvas com roupas coloridas, de risos ruidosos e gestos pausados, não demorou a subir narinas adentro de Marcelino à medida que ele ia se aproximando do grupo. O senador apresentou o pescador e o seu pássaro. A esposa Emma lhe ofereceu suco de abacaxi, Sibila deu bom-dia, a governanta se achegou, apertou com força a mão de Marcelino junto com um troante "como tem passado, Lino Voador?" As crianças foram se aproximando, cumprimentaram Lino efusivamente, relembraram das brincadeiras da quarta-feira.

Doutor Nazareno segurou a gaiola, levantou-a com mãos impacientes, quase encostou o rosto na taquara fina, examinou atentivamente o peito do curió e pendurou-a no pé de aroeira, ao lado do caramanchão. Eve e Sibila mantinham-se ao lado de Marcelino. A governanta tinha mesmo os cabelos mais curtos se comparados com o corte do ano anterior, agora roçavam os ombros. Eram castanho-claros. Pareciam mais dourados desde quarta-feira. Os olhos azulados de Eve davam a impressão de estarem sempre úmidos, como se ela acabasse de chorar. "Ela é mais alta do que o senador Nazareno", reparou Marcelino. Ele não tinha notados esses detalhes.

Sibila parecia outra, tinha cara de mulher feita. Estava maquiada, de batom, pó-de-arroz, os cílios ebâneos realçados. Um tracinho negro em cada lado puxava e lhe amendoava ainda mais os olhos esverdeados. Nesse dia tinha cara de vinte e um anos. Usava sapato alto com tiras de couro amarradas em volta do tornozelo, trajava um vestido verde-claro.

— Agora vamos ouvi-lo, gritou o senador para toda a platéia.

Zequinha belo e altivo. E mudo como o ipê-amarelo cuja coloração Marcelino admirava no inverno e que agora se erguia simplesmente, tal uma árvore copada qualquer de virentes folhas, na pequena colina coberta de vegetação atrás da Villa Faial.

33

EVE INDICOU AO DONO DO PÁSSARO UM BANQUINHO DE VIME AO LADO da mureta que protegia um canteiro com antúrios, cravos vermelhos, onze-horas e copos-de-leite. Ela sentou-se na mureta, Marcelino no banquinho. Eve trajava um vestido longo azul-escuro, com um largo cinto marrom com fivela redonda, e uma blusa branca com golas pontudas que lhe subiam até quase as orelhas. Abanava-se com um leque da mesma cor do cinto. Marcelino usava short azul e camisa bege.

A governanta perguntou pelos outros pássaros e pela pesca, falou da beleza do lugar e relembrou que era o quarto verão que passava em Praia do Nego Forro.

— Eu acabava de completar vinte e oito anos na primeira vez que vim aqui, acho que foi no ano em que conseguiram matar o Lampião lá no nordeste. Você ainda era um menininho, agora está um homem.

O final da frase — um homem — saiu três vezes, repetido, idêntico. — Um homem!

Eve pronunciara as palavras olhando para o mar. Voltou-se para Marcelino ao final das sentenças, como a se certificar do seu conteúdo, e continuou a conversa.

— Antes de viajarmos pra cá, exatamente na véspera, no Rio, pensei em você, Lino. Eu estava no bonde perto da casa do senador, numa rua de lá chamada rua Paissandu. Um guarda de luvas brancas, todo engalanado, não deixava a gente passar. Sonhei acordada, sonhei que você ia ter um grande futuro.

Marcelino sentiu ligeiro incômodo. O que a Eve queria dizer? "E o outro mudo lá na aroeira, se comparando ao ipê no verão!", ainda pensou. Doutor Nazareno falava aos convidados em voz alta e observava alternadamente o curió, escultural, estático e taciturno, e Marcelino, calado e tenso.

— E então, Marcelino, o que o nosso mestre tem hoje? Tá com medo?, perguntou o senador. Será que é porque não está na canja? Na casa dele é outra coisa, eu já ouvi!

Marcelino, as duas mãos crispadas e agarradas na borda do banquinho de vime, levantou-se de ímpeto e caminhou em direção à aroeira balbuciando: "não sei, doutor Nazareno, não sei!"

Eve também levantou e se aproximou do pássaro. As crianças brincavam nas três redes penduradas na varanda.

Um minuto depois todos cercavam Marcelino. Bem falantes, bem-vestidos, perfumados, altivos. Eve disse, mais tarde, que entre aqueles convidados do doutor Nazareno estava Nereu Ramos, governador do estado com o título de Interventor Federal desde 37. Foi quem trouxera os charutos de presente para o senador. Alguns afirmaram também que os quatro jogadores do Figueirense da família Moritz — Calico, Décio, Nery e Sidney — também estavam presentes. Muitos faziam observações e ponderações sobre a mudez do pássaro. Até as crianças, abandonando a brincadeira nas redes, davam palpites que iam estonteando Marcelino. Ele ouvia gritos e via rostos desfilando, imensos, a um centímetro do seu, fazendo caretas, a voz grave do senador balançando no ar — "aiaiaiaiai, chiiiii, que será que houve com o curió do Marcelino, que será?" As crianças gargalhavam, Anacleto brincava com um pião. Duas crianças liam sentadas no poial perto dos degraus que levavam à varanda. Pedrinho balançava-se na retouça fixada a um galho da frondosa figueira dos fundos do jardim.

Lino Voador sentiu dois apertos suaves nos braços, ouviu a voz de Eve, reconheceu o rosto de Sibila, olhos verdes arregalados, logo atrás da governanta — "não precisa chorar", repetia Eve. Tinha chorado? Não podia ser, não podia! As crianças se balançavam de novo nas redes, Pedrinho comia pamonha com melado, doutor Nazareno falava perto da grelha do churrasco, os convidados conversavam e bebiam em pé. A guerra, prestes a explodir no Brasil, dominava os temas, o que tinha acontecido? Quanto tempo ele levou para vir do banquinho de vime ao lado dos antúrios, dos cravos, das onze-horas e dos copos-de-leite até a aroeira? Lembrava-se de estar rodeado por muita gente, estava cercado, não se lembrava do diabo daquele trajeto curtinho do banco de vime até a árvore onde estava o curió. Desmaiou? Não, se andou! Pode andar desmaiado?

A cabeça de Marcelino doía. Ele deu três passos, levantou os braços, retirou com delicadeza a gaiola da aroeira e se dirigiu para o pequeno portão verde da Villa Faial que dava na areia da praia.

— Não liga pra isso, Marcelino, não fica triste, o Zequinha estranhou alguma coisa, traz ele de novo outro dia, gritou do caramanchão o senador acompanhando a frase com um aceno amigo.

"Então é verdade, ele viu que eu chorei, todos viram", pensou, agoniado, o pescador.

Marcelino continuou andando devagar, quase arrastando os pés, os dedos da mão direita contraídos na alça da gaiola. Eve e Sibila o acompanharam até o portão verde. Ele virou-se ligeiramente na saída, a governanta acariciou-lhe a nuca, Sibila abriu o sorriso que lhe repuxava ainda mais os olhos. Lino Voador, meio tonto, pronunciou um até logo fanho e, as pernas bambas, se afastou pela areia quente e ensolarada carregando a mudez. Gaivotas impetuosas e despóticas atitavam pousadas sobre uma velha âncora areada visível em horas de maré baixa.

34

A NOITE FOI DE INSÔNIA, DE VERGONHA E DE RAIVA. VERGONHA DA Sibila, que que ela ia pensar? Da Eve — "agora você já está um homem!" Raiva do Zequinha, curió desgraçado, bem na hora que mais precisava! Teve pesadelos meio acordado, o manto do ente de três cabeças rondava o seu sono, o ruído das garras dos siris sendo cozidos vivos arranhava-lhe os ouvidos.

De madrugada Zequinha pôs-se a cantar em plena escuridão. Lino levantou-se, girou a tranca da janela e o luar entrou escancarado pela casa adentro. Até Maroca e Chico pareciam surpresos com os assobios floreados do companheiro em plena noite. Mas, com a claridade prateada, já se dispunham a iniciar também a cantoria do dia. Lino fechou devagarzinho a janela, a enseada se convertera numa imensa massa negra com longos e retilíneos reflexos argenteados. Em pouco tempo era hora de levantar, talhar as ondas, beber o mar, cultuar peixes, redes e anzóis. Deitou-se, restava-lhe nem meia hora de sono. Adormeceu pesadamente. Foram os únicos minutos em que Marcelino conseguiu dormir naquela noite.

Logo batidas na janela de madeira o acordaram. O jegue do compadre Filomeno azurrava insistente lá para as bandas do Faxinal do Padilha. Um galo esmerava-se na resposta ao canto do garnizé do compadre Maximiniano. E o luar dava um jeito de entrar pelas gretas da casa. O relógio despertador, presente do doutor Nazareno de dois anos atrás, marcava cinco horas e vinte minutos.

Marcelino girou a tramela. Lá estava Eve, plantada como um pé de tangerina, os olhos molhados refletindo o clarão da lua.

— Bom-dia, Lino Voador, o doutor Nazareno pediu que eu viesse aqui antes de você sair pro mar, é pra trazer mais uma dúzia de lagostas, das grandes. Nós íamos todos, eu, a Sibila, o Pedrinho e as outras crianças, pescar na baleeira do mestre Janjão, pescar mesmo não, mas ver pescar, você sabe como é. O pessoal acordou cedinho. Sairíamos às cinco horas, mas não deu certo, mestre Janjão recebeu uma encomenda importante ontem à noite e não teve como avisar. As crianças ficaram decepcionadas, voltaram para a cama. Mas de noite, para compensar, vamos pescar siri com facho de palha de bananeira. A patroa pediu então se hoje, depois da pesca, de tardinha, você pode ir brincar de novo lá nos jardins da Villa Faial com os meninos, como no outro dia.

— Posso sim, dona Eve, posso sim, aquiesceu, prontamente, o sonolento Marcelino.

Eve piscou o olho, estendeu as mãos e segurou por algum tempo o braço direito de Marcelino, um sorriso enigmático acompanhava o aperto. A governanta ainda perguntou:

— Como passou a noite?

— Bem, bem, obrigado, respondeu Marcelino, baixinho.

— Esquece por ontem, rapaz.

— É, já esqueci, o Zequinha cantou muito nessa madrugada, ele pediu desculpas.

Eve deu um sorriso, alisou com carinho as mãos de Marcelino, acariciou-lhe o queixo e murmurou:

— Qualquer hora dessas eu preciso falar mais com você.

— Daqui a pouquinho eu vou botar a Divino na água, mas passa quando a senhora quiser, dona Eve.

A governanta se despediu, relembrou a encomenda das lagostas e ainda explicou:

— Vou passar qualquer dia de tardinha, então, é sobre você mesmo que eu quero comentar, você vai ser um grande homem, vai acabar com as pessoas más.

— Como assim?, indagou Lino, curioso.

— Mais tarde eu te conto com mais calma, ela respondeu evasiva e já se retirando. Mas não conta pra ninguém, ainda acrescentou.

35

Pouco tempo depois, após tratar dos pássaros, Marcelino deslizava a sua canoa na areia sobre as estivas em direção ao mar quase sempre calmo a essa hora de maré baixa. Maneco ia firmando as estivas com os pés, Lino empurrava a canoa devagar. Quando a popa deixasse aparecer um dos tocos roliços, Lino mantinha firme a Divino, Maneco corria, recolhia o toco, voltava para a frente da embarcação, ajeitava-o na areia sob a proa, e assim sucessivamente, até que a água fosse pouco a pouco dando sustentação e flutuação ao tronco inteiriço de garapuvu.

A pesca foi farta. A Divino, tangida em todo o percurso por vento de feição, voltou pesada. O prateado dos peixes no fundo da canoa refletia o sol. Parte de um cardume de linguados garantia a jornada, o tamanho das pescadas e o lote de camarão prenunciavam bom dinheiro, anchovas, cações e bagres asseguravam bom caldo com farinha. E as tainhas e as corvinas quase pulando por sobre a bordadura azul da Divino Espírito Santo representavam, escaladas, alimento por muitos dias. Um pesado mero arrematava o lote. O mar feraz vinha em socorro da dívida no armazém e ainda restava um trocado que ia se juntar às cédulas ensebadas guardadas dentro de uma velha chaleira no guarda-comida. Um dia, de qualquer jeito, teria mesmo que reparar — não tinha escapatória — o telhado e trocar algumas tábuas apodrecidas da casa. O dinheiro era para isso.

De tardinha Marcelino apareceu na Villa Faial. Os planos tinham sido modificados, as brincadeiras canceladas, as crianças brigado, uma atirou um pedaço de sarrafo na cabeça da outra, estavam emburradas e de castigo, Sibila fechada no seu quarto. Eve conversou com Marcelino no gramado, transmitiu as desculpas de dona Emma, entretida com um romance francês nos seus aposentos. Não descia antes de terminar o livro. O senador estava no palácio do governo mas, no sábado, fariam afinal o passeio de barco com o mestre Janjão. Marcelino ressaltou que naquele mesmo sábado embarcava com ele e Maneco pela terceira vez o neto da dona Chandoca, de dez anos, que aprendia as lides da pesca. Eve insistiu nas desculpas, explicou que o senador não sabia se voltaria à noite, estava em contato direto com o Rio de Janeiro.

Doutor Nazareno tentava comprar o quadro "O morro e o mar", de Pancetti, primeiro prêmio no último Salão de Belas-Artes no Rio. A grande construção à beira d'água pintada pelo artista lembrava, para o senador, o mercado público da capital do seu estado. Era uma questão de honra o quadro decorar a sala do seu apartamento do Rio de Janeiro ao lado do "Uma rua de Desterro", de Victor Meirelles. A obra "Repouso", de Aldo Malagoli, que concorria ao prêmio de viagem ao estrangeiro no Salão de Belas-Artes ainda naquele ano, já estava, de certa maneira, comprada e decoraria a sala da Villa Faial. O negro pastor de ovelhas do quadro bem podia ser filho de uma das três famílias de origem africana de Praia do Nego Forro.

Marcelino voltou para casa já quase começando a escurecer, garoava, o vento sul bafejava-lhe os cabelos. A governanta permaneceu ao lado do portão verde, estática, acompanhando os passos do pescador. Ele, sentindo o olhar de Eve, de vez em quando se virava para confirmar e lá continuava ela, como uma estátua de sal com olhos azuis, o vento desfraldando o lenço rosa enrolado no pescoço.

Uma vez mais o olhar da governanta dos filhos do senador Nazareno Corrêa da Veiga di Montibello foi comprido. Comprido e dardejante. Mais: comprido, dardejante e comparte, alguém tinha que participar da festa, é isso que dizia Eve com todas as letras. Letras propriamente não. Dizia com imagens, imagens que iam se despregando e passando devagar pelos seus olhos, como um filme em que se é ator e espectador ao mesmo tempo.

36

Na sexta as crianças da Villa Faial, zeladas pela governanta, passaram a manhã inteira nas águas mansas de Praia do Nego Forro, num trecho perto da casa de Lino Voador e Chico Tainha. Jiló, o cachorro da venda, os acompanhava. Aproveitaram para assistir, pela quarta vez, à chegada do arrastão puxado por Chico Tainha, Marcelino, Maneco e o velho Arlindo. Os peixes de todos os tamanhos se debatendo dentro da rede fascinavam as crianças. Na vez anterior veio presa nas malhas uma enorme tartaruga que ganhou o apelido de Lelé. A tartaruga foi devolvida ao mar por Marcelino, que custou a desembaraçar as nadadeiras do cordame.

O mar parecia nessa manhã ainda mais cristalino e quente naquele ponto da praia. A Divino Espírito Santo e a Ponta Delgada — canoa de Chico Tainha em sociedade com dois outros pescadores — reinavam sobre as estivas, na areia. A caminhonete de Santo Antônio de Lisboa já desaparecera pela estrada empoeirada, levando o produto da jornada de trabalho dos pescadores.

Por volta de uma hora Eve, usando um maiô azul-marinho decotado em "v", a parte de baixo do traje tal um saiote curtíssimo mal escondendo a região pubiana, e portando um grande chapéu branco de ráfia debruado com uma fita azul, retornou à Villa Faial. Antes esboçou um sorriso acompanhado de um grande aceno para Lino Voador que, nos fundos da casa, consertava a tarrafa e a rede de pesca. A governanta puxava pela mão uma das crianças, que chorava muito, a água-viva, soube-se logo, fizera arder-lhe a pele com veemência. Jiló foi junto.

Sibila, nessa mesma hora, emergiu das águas. Seus cabelos serpejantes então lambidos e pesados de sal escorreram-lhe pelos ombros. Ajeitou-os atrás e apertou-lhes as pontas expulsando o resto de mar que empapava os longos fios alourados. Recusava-se a usar touca, como recomendava sua mãe.

— Estraga os cabelos, minha filha, e são só essas lheguelhés que têm o hábito de tomar banho de mar sem touca!, repetia-lhe Dona Emma.

Sibila veio em direção ao jamelão que ensombrava a areia da praia. A árvore competia em altura com o coqueiro, cujos frutos amarelos serviam de alimento para as tirivas.

A filha do senador portava um maiô preto decotado. As coxas longas e douradas pelo sol se exibiam com exuberância, cortadas no alto, em linha reta, pelo traje de banho. Marcelino lembrou da cena da casa do senador, ela de camisola transparente. Agora não era a mancha fugidia entre as pernas, mas uma saliência viçosa no mesmo lugar que atraía o olhar do jovem praieiro. E a mesma sensação de punhalada à falsa fé no pacto de fraternidade entre os dois amigos de infância estival invadiu o pescador. Marcelino desviou o olhar. Sibila deixou uma toalha ao pé da árvore, e perguntou:

— Foi boa a pesca, Marcelino?

Marcelino, sentado no chão de areia, levantou a cabeça e respondeu com um gesto. Sibila aproximou-se, preocupada.

— Aconteceu alguma coisa?

O rapaz deu uma resposta curta.

— Não, por quê?

— Por nada, é que achei você mais calado.

Sibila procurava reagir ao laconismo do pescador.

— Não, não, é que essas malhas devem ser sempre consertadas, se esgarçarem muito não dá mais pra reparar. E ainda tenho três mangonas pra cortar e botar pra secar.

— Eu quero fazer uma pergunta pra você!

— Qual, Sibila?

— Por que você ficou me olhando tanto aquele dia lá na varanda da nossa casa quando você estava conversando com meu pai? Eu ainda estava de camisola, acabava de acordar.

A objetividade da pergunta surpreendeu Marcelino que, os olhos baixos, levou alguns minutos até responder. Um incômodo calor facial o impedia subitamente de falar. A eiva do pecado o paralisava. Os lábios tremeram. Esperou um pouco, engoliu em seco e logrou levantar o rosto. Fixou Sibila. Longes de dourado fulgente avultavam-lhe nos cabelos ainda úmidos e escorriam-lhe sobre as alças do maiô.

— Nada, estava só olhando e pensando em outra coisa, ele conseguiu responder.

Sibila lembrava Iemanjá, como a descreveu certa vez Tião.

"Tem que fingir, só assim eles te respeitarão", pensou ainda Lino, recordando-se mais uma vez do amigo.

— Que coisa?
— Uma coisa, só isso.
— Mas me diz que coisa, Marcelino.
— Não, não quero dizer.
— E por que não?
— Porque não!

Sibila deu alguns passos em círculos. O traje de banho acusava com nitidez a respiração arquejante, os haustos eram poucos para pulmões cúpidos, os seios de mulher consumada subiam e desciam na cadência do sorvo de ar insuficiente e escasso. Ela retomou a palavra falando com controlada emissão de voz. Mas ela hesitava, sim. A solidão, a natureza plácida, o silêncio, a repetição das ondas semelhante aos acontecimentos naquele vilarejo afastado do mundo, tudo sempre igual, sempre a mesma rotina, acabavam por incitar a jovem carioca a se guiar pelas sensações e pelos anseios. Que os desejos e as pulsões mobiliassem ao menos em parte aquele espaço tedioso e maçante. Como das outras vezes, o diálogo com Marcelino podia ser o remédio para o aborrecimento e o fastio.

37

— Você foi sincero em chorar naquele dia lá em casa com o teu passarinho, e ficou ainda mais bonito. Eu não ligo se um homem chorar, as minhas amigas não são como eu, você ia fazer muito sucesso com as minhas colegas no colégio.

— Sucesso como pescador?, perguntou Marcelino, fixando os olhos de Sibila.

— Não, pescador não, como rapaz mesmo. Você tem que ter outras roupas.

— Que roupas?

— Roupas, não essas de praia. E lá no Rio não é só praia, lá vivem o presidente Getúlio Vargas, ministros, embaixadores. Meu pai e minha mãe sempre recebem essa gente no nosso apartamento,

— Estou bem aqui em Praia do Nego Forro, retrucou Marcelino. — Não sei o que aconteceu naquela tarde, acho que pensei na minha vó Chiquinha, não sei, mas estou bem aqui, Sibila.

— Eu sei, é engraçado que em Praia do Nego Forro de férias todo mundo é mais ou menos igual, eu, você Lino, Eve, até aquela Martinha de maiô azul de babadinho. O maiô, aliás, foi a minha mãe que deu pra ela no ano passado, está todo desbotado e vai até quase o joelho.

— A Martinha é uma boa menina, gosto muito dela.

— Eu acho que é, sim, mas acho ela tímida e infantil. Tem cara de filha de motorista de praça ou de padeiro do Rio de Janeiro, portuguesinha tapada do subúrbio lá do Distrito Federal. E não sei por que, mas ela nunca brincou conosco, lembra? Ou não podia, ou não queria, sei lá. Sempre arranjava uma desculpa.

— Mas eu acho ela muito boa menina.

— Não era nesse varal aí que a gente quando era criança brincava de estender gomo de laranja aberto fingindo que era tainha secando ao sol?, perguntou Sibila olhando para um fio de embira branca estendida.

Lino fez que não com um gesto de cabeça, levantou-se, levou a tarrafa até a parede dos fundos da casa — a areia da praia, a enseada de Praia do Nego Forro e as crianças da Villa Faial desapareceram da sua visão — e estendeu-a em ganchos dispostos simetricamente na parede de madeira acinzentada. Sibila aproximou-se e seguiu falando.

— Acha ela mesmo uma boa menina?

— Acho.

— Então por que não namora com ela?

— Namorar pra quê?

— Namorar, ora, não sabe o que é isso?

— Não.

Marcelino, após a breve resposta, deixou a tarrafa olhando para a carioca, sentou-se num caixote, indicou um tronco ao lado, e disse pausadamente olhando para o chão:

— Quero casar virgem de amor com aquela que será a minha primeira e única esposa.

Sibila, roendo a unha do dedo mindinho, não relevou a observação apurada de Marcelino.

— Posso tocar a tua mão?

— Sibila, mas você, pra que tocar a minha mão?, perguntou Lino desconfiado.

— Quero ver se ela é diferente das dos meninos do meu colégio lá no Rio, só isso.

— Pode, então.

A resposta curta e direta não traduzia certeza e objetividade, traduzia, isso sim, enorme constrangimento e acanhamento do neto da dona Chiquinha. Sibila segurou as mãos calejadas do pescador.

— Elas são estranhas, são mais brancas nas palmas, mas são bonitas, as unhas limpinhas, ela explicitou, como surpresa.

— É, é a água do mar que limpa, explicou Marcelino.

— Deixa eu cheirar.
Sibila levou as mãos de um assustado pescador ao nariz.
— Tem cheiro de peixe.
— É, um pouco, é sempre assim, lavo mas não sai.
— Não faz mal, eu gosto de mãos, as minhas é que estão feias, se passo muito tempo dentro da água os dedos se franzem todos, ficam parecidos com água-viva, deixa eu ver os teus dedos, posso passar a língua?
— Lamber, Sibila?
— É, lamber.
— Mas lamber por quê?
O embaraço e a vergonha do rapaz coagiam-lhe a alma.
— Porque sim, Lino.
— Tá.
Só essa resposta curta, à míngua de outra mais elaborada que lograsse refletir a procela que seu peito escondia, aflorou-lhe aos lábios.
Sibila, algo tensa, enfiou o polegar de Marcelino na boca. Os cabelos anelados banhados de sol esconderam judiciosamente a cena inusitada.

38

— Os teus dedos têm cheiro e gosto de peixe.
— Por que você está fazendo isso, Sibila?
— Por nada, por nada, mas não conta pra Eve nem pra minha mãe nem pro meu pai, principalmente pro meu pai, ele me mata.
— Mas então por que você lambeu o meu dedo?, insistiu o pescador, atemorizado.

Como podia a amiga de infância, filha do senador, moça rica e poderosa, recatada e honesta, ter aquela atitude que lembrava as indecências da casa rosada descritas por Tião? Marcelino tremia.

A resposta de Sibila foi o indicador do rapaz de novo nos lábios vermelhos de uma mulher feita, o dedo ensalivado e obediente carregado por mãos lestas até a nuca, o pescoço, o colo e as costas de uma fêmea febril; e, mais uma vez, de volta aos lábios da filha do senador Nazareno. Da filha do senador Nazareno!

— Por que você faz isso com o meu dedo?, perguntou Marcelino entre incrédulo, atemorizado e sôfrego.

O constrangimento ia se demitindo aos poucos do jovem excitado e desejoso. Lino sentia a paixão cúpida se avolumar nos músculos, um friozinho percorria-lhe a coluna, um líquido pegajoso molhava-lhe a calça de algodão arregaçada até o joelho.

— Por nada, por nada, já disse.
— Eu gosto de você, Sibila.
— Gosta como?
— Gosto de você, só isso.

Sibila, manifestando desagrado, levantou-se.

— Acho, Lino Voador, que você não entendeu ou então enlouqueceu com esse negócio de gostar. Eu estava apenas te imaginando como aluno do meu colégio lá no Rio de Janeiro.

Ela fez a observação traçando na face rugas de altivez.

— Desculpa, então, disse o pescador, tímido.

O desejo do rapaz dissipou-se. A sofreguidão e a rigidez da carne enterneceram e molificaram-lhe também a alma. Montanhas alcantiladas e vermelhas transformadas em veigas mornas desbotadas pelo sol do ocaso.

— Está desculpado, mas não fala nada pra ninguém, pra ninguém, senão pode ser pior pra todos nós, ela ainda ameaçou, entonando as sobrancelhas espessas.

Sibila disse a última frase mirando a copa do pé de carambola que crescia no quintal da casa de Chico Tainha, não muito longe. Ela deu alguns passos, olhou para as crianças que se debatiam e brincavam dentro da água, voltou a sentar-se sobre o tronco atrás da casa de madeira, e retomóu o diálogo.

— Como é que você pode viver sempre aqui nesse lugar? Eu posso até vir passar férias na nossa casa, mas morar pra sempre aqui não agüentaria.

— Por quê?

— E você pergunta por quê? Porque em Praia do Nego Forro não tem nada. Gosto de festas e, depois, não fique magoado, mas esse sotaquezinho daqui é engraçado só nas férias. Sempre falar assim "não tem?", no final das frases, "dijaôje", "se quéis quéis, si não quéis diz", língua de praieirinho.

— É, mas o meu nome também não é assim, Mahhhrrrcelino.

— Tá, você tem razão, desculpa, é que a minha cabeça foi lá pro meu colégio, imaginei os meninos falando — "quem é esse caipira aí?", mas não liga não, eles também são bons meninos, só que são assim.

— É, então eu podia mudar e tentar falar como eles, tentou conciliar o pescador.

— Não, não é isso, você não ia conseguir, e daí também não seria você.

— Mas eu vou mudar, Sibila.

— Vai?

— Vou, vou ser importante um dia.

— Vai mesmo?

Sibila parecia surpresa.

— Vou.

— E como?

— Tem gente ruim neste país, muita gente ruim, tentou explicar Marcelino.

— Sabe, Lino, os meninos que eu te disse não são maus, não conhecem você, e nem querem conhecer.

— Não são eles, não é deles que eu estava falando.

— Quem são então?, indagou, curiosa, a filha do senador

— Outros, só te digo isso, outros, ele replicou.

— Então até logo, vou ver as crianças na água, tá na hora de voltar pra casa e amanhã vamos todos cedinho pro mar, cortou Sibila, conformada.

— Quer camarinha? Lembra as brincadeiras dos outros anos?, colhi hoje lá nos cômoros, ainda ofereceu Lino, apontando para uma bacia de madeira com as pequenas frutas.

— Não quero ficar com a boca toda roxa, ela respondeu com um sorriso já se afastando.

Marcelino ficou ouvindo o cicio das cigarras, que concorria com o quebrar das ondas e o assobio dos pássaros.

39

A FILHA DO SENADOR NAZARENO FOI MAS VOLTOU AINDA NO MESMO dia, ao cair da tarde, disposta a chibatar o enfado. Marcelino estava sentado perto da foz do pequeno rio que desaguava no meio da praia, a meia distância entre a Villa Faial e a venda do seu Ézio.

— Oi, Marcelino, só vim quando me dei conta de longe que era você que estava aqui, acabou de consertar a rede?

— Acabei.

— Sabe, Lino, fiquei pensando muito nas mulheres que você disse que namorou.

— É, muitas, em Santo Antônio de Lisboa e no centro de Florianópolis.

"Tem que fingir e dissimular", pensou novamente Lino, relembrando das lições de Tião.

— É verdade mesmo?

— Claro, pergunta pro Tião.

— Pois saiba que eu sou virgem e nunca vi um homem sem roupa.

Marcelino engoliu trêmulo um beiju imaginário. Olhou para a quebrança, as ondas pareciam inquietas. E como recuperado após roubar-lhes um pouco do fôlego, respondeu, fingindo serenidade:

— Na cidade grande é assim?

— Não, é que eu sou nova, e não consegui dormir numa noite dessas por causa disso, pensei, então, que pra você que já viu tanta mulher é fácil, já viu de tudo de todo jeito, pensei então, Lino, ontem na cama, que a gente pode fazer uma troca. As minhas amigas morreriam de rir, parece coisa de criança. Você mostra, Lino, e eu mostro também. A gente agora pode brincar de gente grande.

"Sibila também finge", pensou Lino, "finge segurança nas palavras". O mestre Tião era craque nessas interpretações, dizia que na política a coisa funcionava sempre assim também.

— Mostrar o quê?

— Mostrar, pronto, você entendeu muito bem.

— Mas, Sibila, não está certo, você é mulher pra casar.

— Então tá, vamos esquecer.

— Não, espera, então você mostra primeiro, depois eu mostro.

— Você é que abaixa o seu short, Lino, e em seguida eu abaixo o meu, você tem que abaixar primeiro, lembre-se de que eu sou filha de senador. Tô fazendo isso por mim mas também em consideração a você, porque nós todos gostamos muito do teu trabalho.

A filha do senador, fingisse ou não, entrava em mares desconhecidos também para ela. Era como uma briga de galos na rinha de Praia do Nego Forro. Ela era corajosa, Marcelino não podia ceder. Tião concordaria com ele?

— Só se você baixar primeiro, Sibila.

Marcelino agia com desenvoltura no jogo infantil de dissimulação e de ilusão. O desejo carnal, no entanto, manifesto na transformação incontrolável e rígida do seu sexo, mostrava um pedaço do real.

— Tá bom, tá bom, vai mais pra longe, disse a parceira de cena, com voz vacilante.

A maré nessa parte da praia, na foz do rio de águas naturalmente negras, construía pequenas muretas de areia. Sibila afastou-se.

— Vai mais pra longe, disse ela, categórica, a um Marcelino meio desnorteado.

O script já ensaiado com Charlotte no capricho da imaginação na madrugada quente da rua Paissandu, no Rio de Janeiro, a poucas horas do embarque para Santa Catarina, ia ser rodado. Sibila, como previra, levou os dedos às roupas. Marcelino, indeciso, hesitante, pálido, tentou imitá-la.

— Vai, Lino, vai, senão não tem brincadeira.

A ordem da filha do senador lembrava o tom da fala de dona Emma.

— Abaixa você primeiro, reafirmou Marcelino.

O pescador reagia. A moça relevava a sua insolência praieira. Tinha ali, naquela hora, as suas razões. "Marcelino é lindo", escreveu ela para Charlotte, em carta postada pelo pai na agência dos Correios de Florianópolis (soube-se, mais tarde, que Charlotte leu para um grupo de alunas do colégio Sion descrições picantes de Sibila a respeito de um jovem pescador). Aquele momento entre os dois era um momento de intimidade de amigos de infância, crescidos, sim, mas ainda à parte do mundo adulto, mundo que, aliás, ficara no exterior daquele espaço de fabulação e de sensualidade. Os dois protagonistas deitavam-se olhos de cobiça e de cupidez. Sibila sentia umedecerem-lhe partes do corpo resguardadas e recatadas, reentrâncias íntimas que se ofereciam desabrochadas, protuberâncias que se intumesciam, ardentes, lábios que se verbalizavam, suplicantes. Marcelino erguia-se, inconcusso, carnes ígneas avançavam impudentes, seivas espessas espreitavam e gotejavam de glande carmim e tesa.

As roupas se olhavam, os tecidos rivalizavam, competiam, disputavam. Torneio lúbrico com vitória certa para os dois exibicionistas. Subitamente, num gesto brusco, acompanhado por um monossílabo de medo e de surpresa, a filha do senador interrompeu o movimento, levantou o tecido que ia deixando à mostra uma pele leitosa a se debruar de pêlos dourados e finos, e partiu em disparada.

40

MARCELINO PERCEBEU, AO LONGE, EVE COM AS CRIANÇAS DA VILLA Faial vindo pela praia na direção da foz do rio. Lino ainda imaginou o movimento completo de Sibila, o rolo de tecido amontoado na altura do joelho, Sibila só dele, só para ele, como a guelra de tainha a que se referia Tião quando falava da Rosália do L'Amore. Logo afastou o pensamento. Sibila era mulher para casar! Assim que chegou em casa colheu de um pequeno saco plástico já fosco pelo uso uma fotografia do ano anterior tirada pela governanta em que apareciam ele, Pedrinho e Sibila. Dela só se via a cabeça, o corpo escondido pelo irmão menor na frente. Marcelino acariciou o rosto de Sibila com o polegar.

Naquela noite toda a família Di Montibello foi a Santo Antônio de Lisboa. O jardineiro da Villa Faial tocava pandeiro no Terno de Reis. As crianças brincaram no pau-de-fitas, assistiram ao desfile do boi-de-mamão, participaram de uma festa do Divino feita especialmente para o senador. Pedrinho teve até que se instalar no seu Império, ao lado da igreja, e distribuir a justiça transformando-se, sob os aplausos de dona Emma e do doutor Nazareno, no mediador entre o céu e a terra. Sibila enfiou uma máscara de papelão oferecida por um dos habitantes da freguesia, uma caraça assustadora, com dentes ressaídos, a língua de fora. As crianças receberam boinas e cajados decorados com fitas de várias cores.

Pedrinho ofereceu a Marcelino, no dia seguinte, o seu traje real e um quadro de tecido azul com uma pomba branca costurada, de asas abertas, com raios de sol despontando dos quatro ângulos da moldura. Eve distribuiu entre as crianças dezenas de pão-por-Deus com poemas e mensagens afetuosas. Reservou um para Marcelino cuidadosamente recortado em forma de coração num papel rosa, com um verso desengonçado escrito por uma das crianças cariocas amigas de Pedrinho : "Marcelino, nós gostamos muito de você". Foi a própria Eve que entregou o pão-por-Deus ao pescador por recomendação do senador. As crianças fizeram um trecho do trajeto de volta até Praia do Nego Forro sob chiados estridentes, agarradas aos fueiros e à ceva do carro de boi do seu Manuel, e sob ásperas e ardentes picadas de borrachudos. À noite ia ter baile no salão do Ahmed, os quatro músicos de Palhoça especialistas em xote, valsa e mazurca já afinavam os instrumentos no salão do turco, como Ahmed era conhecido. Um italiano que criava cabras e que vivera longos anos em Paris iria, pela quarta vez, imitar Charles Trenet. Já havia cantado para o Interventor naquele mesmo local. Seu momento mais importante era a interpretação de "Douce France" que, de regra, levava os pares amorosos ao centro do salão.

Do carro de boi ainda deu para ouvir o ensaio e os humores do acordeão e dos violões.

41

ERA PENSAMENTO RUIM, ÀS VEZES VINHA. "VONTADE DE CORRER ESSES matos por aí afora, escalar os rochedos, o sono que não vem nunca, parece que ficou lá com os tambores de algum lugar do mundo. Quantas vezes já andei de uma ponta da praia à outra, quantas vezes do picadão no mato até o alto da estrada no morro, tanta terra sem dono, essa dor na perna, um dia isso tem que mudar, não tem justiça no mundo, Iemanjá vai proteger a gente. O coronel Laurindo era homem direito, dizia que era rico mas só queria o que podia ver, tocar, comer e beber, ter só por ter não. O pobre morreu com espuma saindo pela boca de noite e um monte de gente ruim continua junto com os políticos dando conselho perverso pros homens. Minha Nini lá entrevada, não fosse o seu Maneco do engenho a gente morria de fome. Mas lá no pé da serra também não dá, só aquela terra não basta, tem que aumentar. Agora que a Chiquinha e o velho Silas do Marcelino morreram eu tô aqui sozinho, os outros como eu espalhados por aí, trabalhando de empregado, lavando ruas e recolhendo lixo, sempre os mesmos, só o Marcelino escapou. Bom menino, mas não se solta por dentro, tem alguma coisa que prende ele, um mau-olhado que vem de muito tempo, e agora piorou. Cada vez que o senador vem pra Praia do Nego Forro Marcelino fica mais carregado, aquele trabalho que eu pedi pra benzedeira foi de pouca serventia. O trabalho com a Ana de Oxum também até agora nada. E o sono, minha Nossa Senhora dos Pretos, e o sono que nunca vem, e o pessoal dizendo que eu sou lobisomem. Se não tive filhos é porque Nossa Senhora dos Pretos queria que fosse Marcelino que um dia eu ia ajudar, ele vai precisar de mim, tenho que dormir."

Tião recostou-se sobre a esteira de taboa na pequena clareira à beira da estrada, na curva no alto do morro, onde, durante anos, se estocava o palmito cortado nas cercanias, esperando o sono. Entoava sempre, nessas horas, o seu fado africano.

O rancor e a sanha se avolumavam com as lembranças. Nem eram bem lembranças, mas puros alcantis que escorchavam e esfolavam. A cena da perseguição aos seus, as pauladas quebrando os joelhos da negrada sentada no chão com as pernas esticadas, o gesto metódico do carrasco empregado da estrada de ferro lá no planalto, no Contestado, o bastão subindo e descendo, subindo e descendo, subindo e descendo, o grito de dor refreado pela mordaça do orgulho ferido, berço de uma geração de estropiados se arrastando anos a fio por montes e várzeas de uma nação inacabada. Mas a irresolução do crepúsculo era ainda pior. As ondas da enseada se tornavam massas escuras clandestinas e ameaçadoras; as rochas escarpadas das extremidades da praia sabres ensangüentados; as árvores seres enormes com tentáculos famintos. Tião se lembrava, era sempre no finalzinho do dia.

— Fora daqui nego safado, essas terras são da estrada de ferro!

A Nini enfrentando, ele na luta brandindo a espada de imbuia, correndo campos e matas de araucárias, agora ela com os joelhos estraçalhados, ele salvo, mas culpado por dentro. Por que ela e não eu?

Ele ansiava pelo dia. A brisa salgada da noite nego-forrense e o rocio perfumado por quaresmeiras o surpreendiam ofegante e ansioso; o resplendor e a areia ensolarada o devolviam à serenidade, à quietude, à alegria. Tião deu subitamente um grito forte, grave e longo e, libertado, voltou para casa sobraçando a esteira de taboa ainda noite fechada. Talvez agora o sono viesse.

42

A DIVINO ESPÍRITO SANTO FEZ-SE À VELA MAL CLAREAVA O DIA. EM pouco tempo já balançava na saída da enseada. O mar alto fazia dos três tripulantes frágeis criaturas à mercê das águas e dos favônios. De lembrança da terra firme apenas o tronco de garapuvu. A chuva fina e o vento que os acompanhavam desde as areias de Praia do Nego Forro se mantinham. Esse tempo era garantia de uma jornada sem sobressaltos. Chuva fina e sopro forte, mas constante, significavam estabilidade e rapidez na navegação.

Percorridas algumas milhas, tainhas, sardinhas, corvinas, cavalas, pescadas, enchovas, um cação dos grandes, um alqueire de camarão e uma arraia debatiam-se no fundo da canoa. O menino ajudava como podia, mas preferia mesmo era passar a mão entre as ripas do tablado do fundo e tocar o couro áspero do cação.

— Cuidado com o esporão da arraia embaixo, Edinho, espeta e dói, é melhor olhar pra ver como a gente pesca, advertiu Marcelino.

O menino obedeceu. A canoa oscilava com regularidade no mar encarneirado. As sacudidas aumentavam segundo a direção da Divino Espírito Santo. Marcelino virou a proa para a direita, mantendo o rumo, a embarcação passou a jogar mais. Edinho levantou-se, pálido, quase da cor da sua camisa branca, e olhou alternadamente para Maneco e para Marcelino, assustado.

Ventava mais forte. A Divino parecia desbridada, a proa ziguezagueava, os dois marinheiros permaneciam, no entanto, calmos.

— É mar de lavadio, Maneco, cuidado, é daquele que vem meio por baixo, observou Marcelino.

Os peixes se debatendo no fundo da canoa embaralhavam ainda mais os olhos de Edinho. O estômago pesava. O café amargo e o mangona seco com farinha da manhã se misturavam com o caldo de peixe e o mamão cozido com melado da janta da véspera. A canoa continuava a tremer.

O menino, após mais algumas ondas e balanços, pôs-se a vomitar debruçado na bordadura.

— Vai remando de leve, Maneco, tem correnteza debaixo da linha d'água mas está fácil pra levar, até ajuda a arear o fundo da Divino, vai ficar limpinho, limpinho, brincou Lino, olhando para o alto da vela, sem perceber o mal-estar do novo marinheiro.

A chuva aumentara. Vez por outra uma onda maior batia forte no garapuvu com um ruído surdo, em seguida mais uma no lado oposto. O menino, já de volta ao banco do barco, estava cada vez mais pálido. Maneco e Marcelino continuavam as suas tarefas.

O balouçar cadenciado também aumentava. De súbito, segurando o que restava ainda de vômito, a mão direita tampando a boca, o aprendiz de dez anos ergueu-se e tentou segurar a bordadura com a mão esquerda. Nesse momento uma onda espalmou a Divino do lado oposto. O temporal continuava, a visibilidade era baixa, trovoava. O menino se desequilibrou, tentou firmar-se na beira da canoa com as duas mãos, a embarcação virou um pouco, voltou à estabilidade, novamente uma onda, esta mais forte, socou o tronco do outro lado e Edinho foi lançado violenta e silenciosamente ao mar.

43

NÃO HOUVE GRITOS. MANECO, DE COSTAS, SÓ OUVIU, SEGUNDOS DEPOIS, a voz em pânico de Marcelino.

— Onde está o menino? ele caiu, o Edinho caiu, meu Deus do céu!

Marcelino, que vinha acompanhando um rasgo no remendo do alto da vela, não viu quando o menino foi lançado fora da Divino Espírito Santo.

— Mas agorinha ele estava aqui, minha Nossa Senhora, agorinha mesmo, dá a volta, dá a volta, rema pra trás, Maneco, ele tá ali, tá vendo? Lá ó, agora sumiu de novo.

Marcelino arriou parte da vela, empurrou as trouxas, afastou os puçás com o pé. A Divino fez um círculo, Maneco apontou na direção da roupa branca entre as ondas, a circunferência da embarcação tornava ainda mais distante o joguete que acenava os braços entre ondas curtas e espumantes. Edinho tentava desesperadamente não afundar. Pouco a pouco foram chegando ao local onde tinham visto o menino, a cabeça reapareceu, a camisa branca inflada, Maneco estendeu o remo, a Divino balançava, o remo escapuliu.

— Pega o outro, Maneco, o outro, estende o outro remo pra ele.

Marcelino gritava. Maneco obedeceu. As ondas iam e vinham, de todos os lados, como uma foice cortando a grama da casa do senador Nazareno. Trovejava. O remo, pesado, seguro por uma pontinha do cabo, a canoa sempre balançando, não demorou também a escorregar.

Marcelino largou o timão, a Divino mudou de rota. Ele arrancou com rapidez uma parte do tablado de sarrafos do fundo da canoa e lançou-o ao mar na esperança de que o menino se agarrasse ao estrado salvador. A ponta de um grosso prego que fixava o paneiro feriu-lhe profundamente a palma da mão esquerda, o sangue jorrou.

— Mas onde está ele, onde está o menino?

Marcelino clamava, bradava, repetia a pergunta, rogava — "olha pra todos os lados, homem de Deus, ele tem que aparecer".

O estrado jogava de um lado para o outro no mar desgrenhado, Marcelino pisava nos peixes gosmentos e escorregadios, muitos se debatiam. Maneco contraído, Marcelino lívido. Cuidaram ver, de repente, um ponto negro no mar.

— Lá, Maneco, volta, volta, volta logo.

A Divino Espírito Santo deu uma guinada, o ponto desapareceu. O temporal se mantinha.

— Pega o remo pequeno, rema, Maneco, não, não é aqui, vira pra lá, era do outro lado.

Nada, nenhum sinal do Edinho, nada.

Ainda deram várias voltas com dificuldade, a manobra era penosa, Marcelino virou o leme para a esquerda, conseguiu prendê-lo com uma corda.

— Não vamos sair sem o Edinho, procura ele, homem, procura, ele não pode ter afundado, a gente tem que ver ele, você tá vendo alguma coisa?

As ondas batendo desritmadas no lenho branco de bordas azuis respondiam por Maneco. Nada. Só viam o estrado ao sabor do mar. A figa, amarrada numa das ripas, tinha ido junto. Continuaram as buscas aflitos, tontos.

— Onde está o Edinho, meu Deus! Como foi isso? Como é que ele foi cair? O que vamos dizer pra dona Chandoca?

A pergunta ao contramestre saiu em tom de súplica, de angústia. Hesitavam em retornar, procuraram por muito tempo uma camisa branca inflada, emoldurada pelo sorriso franco e alegre do menino, já se resignavam até a ver um corpo boiando, mas nada, nem um sinal.

44

ESQUADRINHARAM AINDA AQUELA parte do mar, as cabeças viradas para um lado, para trás, para a frente, de novo para o lado, para trás, deram mais três ou quatro voltas, devagar, a Divino Espírito Santo e o oceano indiferentes, nada, Edinho não aparecia.

— Mas como foi acontecer isso?

Marcelino chorava, Maneco passava o antebraço nos olhos.

— Vamos continuar procurando até achar ele.

A Divino deu voltas e voltas sem rumo e sem esperança. Seus marinheiros, porém, não desistiam. A obstinação recobrava-lhes força. O mar era companheiro e provedor, não ia abandoná-los assim na desgraça. Maneco fez o sinal-da-cruz várias vezes, os olhos voltados para o céu, Marcelino pedia baixinho clemência e misericórdia, também olhava para os raios que varavam e rasgavam as nuvens escuras. A verdade, contudo, ia se impondo.

— Não adianta mais a gente procurar, murmurou Lino em certo momento, prostrado.

Marcelino ia desistindo, abatido e inconformado. Maneco já soluçava.

As vagas estavam mais altas porém menos encrespadas, os remos tinham desaparecido, sobrava apenas o pequeno remo de atracação. As ondas, inofensivas em estado normal de navegação, assemelhavam-se agora a aprendizes de monstros repelentes.

— Olha lá pra trás, vê se o Edinho aparece, olha, pelo amor de Deus, olha bem.

Os dois tripulantes tentavam ainda manter a esperança. Maneco fez o sinal-da-cruz três vezes, Lino também. O peito apertado dos dois pescadores exacerbava o movimento do mar, o garapuvu gangorreava, a cada descida a proa recebia água que ia se acumulando no fundo.

— Temos que ir para a enseada, me ajuda no leme, eu seguro a vela esticada, ordenou o mestre.

Marcelino esgarçava a vela, soltava, puxava, tentava dar direção à canoa.

— Vira o leme pra esquerda, agora pra direita, Maneco, esquerda de novo, vamos em direção ao banco de areia.

Marcelino dava as costas para a proa.

— Vai olhando, o Edinho pode aparecer, as ondas estão menores, não é?

Maneco fez com a cabeça que não.

Seguiram com esses movimentos por um bom tempo. Marcelino já não falava. Mirava, por sobre a cabeça do companheiro, a linha do horizonte. Naquela água estava o Edinho. Maneco fitava a silhueta irregular da terra firme, ao longe, onde os esperava a tia do menino afogado. "A figa amarrada no estrado também tinha-se ido, a culpa era de quem? O menino se jogou? Como dizer que não deu pra ver direito?", pensou Lino. "Se o mar nem estava muito agitado? Não, chão não, chão mesmo não, mas também não tava brabo, brabo, de vagas largas, isso não!".

Pensava na velha Chandoca.

— Se o mar não tava tão brabo assim, como é que pode, seu mandrião sem-vergonha? Era só dizer que vocês não queriam levar o menino, seu demônio, seu amarelo, sem-vergonha, postema. Tu, negro filho de índia da vida, te finco um machado até dentro da igreja, seu excomungado, é só vocês aparecerem na missa do meu Edinho.

A imagem de dona Chandoca ralhando, acusando, brigando, parecia real, e aquilo não era sonho, Edinho tinha caído mesmo na água e se afogado. Já estaria morto?

A entrada da enseada de Praia do Nego Forro aparecia cada vez mais nítida, dava até pra ver, ao fundo, as montanhas cobertas de florestas. Vivia bicho de todo tipo lá, macaco, paca, tucano, até onça, diziam. Vontade de se esconder naquelas grutas, correr por aquelas tifas esquecidas por Deus, vontade de não ver mais ninguém de Praia do Nego Forro, de se fechar para sempre dentro das velhas paredes do forte de Santa Cruz de Anhatomirim.

Passou a cair fina garoa. As ondas continuavam altas mas regulares e redondas, não quebravam. O baixio não estava longe, era por ali. Foi Maneco quem apontou. Podia ser o Edinho.

— É o Edinho? perguntou Marcelino, segurando a respiração.

Maneco fez que não, era o banco de areia. Marcelino seguiu o conselho e tentou direcionar a canoa para o ponto indicado pelo companheiro. Voltara para o leme, mas a Divino, sem a indispensável força e auxílio dos remos, a vela semi-abaixada, navegava à discrição das ondas. A proa subia, logo a popa, de novo a proa, a popa. O estômago dos marinheiros subia e descia no mesmo ritmo.

— Dá pra ver a croa?

Maneco não voltou o rosto, mantinha-se imóvel. Ajoelhado, ia retirando água do fundo da canoa com uma cuia presa ao banco da vela por uma fina corda. De repente, ele apontou para o lado esquerdo, agitou-se.

Marcelino acordou dos seus pensamentos com o uh, uh, uh do seu marinheiro: está vendo o Edinho? Onde? Onde?

Era o banco de areia, já dava para ver que ali as ondas eram menores.

Marcelino tentou com manobras bruscas no leme dirigir a embarcação para o baixio. Começava a estiar, mas as vagas continuavam os seus trejeitos. O tronco de garapuvu foi sendo empurrado mais pelo movimento das ondas do que pela habilidade do seu timoneiro.

— Dá pé, dá pé, a gente vê daqui, tem que apoitar, assegurou Marcelino. É fundo de boa tença, ainda detalhou.

45

Foi Maneco quem desceu primeiro. A água batia na altura do peito. Ele segurava a bordadura azul da embarcação com as duas mãos. Marcelino lançou a poita — uma pedra amarrada numa corda — e gritou:

— Deu pra ancorar, mas cuidado, não larga da canoa.

A âncora a pé de galo mantinha a Divino estabilizada. Maneco fazia sinais e grunhia. Às vezes, no balanço de uma onda maior, parecia ser içado aos céus pela Divino Espírito Santo.

— Continua agarrado na canoa, Maneco, eu vou descer pelo outro lado.

Marcelino, segurando na borda azul, deixou-se cair na água no lado oposto de Maneco. A embarcação encontrava um equilíbrio. O tempo clareava. Da venda do seu Ézio e da casa do senador Nazareno era possível ver a Divino Espírito Santo balançando sobre as águas rasas do banco de areia, Lino e Maneco pendurados a bombordo e a estibordo.

Os dois pescadores sabiam que logo apontaria nas já dominadas águas da enseada de Praia do Nego Forro uma canoa com companheiros munidos de remos e cordas. Pouco demorou para que branqueasse uma vela. Alguns raios de sol conseguiam trespassar as nuvens e brilhavam ternamente.

— É o compadre Anacleto, não é?

Maneco acenou que não. Foi afinal o compadre Miguelão com mais três pescadores, na sua Açoriana Gloriosa, que pôs fim à ansiedade. Os bons-dias e o salve Nossa Senhora dos Navegantes foram acompanhados de sorrisos e lágrimas. Maneco e Marcelino, quase desfalecidos, foram puxados para a embarcação salvadora. Como por medo da verdade dramática e trágica, a pergunta demorou a ser feita.

— Onde está o menino da dona Chandoca?

A indagação de Miguelão foi respondida com um silêncio e o sinal-da-cruz, que os seis pescadores fizeram quase ao mesmo tempo. Miguelão, com os cabelos muito brancos contrastando com o bigode negro, a pele curtida pelo sol, orou em voz alta, acompanhado pelos outros tripulantes.

Dois dos pescadores passaram para a Divino Espírito Santo e amarraram uma grossa corda na ponta da quilha da canoa. Desunhada a âncora da Divino, tomaram o rumo da praia.

A canoa do compadre Miguelão era de cedro, pintada de verde, sem borda falsa, com uma linha vermelha horizontal de uma ponta à outra dividindo a embarcação.

O "Açoriana Gloriosa" também vinha escrito com tinta encarnada na proa do barco. Marcelino observava a Divino Espírito Santo rebocada pela canoa de mestre Miguelão fendendo a água e acompanhando suave o ritmo da Açoriana.

— E o Edinho, meu Deus, como foi acontecer?, perguntou Marcelino, em voz alta, entre crises de choro, a um interlocutor imaginário. Como foi acontecer?, repetia, inconformado com a voragem da desventura. Os tripulantes não pareciam ouvir. Marcelino olhou contraído para Maneco, que devia estar se perguntando a mesma coisa.

Leve aragem empurrava as nuvens para o continente. Marcelino lavava com regularidade a mão esquerda nas águas da enseada. O ferimento na palma da mão estava esbranquiçado, o sangue se fora, mas o corte, via-se, era extremamente profundo.

46

Já dava para perceber de longe uma pequena aglomeração no despraiado em frente da casa de Marcelino à espera dos náufragos. "E a baleeira do mestre Janjão, onde estará?", pensou Marcelino — "que Nossa Senhora da Lapa proteja pelo menos eles!"

Comadre Jaciara, Dona Eustáquia, Chico Tainha com a família inteira, seu José do Melado, Avelino, mestre Manoel, dona Maria das Roscas, seu Pacheco e seu Ézio estavam na praia. Alguns já dentro do mar, na arrebentação, a água no peito, à espera da Divino Espírito Santo. Dona Chandoca também estava lá, um pouco mais atrás do agrupamento, debaixo do frondoso jamelão que bordava a areia perto da pequena propriedade de Marcelino.

Os navegantes desceram das duas canoas em silêncio absoluto, Maneco foi abraçado pela mãe, Marcelino rodeado por rostos indagativos.

— Não deu pra ver nada, o Edinho escorregou e logo desapareceu, disse — culpado, triste e com tom angustiado — o mestre da Divino.

Marcelino tinha os olhos vermelhos, o semblante e o peito apertados. Segurava o choro. Tião chegou vergado sob a consternação, abraçou o amigo e estreitou o braço de Maneco.

— Força, Lino, força — foram as únicas palavras de Tião.

Martinha e Lúcia apareceram chorando muito. Edinho vinha com freqüência à venda comprar mantimentos para a vó, e, quando dava, elas lhe ofereciam balas e picolé.

Os dois marinheiros da Divino Espírito Santo, acompanhados por algumas pessoas, caminharam sem despregar os olhos do chão até o jamelão à sombra do qual permanecia dona Chandoca. Os dois homens se ajoelharam diante da avó de Edinho. Ela segurou-lhes a cabeça, alisou os cabelos de Maneco, em seguida os de Marcelino, com os olhos fixos no mar.

Os dois, ainda de joelhos, passaram a chorar convulsamente. A mãe de Maneco abraçou dona Chandoca.

— Ele tá com Deus, tá com Deus, ninguém tem culpa de nada, a Providência quis assim, o meu Edinho tinha que ir, agora vamos orar, rogou dona Chandoca, o olhar perdido.

As ave-marias e os pais-nossos só cessaram quando dona Chandoca saiu da sombra do jamelão, foi até a franja do mar, abaixou-se, seu lenço preto amarrado à cabeça inundado de sol, molhou os dedos, persignou-se e, o corpo corcovado, foi caminhando pela beira da praia até sua imagem se confundir, para espectadores imóveis e silentes, com os rochedos do costão atrás da Villa Faial. Gaivotas descansando na areia com as penas eriçadas pareciam ter frio.

— E a baleeira do mestre Janjão com as crianças do senador?, alguém perguntou.

— Mestre Janjão não ia fazer bobagem, logo ele. Deve estar apoitado num baixio cheio de berbigões lá pras bandas do Estreito, e ainda vai voltar com um monte de miraguaias, vocês vão ver, garantiu mestre Manoel.

"Experiência da vida ou sabedoria de nascença?", perguntou-se Marcelino. Ele percebeu a revoada cinza de um trinca-ferro que, partindo do mamoeiro, entranhou-se furtivamente na mata ramalhando as hastes das vassouras-do-mato. Ser um pássaro, voar livre!

Custaram a achar o corpo de Edinho. "Tem que rezar responso para Santo Antônio, só assim vão achar o corpo", ouvia-se na venda. Edinho foi encontrado seis dias depois preso a uma fraga na ponta de São Vicente do Mar Alto, em direção de Canasvieiras, a metade devorada pelos peixes. A missa e o enterro do menino em Praia do Nego Forro foram os mais concorridos, os mais silenciosos e tristes da região em toda a sua história, segundo o padre Arlindo.

Martinha e Lúcia, com os pais, postaram-se na primeira fila da capela. Comadre Antonieta, de Cacupé, trouxe o filho Tonico vestido com roupas de Edinho oferecidas por dona Chandoca. O menino, choroso, sabia que ao ser escolhido para a cerimônia da coberta da alma transformava-se aos olhos de todos na pessoa mais importante da missa. Edinho despedia-se dos amigos e da família através do companheiro de escola Tonico.

Dona Ednéia trouxe para Marcelino um caderno, uma borracha, dois lápis, um apontador e uma folha datilografada com alguns versos — é do nosso Cruz e Sousa, todo domingo você tenta ler um ou dois versos, ajuda a gente a se aprumar, o que não entender pergunta pra mim depois, sou paga pelo governo pra isso, disse, abatida, ao seu ex-aluno.

Ainda revirou a bolsa que carregava na mão esquerda e estendeu-lhe um papel.

— É um santinho de são Judas Tadeu, é a vida, meu filho, foi a vontade divina, o Edinho tinha que ir. Os cadernos, o lápis, a borracha e os versos são pra não esquecer de escrever e ler. A língua é o pensamento, ajuda a manter a mente viva, ajuda a fazer da gente, gente.

— A bênção, dona Ednéia.

— Deus te abençoe, Marcelino, a ti e ao Maneco, ainda disse a professora, com ar melancólico e a voz plangente.

Marcelino já não ouviu as últimas palavras da professora; voava por sobre matas e mares, lá de cima não dava para escutá-la. Com um abismo sombrio e lúgubre cavado ao peito, um pego de melancolia turvejando-lhe a vista, andou trôpego até o cemitério e orou longamente diante da tumba da vó Chiquinha. Depois ajoelhou-se diante do túmulo de Edinho, enterrado não muito longe da sua vó. Acrescentou uma rosa branca às dezenas de flores que cobriam a terra abaulada da sepultura.

47

Soube-se logo que mestre Janjão, pressentindo a correnteza traiçoeira, embicara a canoa na direção do Estreito, perto de um conjunto de penedos, conhecido ninho de berbigão onde ele costumava pescar miraguaias. Antes do meio-dia as crianças do doutor Nazareno, acompanhadas da governanta, retornaram à Villa Faial num carro preto com placa do palácio do governo do Estado. Vieram impressionadas com o vento e a chuva, as ondas, o mar de lavadio, nas palavras do contramestre, e as miraguaias devoradoras de berbigões.

Mestre Janjão não tinha comentado com os seus passageiros o perigo da tempestade refalsa. Mais que Marcelino ele sabia que não raro aquele tipo traiçoeiro de corrente marítima levava alguém para as profundezas do mar. Além do neto da velha Chandoca, dessa vez foi uma baleeira de Porto Belo a aspirada pelo vento e engolida pela água. Não sobrou ninguém. Agora quatro famílias sem o peixe do dia-a-dia. Uma das viúvas era filha de Santo Antônio de Lisboa, a mais velha da falecida comadre Belinha.

"Uma tempestade das sérias e agora esse mar desordenado assim, desse jeito, em poucos meses, não, isso é mau-olhado, só pode ser", ouvia-se em todas as casas de Praia do Nego Forro e de Santo Antônio de Lisboa. Na venda do seu Ézio era o que mais se comentava.

Os Di Montibellos tomaram conhecimento das dificuldades vividas por Lino Voador pela cozinheira. O cardápio no almoço — que Bertilha denominava janta — daquele dia na casa do senador foi, além do comentário sobre o mar tredo, ovas de miraguaia fritas com limão e postas do mesmo peixe grelhadas. Bertilha não parava de se lamentar. Numa hora em que patroa e doméstica estavam a sós na cozinha — Bertilha temperava ovas de tainha secas — os lamentos vieram eivados de suspeição. Alguém era responsável pelas tragédias.

— Perdemos o menino Edinho, uma tristeza, e quase que a gente perde o Lino e o Maneco, madame. O Lino machucou feio a mão, tá enfaixada, machucou feio, repetiu Bertilha. — Duas tempestades, tão perto assim uma da outra, isso é coisa ruim, é coisa ruim, de gente má, tem que rezar para Santa Catarina de Alexandria, a nossa padroeira, continuou, lamuriante, a cozinheira, e também para a Nega Mãe Olavina de Ogum.

O "Grande Jornal Falado da Tupi", de São Paulo, que o rádio Telefunken da cozinha sintonizava com chiados, transmitia notícias da guerra na Europa. Dona Emma, entre os comentários da criada e do speaker da rádio Tupi, debruçou-se na janela e respondeu olhando o céu carregado.

— Que horror, que perigo, tenho pavor de tempestade no mar, me dá arrepios só de pensar. E coitado do rapazinho que se foi. Vamos orar por ele. Ainda bem que Marcelino está são e salvo. E quando penso coisas ruins assim me lembro da voz do Romeu Fernandez, amigo do meu marido, anunciando no Repórter Esso o ataque de aviões da Alemanha à França. Depois foi o Heron Domingues que substituiu ele.

Sibila e Eve acompanhavam todas as informações com atenção e faziam perguntas desencontradas a Bertilha. Dona Emma, dirigindo-se a Eve, no mesmo tom, fez-lhe um pedido.

— Dá pra ver lá com Marcelino se, apesar de tudo, coitado, ele consegue trazer lagostas amanhã?

— Mas ele deve estar muito triste, o menino que foi com ele para o mar morreu afogado, mãe, afogado, repetiu Sibila, em tom de reprovação.

— Eu sei, eu sei, minha filha, mas deixa Eve ir assim mesmo, ele precisa de dinheiro e é o melhor pescador de lagostas da região. E se ele não vai pro mar, ele que traga as lagostas dos costões aqui de perto mesmo, ou então lá das pedras da ilha do forte de Anhatomirim.

— E transmita, por favor, Eve, os pêsames de toda a nossa família a Marcelino.

48

Eve, DE MANHÃ, FOI EM BUSCA DAS LAGOSTAS. AS JANELAS DA CASA DE Marcelino estavam fechadas, a Divino Espírito Santo na areia, não muito longe. Dezenas de pedaços de cortiça, de madeira, de redes, várias cabaças e partes do estrado do fundo da canoa jaziam à sua volta.

Eve bateu palmas e chamou Marcelino

O pescador apareceu dos fundos do terreno, sério.

— Bom dia, dona Eve.

— Bom dia, Marcelino, sentimos muito pelo acontecido, todos nós, Dona Emma e o senador mandam pêsames, assim como toda a família, o que foi isso na mão?

— Nada, machuquei num prego da canoa, tá sempre doendo um pouco mas não é nada.

— É, a Bertilha disse pra nós, na Villa Faial, que você tinha se machucado.

— Mas não se preocupe, dona Eve, é coisa sem importância.

— A esposa do senador encomendou mais lagostas.

— Diz pra dona Emma que é difícil, só se eu for desentocar elas aqui perto nos costões, mas são menores, das grandes eu e o Maneco pescamos e arrancamos das tocas na ilha dos Desgarrados, no alto-mar, lá elas são maiores. E a Divino tá um pouco avariada, mas principalmente estamos de luto pelo Edinho.

— Eu sei, eu sei, todos sabemos. Lá no costão, a gente abrigada da tormenta junto com o mestre Janjão, não parei de pensar em você. Quase rezei pra Divino Espírito Santo encontrar um porto seguro, notei que várias vezes o mestre Janjão olhava o mar preocupado, se afastava um pouco da gente e fazia o sinal-da-cruz.

— Foi difícil mesmo. Uma correnteza dessas, parecia que era de pouca monta, o Edinho caiu e eu não vi nada. Uma baleeira de Porto Belo foi pro fundo, não sei, faz muito tempo que não dava uma assim. E duas tempestades quase num mês só! Mas é bom que a senhora pensou em mim, dona Eve, obrigado.

— A senhora não, Marcelino, Eve, me chama de Eve, e não tem por que se culpar; a morte de Edinho foi uma fatalidade. E poucos me conhecem tão bem quanto você.

— Eu, como assim?, perguntou Marcelino, surpreso.

— É, você mesmo, é que penso muito na tua vida, já te conheço, sonho coisas e você também me conhece.

— A senhora quer um café? Tem também doce de banana-figo.

A proposta de Lino trazia um pouco de ordem ao discurso confuso e constrangedor da governanta.

— Eve, Marcelino, Eve.

— Está bem, Eve. Quer café com farinha? Pode entrar, Eve, entra. Ia botar marisco pra ferver.

A governanta concordou, subiu os dois degraus de madeira e entrou na pequena casa. Era a primeira vez, nesses anos todos, que ela invadia o espaço doméstico de Lino Voador. As crianças já tinham entrado na casa do pescador várias vezes. O assoalho, de tábuas cruas, lembrava o fundo do mar, a água se fora, sobrava a fina camada de areia que arranhava a sola dos sapatos.

— Senta na cadeira, Eve.

Marcelino instalou-se no banco de vime, os cotovelos apoiados na pequena mesa redonda. Eve olhou ao fundo o fogão a lenha, contou as achas empilhadas ao lado, examinou a gamela usada para tomar banho, as panelas de barro, as conchas de todas as cores e tamanhos que enfeitavam uma pequena prateleira improvisada e o retrato num quadro. Fixou-se no sorriso sério emoldurado por um rosto redondo, marrom pálido, envolto num azul esmaecido. Nos quatro ângulos da fotografia emoldada sobrara um pouco de pintura dourada.

— É a minha avó, ela me criou, disse com orgulho Marcelino.

A governanta sentou-se sobre a palha da cama.

— Não quer a cadeira?

— Não, Lino, não, está bom.

Marcelino apontou para a pequena santa de madeira que se erguia na prateleira acima da cama. Eve voltou a cabeça como a examinar o objeto.

— É Nossa Senhora da Lapa, ela protege a gente, continuou Marcelino. Ao lado é o Espírito Santo, a pombinha branca sempre me acompanha.

A governanta notou um pano pendurado na parede com os dizeres "Lino Voador, pescador de Deus".

— Foi a dona Maria do Amparo, lá do Saco dos Limões, que me deu no dia da morte da minha avó. Ela é criveira. Sabe desfiar fiozinho por fiozinho do tecido e escrever frases ou fazer desenhos como ninguém sabe. É a melhor criveira da região.

Eve não relevou a observação. Abordou outro assunto.

49

— Sabe, Marcelino, você tem um papel muito importante na vida, você vai salvar o Brasil.
— Como? não entendi, disse Marcelino, pouco à vontade.
— Salvar o Brasil. Tem coisas que eu quero falar mas ninguém pode ficar sabendo, é um segredo entre nós.
— Que segredo?
— Esse, de você salvar o Brasil.
— A senhora quer o café agora? Vou buscar.
A governanta fez sinal que não. Marcelino insistiu.
— Não, obrigada, agradeço mas não quero, reiterou Eve.
Marcelino queixou-se da sorte nos últimos dias.
— Edinho caiu e eu nem vi, se fosse com o mestre Janjão não tinha acontecido, todo mundo me diz isso sem dizer. Ele tem mais experiência. E a Divino tá com um pequeno rachado na quilha, eu com essa mão doendo.
— Mas isso vai passar logo, Lino, quem enfaixou?
— Primeiro foi a comadre Jaciara. Ela pôs óleo de baleia e chá de casca de aroeira, mas a comadre disse que era melhor procurar dona Maria Albertina porque o corte parecia profundo. Por isso, ontem de noitinha, fui ver ela, Maneco foi comigo, em Santo Antônio de Lisboa. Ela é parteira e ajuda também a curar dos machucados. Mas não consigo deixar de pensar no Edinho, como é que ele foi cair, meu Deus do céu!
Os olhos do pescador brilhavam, vermelhos, seus lábios se esgarçaram, Marcelino chorou baixinho, tentando esconder o rosto com o braço.

— Acontece, acontece, foi o destino, você não tem culpa, consolou-o a governanta.

— O Tião também já me disse isso mil vezes, mas não consigo aceitar, não consigo aceitar.

As palavras saíram truncadas, mal articuladas, a voz tolhida, Marcelino caía em prantos, enxugava o nariz e os olhos com os braços, voltava a chorar.

A polonesa continuava com o olhar vago, respirava com dificuldades, queria dizer mais coisas.

— Você vai salvar o Brasil, rapaz, salvar o Brasil, esquece esses problemas todos.

A frase soou ainda mais estranha dessa vez. Eve tinha falado alto, quase agressivamente, era mais do que um simples desejo, era uma ordem. Marcelino levantou, assustado. Eve parecia outra mulher, olhava-o como se ele soubesse do que ela estava falando — salvar o Brasil, rapaz, entende?

A governanta percorreu com os olhos o corpo do jovem pescador de cima para baixo, de baixo para cima, fixou o olhar em partes do seu torso nu, arfava cada vez mais. Bruscamente levantou-se. Tocou a cintura de Marcelino, acariciou-lhe o rosto, os olhos, as sobrancelhas, o nariz, a boca, deslizou o dedo indicador da raiz do cabelo ao nariz, do nariz ao queixo, deste às orelhas, alisou-lhe as faces morenas, apertou-lhe o braço direito e despediu-se, aparentemente já mais calma.

— Tenho que ir, Lino, tenho que ir, depois eu falo mais, até logo.

Marcelino mal e mal conseguiu balbuciar até logo. Ali ficou, parado, em pé, de costas para o sorriso da avó, os olhos na altura da santa protetora. Deu alguns passos até a porta. Eve, se não corria, ia quase a trote.

Ela saiu da minha casa igualzinho se fugisse de um boi lá em São José, na farra, confidenciou Marcelino, mais tarde, a Tião.

— O que essa mulher quer, homem de Deus?, perguntou o amigo de cabelos brancos.

— Nada, Tião, nada, ela é boa pessoa.

— Mas já aconteceu alguma coisa entre vocês dois?

— Não, claro que não.

— Mas esse negócio de ficar construindo idéias sem sentido e te olhando desse jeito que você me disse que ela fica te olhando é porque tá querendo outra coisa, e acho que sei bem o que é.

— Mas não aconteceu nada, já te disse, Tião. E não consigo deixar de pensar no Edinho.

50

No dia seguinte, já quase escurecendo, Eve voltou. Desta vez gritou — "Marcelino, oh Marcelino". Lino apareceu na janela, quieto.

— O senador quer que você vá lá de novo conversar com ele de tardinha, depois da pescaria.

— Amanhã ainda não vou pro mar, tem que reparar a quilha da Divino, e a mão não está nada bem, e ainda estou de luto pelo Edinho.

— Então vai mais cedo, as crianças estarão brincando logo depois do almoço, vai nessa hora. Desculpa a minha saída assim de repente ontem, fiquei meio nervosa, justificou a governanta.

— Não faz mal, eu também já fiquei assim naquele dia que o Zequinha não quis cantar, disse Lino, aproveitando a aparente fragilidade da interlocutora.

— Acho que foi essa mesma coisa que senti, explicou Eve.

Ela aproximou-se da janela, passou a falar mais baixo, quase sussurrava, dizia palavras e construía frases estranhas, num tom assustador, acompanhadas de uma gestualidade exagerada. Para Marcelino, lembrava dona Ednéia e o teatro de fantoches da escola Luiz Delfino.

— Já imaginei a gente passeando sob o olhar perscrutante de águias diabólicas com ameaçadoras asas abertas, bicos escandalosamente escancarados, garras afiadas à mostra, pousadas no beiral de uma enorme casa. E você sem medo.

— Por que a senhora tá dizendo isso?

— Eve, Marcelino, Eve. Estou dizendo isso porque você não tem medo de nada.

— Não tenho mesmo. Um pequeno pássaro dá conta sozinho de um gavião no vôo. É só a senhora olhar. O bem-te-vi, quando vê o carrapateiro gritando e voando em círculos, vem por baixo e bica a asa do bicho. O gavião não consegue fazer nada, só fugir todo desengonçado, baixando, todo destrambelhado.

— Mas aquelas águias estão paradas, paradas, pregadas no cimento.

— Então não tem perigo nenhum, não consigo entender.

— Está bem, Marcelino, é como num sonho.

— Pra que medo de sonho? Sonho é bom, pesadelo é que é ruim.

Lino continuava sem entender onde Eve queria chegar.

— É, Marcelino, é um pesadelo que tem que acabar.

— Estou preocupado com a Divino Espírito Santo, o Chico Tainha disse que ela pode estar avariada, e o Edinho está sempre nos meus pensamentos.

— Tomara que a Divino tenha conserto, Lino, e não pensa coisa ruim. E o Edinho está no céu.

Eve ainda falou de um Brasil melhor, da perversidade de algumas pessoas que mandam no país, em cortes e dores provocadas que acabam por cicatrizar feridas. Dissertava, falava sozinha, Marcelino interrogativo. Mas ela sabia que não estava desacompanhada. Voltava os olhos e recuperava o pescador de Praia do Nego Forro para a sua explanação.

— Você vai ajudar, Lino, só não conta pra ninguém.

Eve se despediu. Dessa vez acariciou a mão de Marcelino e perguntou, enfática, sobre o ferimento. Parecia preocupada.

— Como tá o machucado?

— Tá doendo, mas a dona Maria Albertina disse pra não tirar a faixa de jeito nenhum. Ela botou uma mistura avermelhada, tenho que voltar lá um dia desses.

Eve pareceu aliviada com a resposta de Marcelino.

— Ela tá é com calor nas partes, avaliou Tião quando, no outro dia, Marcelino detalhou novamente o comportamento estranho da governanta.

— Mas não aconteceu nada mesmo entre vocês dois, Lino?

— Nadinha, Tião.

Marcelino não contou a Tião que ele também fizera uma confissão a Eve:

— Eu preciso dizer uma coisa, Eve, também preciso te dizer uma coisa que ninguém pode saber, só o Tião sabe.
— Tá bem Marcelino, conta.
— Não, hoje não.
— Me conta outra vez, então, tinha respondido a governanta, resignada.

51

ALGUNS DIAS DEPOIS A FAMÍLIA INTEIRA DO SENADOR FOI AO CENTRO da capital, só Eve demorou-se na Villa Faial. Uma orquestra de Curitiba, segundo o senador uma imitação perfeita da orquestra de Glenn Miller, ia fazer uma matinée num clube perto da praça XV. À noite dava-se baile no salão nobre do Lira Tênis Clube. Como o casal carioca não poderia prestigiar o baile por receber nessa mesma noite três almirantes na Villa Faial para assuntos sigilosos, aproveitava a tarde para uma visita de cortesia aos músicos e ao Interventor Nereu Ramos. Contavam assistir, no dia seguinte, ao filme *Alô, alô, carnaval*, que passava no pequeno teatro da rua Conselheiro Mafra.

De tardinha Eve deixou a residência dos Di Montibello e caminhou pela praia em direção à casa de Marcelino. Segurava os sapatos nas mãos. Andava displicentemente, chutando a água em trajetos formando esses; corria do debruado das ondas na areia como se a espuma fosse lhe queimar os pés; falava com o mar como se brincasse com um velho companheiro de infância. Aproximou-se da casa do pescador. Chamou-o.

Marcelino assomou à janela, cenho franzido, traços tristes.

— Boa tarde, dona Eve.

— Boa tarde, Marcelino, me chama de Eve, já esqueceu?

A governanta convidou-o para ir à Villa Faial, não se intimidasse!

— Vamos lá, quero te mostrar a casa toda, a família inteira anda às compras na rua Filipe Schmidt, não fique com receio, Marcelino, vem comigo.

O rapaz concordou. A preceptora, quando já entravam nos jardins da Villa Faial, puxava-o pela mão. Coexistiam no rosto de Eve um sorriso congelado e um cerrar de sobrancelhas, seu coração acelerava. Queria mostrar ao pescador os aposentos do segundo andar. Os lábios de Eve pareciam esbranquiçados, trêmulos e secos, a língua tentava sem parar umedecê-los, seu baixo-ventre apertava, ela sentia uma pequena cólica, como se fossem se iniciar aquelas dores rubras e viscosas. Algo corria por dentro qual uma cobrinha, mistura de prazer e de dor. A cobrinha subia e descia. Quando subia provocava enjôo, descia, vinha a pequena cócega melada, subia, enjôo. Lá no alto, o coração ia sair pela boca afora, ia ser vomitado. A cobrinha descia novamente e, lá embaixo, o pequeno aperto gostoso de novo. E ainda estavam na metade da escada que levava ao segundo andar da casa, onde se espalhavam os sete quartos, inclusive o de Eve. A escada também parecia imensa para Marcelino, longa, de tirar o fôlego. Mas prazerosa.

Eve continuava arrastando, potranca polonesa, o duro Marcelino. De repente a percherona, tal o cavalo da atafona do seu Machado, estancou o trote escada acima, virou-se ligeiramente, cada pé num degrau, o direito — no de baixo — era o que mais tremia, e olhou o rapaz nos olhos. O sorriso de Eve continuava travado, as sobrancelhas ainda apertadas. Os olhos impecavelmente azuis pousaram nos lábios hermeticamente fechados do hirto pescador, os lábios dela, ao contrário, se descerraram. A ponta encharcada da língua se insinuou, sangue vivo tentando umidificar beiços ressecados de medo, de anseios. Marcelino fixou aquela guelra fresca que se movia, corvina de linha, era guelra de corvina de linha! Ou até de tainha de praia! Provocava desejos de lambê-la, se mexendo de um lado para o outro por sobre os lábios, deixando sobras de espuma das ondas do mar nos cantos da boca da mulher que cuidava dos filhos do senador Nazareno. "Meu Deus, a aia dos filhos do senador Nazareno!" A estupefação vinha sempre: aia dos filhos do senador!

Eve segurou com força a mão direita de Marcelino e procurou ficar bem de frente à carga que preciosamente arrastava. Um degrau acima de onde estava o rapaz. Marcelino tinha agora a boca ligeiramente aberta. A mulher parecia imensa. Pelo movimento dos seios estava com falta de ar. Dois penedos arredondados e petulantes — iguaizinhos aos rochedos se erguendo perto da casa de Tião — rociados pelo hálito salgado do pescador subiam e desciam forçando a musselina bege, prontos a desabrochar.

A governanta aproximou a mão esquerda enfaixada de Marcelino — que ela, ainda que sem apertar, segurava com ardor — do leve vestido na altura das coxas, e estreitou-a contra a perna direita. Marcelino sentiu ligeira dor nos tendões. Eve trouxe a mão do pescador, lentamente, pouco mais para cima. A mão parecia ter se separado do resto do corpo de Marcelino. "Minha Nossa Senhora da Penha!", exclamou Lino, baixinho.

52

APENAS O DORSO DA MÃO ENFAIXADA DE MARCELINO ENCOSTAVA NO ressalto entre as coxas de Eve, que pressionava cada vez mais o machucado coberto de gaze. Eve passou a se contorcer, gemer, seus cabelos balançavam. E parecia ter visto alguma coisa — talvez uma lagartixa — no alto, tal a insistência e regularidade com que seus olhos iam dos lábios de Marcelino ao teto da sala. Lino Voador, timidamente, ajudava a premer a mão enfaixada contra aquele felino veloso da comandante de operações dos gramados da Villa Faial.

A governanta segurou então com delicadeza a outra mão do rapaz e pousou-a suavemente sobre seu busto arfante. O penedo, no tocar, parecia mesmo barriga de baiacu afundando e voltando à tona ao ritmo e ao sabor das ondas. Lino sentiu uma pontadinha na altura dos rins e uma emoção fluida, sabia que eram os pródromos de uma outra sensação mais forte. Sentia-se robustecido, sorte que dona Eve não olhava para o seu short de algodão duro. Ela se detinha mais na provável lagartixa do teto ou na cobrinha que lhe corria por dentro e, ao que tudo indicava, tinha estacionado embaixo. Descera pra valer e se aninhara entre suas coxas acariciando coral, peçonha e perineamente os cavoucos que encontrava. Marcelino retirou com atenção a mão enfaixada de sobre o sexo protegido pela musselina e cerrou a mulher pela cintura, seu braço tremia.

Eve transportou a mão direita do jovem pescador dos seus seios para baixo do vestido, e correu-a pelas coxas lisas e fortes até suas entrepernas. Marcelino sentiu um tecido de seda úmido e conglutinoso. Seus dedos moveram-se discretamente, venceram elásticos e costuras, alisaram, exploraram, acariciaram. Sentiram pêlos e carnes latejando viscosas, quentes, cobiçosas. O jovem não acreditava, sonhava, seu braço continuava a tremer. Se a lagartixa estivesse realmente no teto a governanta a teria visto embaçada. Com efeito, seus olhos se contorciam em todas as direções. Marcelino nunca tinha notado que ela era meio vesga. O reptil imaginário que se abrigara no corpo da governanta mexia cada vez mais, é o que parecia.

As momices da cobrinha nas pregas intumescidas da mulher, rabo num oco, cabeça no outro, coleando, picando, mordendo, lambendo e lambuzando fios cada vez com mais intensidade, provocaram contrações e expansões desaguando em úmidos e pegajosos sussurros recendendo a mel e a vinagre. Nesse momento a guelra de corvina, de miraguaia, de manjuba, de tainha, de cocoroca que fosse, penetrou desejosa e sôfrega na boca de um já então receptivo Lino Voador.

Um ruído de motor do outro lado da elevação e o facho de faróis iluminando a mata distante interromperam bafos, sopros e cicios. O automóvel do doutor Nazareno já estava a caminho pela estrada esburacada e sinuosa levando à Villa Faial. Em cerca de cinco minutos o carro entraria na garagem da casa.

— Me leva daqui, Marcelino, disse Eve, num sussurro arrastado, acendendo um cigarro às pressas.

— Levar como?, murmurou Marcelino trêmulo, que ainda perguntou: Você fuma, Eve?

— Só às vezes. E então eu é que te levo comigo.

— Não posso Eve, não posso.

Alguns minutos depois a governanta abria o grande portão de ferro que dava acesso ao jardim da Villa. O Cadillac preto, dirigido pelo próprio senador, deslizou suave pela linha de cascalho até a garagem. Eve fungava, como se tivesse chorado, foi Pedrinho quem notou.

— Por que que você está chorando, Eve?

— Não é choro, meu amor, é a maresia noturna que sempre me dá isso.

— Ajuda a carregar esses pacotes, Eve, por favor, solicitou dona Emma, com educação.

O Senador nessa noite ouviu — e cantou junto — "*El día que me quieras*", na voz de Carlos Gardel. Sibila o observou da varanda da Villa Faial.

Lino Voador, enquanto isso, caminhava célere pela praia enoitada, os pés na água, em direção à sua casa, onde o esperavam seus três pássaros.

Sentia ainda o sabor de lábios túrgidos comprimindo enlevados sua boca e acolhendo sua língua. E sentia as carnes quentes e molhadas da fêmea resguardadas por tecidos de seda respondendo ao toque dos seus dedos. Lino cheirou-os, as lembranças dissolutas excitaram-no, voltou os dedos devassos e licenciosos ao nariz, imagens libertinas o possuíam. As aves marinhas de sempre giravam à sua volta. Desejos ínscios arrebatavam o pescador; Lino voava com as gaivotas.

53

No início da tarde seguinte Eve entrou na casa de Marcelino sem pedir licença. O pescador esquentava o caldo de peixe oferecido por comadre Jaciara. Mal chegara do alto-mar. Marcelino a abraçou. Eve jogou-o na cama. Lino dócil, rendido ao azorrague do algoz, tentava dizer algo.

— Sabe, Eve — o gesto decidido da polonesa abria espaço para a confissão —, eu quero te contar uma coisa, nunca vi uma mulher nua de verdade, ninguém sabe, só o Tião, e agora você.

Eve estacou por um momento.

— Às vezes eu sonho e quase chego pertinho, quase vejo, mas acordo antes, continuou Marcelino, dominado.

— Não precisa dizer nada, Lino Voador, só fica parado, eu faço pra você, mostro o que você quiser. Me deixa ficar deitada sobre o salvador da raça brasileira, assim, assim, meu herói, meu homem, me olha, me olha aqui, toca, olha de perto o que você quis tanto ver, não precisa ficar constrangido, é sempre assim na primeira vez.

Marcelino não dizia palavra. Onde estava? Na casa rosada? Era a Rosália? A governanta estava inteiramente nua, o short azul do amante também inumado ao pé da cama junto com as roupas femininas, Marcelino estirado, desmedido, músculos petrificados apontando para o teto. Eve de joelhos sobre a cama, a seu lado, segmentos de fêmea tão aspirados por Marcelino ali, a centímetros. Um odor acre e inebriante saído de pêlos alourados, espessos, que deixavam à mostra mais abaixo pontas e fendas rosas, saliências e dobras feéricas, carnes vermelhas, reentrâncias molhadas, ângulos e timidezes de mulher tocados com leveza pelo amante desorientado. Eve, de olhos fechados, intensava com as ancas a pressão contra dedos morenos, longos e gozosos que acarinhavam devagar refegos e rugas sensíveis banhadas de desejos impudicos e apaixonados. Ela voltou o rosto, os olhos exorbitados, para partes libertas do tecido azul do seu amante moreno.

— Me deixa começar, meu pescador, me deixa te acariciar com os olhos, com as mãos, com a boca, não te mexe, Lino, não te mexe. Você é meu, vou te ensinar tudo, você vai se agigantar ainda mais, fica assim, duro, assim mesmo, desse jeito.

Eve, após longas e ruidosas sucções intercaladas por interjeições e palavras desconhecidas, interrompeu os movimentos com a boca e empunhou o sexo rígido e ávido do amante e demorou-se em movimentos que o aloucavam e provocavam cicios e sons alongados. Ela olhava para cima e se deleitava com os balançares convulsos e descontrolados da cabeça do jovem pescador, sentia um prazer desconhecido de desvirginamento do salvador do Brasil. Logo voltou os lábios molhados aos músculos avultados de Marcelino, sua língua insistente acariciava pregas e cútis desprotegida e rosada, os suspiros do pescador aumentavam, Eve também acelerava o ritmo. O vaivém rangia a cama, a casa toda, os suspiros iam se intensificando. A governanta cruzou os braços sob o tronco arfante de seu companheiro, cuidou para não lhe comprimir a mão enfaixada, apertou-lhe os quadris enquanto nutria os movimentos arrebatados, delirantes e veementes com a boca, até que Marcelino curvou o corpo (só a cabeça e os calcanhares tocariam o colchão de palha da cama não fora o apoio dos braços de Eve o sustentarem na altura dos rins), deu um grito sufocado, para dentro, se engasgou, convulso. Eve foi diminuindo a intensidade das fricções, correu a boca pelo corpo do amante, seus lábios, agora pegajosos, reencontraram os de Marcelino. Ele abraçou-a, apertou-lhe as costelas, ela, um joelho em cada lado do pescador rendido, ergueu-se ligeiramente e direcionou com as mãos para os seus espaços mais íntimos carnes acobreadas de pontas rosadas, inquietas, duras e latejantes que se alçavam mais uma vez tateando e ponteando pregas e dobras. Marcelino Alves Nanmbrá dos Santos entrava com vigor em espaços há muito ansiados. A polonesa — com o tronco ereto sobre o falo do seu homem sonhado — se contorcia em movimentos verticais, se preenchia ao descer, libertava-se ao subir, buscava, ansiosa, de novo a plenitude violada, voltava à base, o sobe-e-desce não devia acabar, nunca, nunca.

— Nunca Marcelino, te amo, nunca, nunca — fica assim, Marcelino, para sempre!, balbuciava a amante em êxtase.

Marcelino respondia e afagava impetuoso rosas rosáceas de fartos e elevados colos alvos, erguia o tronco e beijava mamilos provocantes e intumescidos, voltava a repousar a cabeça no travesseiro, repetia a flexão e os beijos; sua língua deslizava em carnes macias e quentes. Eve subitamente lançou um gemido surdo e longo. O prazer a cegava. Ela dobrou o talhe, procurou os lábios do salvador da nação brasileira e assim se quedaram por um momento. Mas a governanta ergueu-se de novo, insaciável, seus joelhos dobrados em cada lado de Marcelino comprimiam o corpo moreno. Ela iniciou, então, mais uma vez, o movimento vertical, e manteve-se em altos e baixos até os músculos entre suas coxas se contraírem novamente com intensidade, a razão se turvar ainda mais e seu corpo sentir fluidos densos o preencherem e lhe correrem pelas entranhas. Eve abaixou-se para a frente, lentamente, e encostou uma das faces nos cabelos de um atahualpa só seu.

54

— Você está sozinha?

Lino fez a pergunta antes de cumprimentar a sua companheira da escola primária Luiz Delfino.

— Bom-dia, né?, recebeu como resposta.

— Bom-dia, Martinha, bom-dia.

A jovem deu, então, uma longa resposta, sem olhar para Marcelino. Limpava o chão da venda do pai com um pano molhado. A rádio Nacional tocava "Luar do Sertão".

— Claro, aqui ninguém quer me ajudar, a mãe tá lá pra cozinha, a Lúcia no quarto fazendo a bainha de um vestido novo, não sei de quem ela ganha, do Aveleza é que não é, aquele pobretão, magro como um caniço. Hoje o prato é moqueca de bagre. Eu é que tiro o langanho deles com água pelando, frito eles e ainda faço o molho com colorau com o urucum que eu mesma soquei no pilão e cozinho tudo depois. E a Lúcia nada, nem uma ajudinha.

— O teu pai tá aí?

— Não, o pai foi pro Mercado Municipal comprar mantimentos. Dizem que tem racionamento, os preços do açúcar, do feijão e do arroz subiram muito, os fregueses vão reclamar, deu no rádio, o presidente falou que se acabaram as relações com a Alemanha, a Itália e o Japão, quem for estrangeiro desses países tem que se cadastrar. E fecharam aquela escola alemã lá do centro, perto da praça XV. A alemoa da Villa Faial vai passar mal.

— Ela nasceu no Brasil, e é polonesa, já te disse Martinha. E o Tião me falou que nem todos os italianos, nem todos os alemães e nem todos os japoneses pensam igual, muitos, a maioria, estão do lado do Brasil. É como aqui, eu sou igual ao Aveleza ou ao seu Crodoaldo lá do Centro?

— O que precisa hoje, Lino?

Martinha se impacientava.

— Nada, só um nadinha de pó de café, vim mesmo é prosear um pouco.

— Comigo?, perguntou Martinha, surpresa.

— É, contigo, respondeu Marcelino, sério.

— O que foi que aconteceu, homem?

— Nada, é que as pessoas dizem coisas, inventam histórias, é por isso que eu gosto de ficar calado.

— Eu sei, Lino. Na escola primária Luiz Delfino tinha dias que você vinha com a língua, outros você esquecia ela em casa e mesmo quando trazia usava pouco.

— É que eu acho que a língua é pra gente dizer coisas necessárias, mas também pra assuntar. Aqueles livros que dona Ednéia obrigava a gente a ler era pra que os alunos gostassem das histórias e entendessem elas. Inventar histórias ou ouvir o cego Basílio contar coisas passadas é bom como naqueles livros. Agora, a língua não foi feita pra inventar ruindade, como andam dizendo aí da dona Eve e de mim.

— Dizendo o quê?

— O que você também já sabe.

— Só sei que dizem que você tá embruxado.

— Pois é, mas não é assim, Martinha. Se a gente botar um filhote de passarinho na frente de uma jararacuçu podem acontecer duas coisas: se o filhotinho piar a mãe vem correndo e ataca a cobra como uma louca, agora, se o passarinho não piar, a mãe vai ficar olhando a nojenta da cobra engolindo seu filhote e não vai fazer nada, eu já vi uma vez no banhadão atrás da casa do seu Arlindo, era filhote de sabiá preta. É o pio que faz a mãe assuntar, a língua da gente também é assim, é pra assuntar, não pra inventar coisa ruim.

— E peixe, que não fala nem pia?

— Eles têm a língua deles combinada.

— Você parece a dona Ednéia, Lino, parece ela. Quando você explica parece a professora da nossa escola falando, disse Martinha sorrindo.

55

MARTINHA SE AFASTOU UM POUCO, PASSOU O PANO DE ALGODÃO grosseiro sobre a madeira do balcão e pendurou-o na torneira da pia. Marcelino suspendera o discurso fabular, que servia para apagar o passado recente e ajudava a afastar o pecado e o vício. Mas a ocultação da falta à amiga de infância malsinava-lhe ainda mais os prazeres da véspera, seu peito fremia como as franças do arvoredo sopradas pelo vento sul. Martinha se voltou para ele, dirigiu-lhe um olhar fátuo, abriu e fechou a torneira; fez um comentário banal para Marcelino sobre a vazão da caixa no sótão. Era necessário bombear mais água do poço antes de anoitecer. "O pai quer cavar um poço grande e fornecer água encanada para todas as casas próximas, pensa instalar uma nora com alcatruzes, como em Portugal." O pescador não deu importância aos planos engenhosos e de palavras raras do pai de Martinha e retomou a conversa. Devia seguir o seu fado. A vó Chiquinha não dava sempre esse tipo de conselho? Não era o que estava fazendo?

— Sou igual a todo mundo, falo pouco porque quase nunca serve pra nada, pra nada.

— Mas agora que a família do senador tá aí você vira tagarela, fala muito, metido a sabichão, você vira outra pessoa.

— Não estou brincando, Martinha. O Tião me convidou pra ir com ele lá pra serra, diz que tem como lutar pra gente conseguir terras. Mas o meu mundo é o mundo que a minha avó Chiquinha me deu, é o mar e os peixes. Praia do Nego Forro é a minha terra.

— E os teus passarinhos?

— Os passarinhos estão bem. Eles são aquela linha lá na barra onde o céu e o mar se encontram. Mas eu, agora, com a mão machucada, não sou o mesmo homem, nunca mais vou poder pescar como antes. O mar pra mim vai ser como o mar pro cego Basílio. O Edinho caiu, eu tenho que pagar.

— Claro que vai poder pescar de novo, e vamos lembrar dos momentos alegres do Edinho, das brincadeiras, vamos rezar por ele. Você não teve culpa de nada, Lino. E, sabe, eu gostava de ir contigo pra esse lugar que o Tião fala, é longe?

— É, ele disse que é meio longe, mas tem condução pra ir até lá, e agora, como te disse, acho que estou estuporado mesmo! Tenho pouco a perder.

— Não fala assim, Lino.

— Se a minha mão não ficar boa vou ter que vender a Divino Espírito Santo, a avó Chiquinha vai chorar lá no céu.

— Mas a tua mão vai ficar boa, e se tiver que vender a canoa a dona Chiquinha lá no céu vai entender, isso sim, entender. Eu cuido da tua mão, deixa eu ver.

Martinha examinou a mão enfaixada com cuidado.

— Mas, Lino, parece que o punho não pode nem mexer, tá duro, deixa eu tirar a faixa.

O pescador puxou o braço, contrariado, e recuou dizendo:

— Não, não quero e não pode tirar a faixa, pior ainda tá o Edinho, ele sim, que apareceu todo comido de peixe, coitadinho, ele sim, ele morreu.

Marcelino prorrompeu em convulso pranto. Escondia o rosto com a mão enfaixada, balançava a cabeça, desolado, repetia "coitadinho do Edinho", várias e várias vezes.

— Mas, Lino, não foi culpa de ninguém, acabou, entende? Você tem que ver a dona Maria Albertina de novo.

— Eu sei, já era pra eu ter voltado lá há alguns dias.

A resposta do pescador saiu fanhosa e intercalada por soluços.

— E por que não vai?

Marcelino interrompeu o pranto aos poucos, assoou o nariz com o lenço que sempre trazia no bolso, e respondeu com calma.

— Vou mais tarde, na semana que vem, agora não dá, a Divino tá com problemas, o compadre Chico Tainha tá preocupado, a gente tem que ir lá na Toca das Canhanhas. O Maneco tá usando ela com mais dois pescadores de Santo Antônio, eu emprestei pra eles, mas o Lino Tainha acha melhor não pôr no mar pra valer, amanhã nós vamos cedinho ver o mestre Joaquim.

— Acho que antes de qualquer coisa você devia é cuidar da tua mão, se você quiser eu posso ir contigo ver a dona Maria Albertina.

— Não, Martinha, obrigado.

— Mas, Lino, você não vê que tá ficando meio roxo perto da gaze?

— Já disse que não é nada, já disse.

Marcelino voltou a chorar muito, desesperava-se, clamava, Martinha tentava consolá-lo, acariciava-o, beijou-lhe a face úmida e salgada várias vezes. Quando o seu colega de escola já ia longe, Martinha ajoelhou-se diante da imagem da Virgem Maria, protetora do estabelecimento Porto Santo da Madeira.

56

TAMBÉM NESSA SOBRETARDE DA CONVERSA ENTRE MARCELINO E Martinha Eve voltou aos braços do seu amante.

Mais uma vez a luxúria e o deleite extenuaram o jovem pescador. A imagem de Martinha surgia-lhe por vezes, efígie admoestadora que ele tratava de rapidamente afastar. A figura de Sibila também se confundia às vezes com Eve, o que lhe provocava forte excitação. Eve beijava os olhos orientais do amante adormecido e sussurrava — você tem grande futuro, Marcelino, o Brasil todo tem um grande futuro com um homem como você, meu uirapuru salvador, você está me ouvindo?

— Está me ouvindo?, insistiu a amante.

— Estou, estava sonhando com peixes-voadores, contei até sete, as gaivotas também tinham visto e já avançavam neles, respondeu Marcelino, enigmático.

Eve encostou a face esquerda na coxa direita de Marcelino, o nariz alvo e arredondado quase roçava a flacidez morena e untuosa do sexo de seu homem então fragilizado e consumido. As mãos da mulher saciada rojavam o ventre duro, magro e moreno recendendo a suor agridoce. A governanta continuava a falar baixinho, fazia juras de amor, eram cicios sem resposta do amante, arrastava a cabeça até aquele ventre triguenho, acariciava tufos de pêlos negros e sedosos, repetia verbos afetuosos e embaçava com hálitos e palavras meigas o umbigo do redentor cafuzo das praias açorianas do país que merecia ser salvo.

Dois dias depois toda a família Di Montibello, inclusive Eve, foi para Caldas da Imperatriz, não muito longe da capital, já no continente. Passariam dez dias nas termas que, para o senador, igualavam Vichy e Baden-Baden. Na véspera teve domingueira no acanhado salão de Santo Antônio de Lisboa, local usado com freqüência pelo Interventor Nereu Ramos para comícios políticos voltados para toda aquela região. Até as crianças dançaram e riram muito e comentaram no jantar, já em casa, que ali mulher dançava com mulher. Famílias inteiras rodopiavam ao som da pequena orquestra do Bépi Trentino, de Palhoça. Chegou gente de toda a região, alguns do centro da cidade. A fúfia seguiu animada até alta madrugada.

57

A BALEEIRA DE MARCELINO nÃO IA TALAR OS MARES POR ALGUM TEMPO. Chico Tainha advertira que o golpe na proa da Divino Espírito Santo tinha provocado uma pequena rachadura no tronco de garapuvu. Quase não dava para ver mas ela estava lá. E o talho podia se agravar. Não adiantava só trocar a madeira pregada na quilha, o equilíbrio da Divino talvez estivesse ameaçado. Era necessário um sarrafo de pau-de-bicho cortado sem erro e do tamanho certo, a ser pregado em boa parte da quilha. Para consertar direito só indo ver o mestre Joaquim na Toca das Canhanhas, o melhor de todos. O mestre Arnaldo, do Saco dos Limões, não fazia esse tipo de trabalho. Marcelino contasse três dias para resolver o problema.

Chico Tainha se prontificou a ajudar a levar a Divino até o estaleiro de mestre Joaquim. Levariam a canoa devagar, com cuidado, a embarcação de Marcelino podia estar mesmo estruturalmente danificada. Maneco e um companheiro iriam na Ponta Delgada, para o retorno. Rezassem para que mestre Joaquim não dissesse: "tá estuporada pra sempre, pra Lagoa da Conceição ainda vai, mas pro mar grosso já não serve".

Marcelino jantou sorda com café amargo. A mão latejava, fraquinho mas latejava. A guerra e o aumento do custo de vida, Martinha, Getúlio, Sibila, Eve, misturados com a possível frase do mestre Joaquim — "pra mar grosso não serve mais", faziam a comida custar a passar na garganta. Antes de dormir ele tocou delicadamente o quadro da avó, a pequena santa de madeira e a pombinha branca de barro. Rezou de joelhos. Bateram à porta nessa hora.

Marcelino, lamparina na mão, abriu a janela aos poucos, o coaxo da saparia aumentou. Pensou em Eve, ainda estava muito escuro, parecia noite de lua nova.

— Sou eu, Marcelino, comadre Jaciara, tô trazendo chá quente da fita do Divino Espírito Santo e comida, é roupa velha e pirão de feijão.

Comadre Jaciara sabia que roupa velha, refeição preparada com a carne desfiada do feijão da véspera frita na banha de porco com farinha de mandioca, era uma das preferidas de Lino Voador. Principalmente roupa velha feita pela comadre.

Marcelino abriu então com rapidez a porta para a mulher de Chico Tainha, mestre da canoa com a qual a Divino fazia parceria na pesca de arrastão, e mãe de Maneco.

— Obrigado, comadre, entra.

— Não, tá tarde, a tua avó se tivesse viva ia fazer esse chá, cura dor de preocupação, dor que vem só da pensão. O meu marido disse que você se queixou que a mão tava doendo, toma aqui o chá, vai passar, mas a tua mão, não sei não, pode piorar. Pode ser também mau-olhado, falam que aquela branca da Villa Faial tem olho-de-seca-pimenteira. Você soube que mataram um lá no baile no salão do turco? Apunhalado por um guri bêbado da Trindade, o morto também era de lá. E a Divino, se Deus quiser, não tem nada, nem a tua mão, mas amanhã cedinho todo mundo tem que estar bom pra ir lá pra Toca das Canhanhas, em Yurerê-Mirim. Você não pode comer muito hoje à noite.

— Já comi, comadre.

— O quê?

— Um resto de sorda de ontem.

— Oh homem de Deus, endoidou! Dá vontade de te dar uma tunda!

Comadre Jaciara, nervosa, a caneca na mão, aproximou-se da porta e ordenou que Lino trouxesse uma colher. Ela revolveu a água morna, retirou com a colher uma fita vermelha do fundo da caneca, deixou-a escorrer do alto, repetiu a operação três vezes, e mandou que Marcelino bebesse o chá, colherada por colherada, enquanto ia declamando:

"Hoje é dia de são Roque;
E de são Joaquim;
Lá vai fogo de alegria!

Vira as costas pra Santana;
E a frente pra mim."

Marcelino tomou alguns goles, limpou a boca com o braço e perguntou:

— Qual branca da Villa Faial que a senhora disse que bota mau-olhado?

— A governanta! Eu sei que ela encomenda lagostas pra você e pro Maneco.

— É o doutor Nazareno que encomenda, comadre.

— Não, ele só pergunta se tem. Ela pede mesmo, e pedir peixe antes da pesca dá azar, todo mundo sabe. Ela botou olho ruim na Divino.

— Ela é uma senhora muito boa, comadre.

— Boa o quê! Te cuida, Lino, reza pra tua avó, pra Santíssima Trindade e pra Nossa Senhora da Lapa. Já vou indo, o compadre deve estar preocupado, bebe mais um pouco, boa noite, Marcelino, benza Deus!

— Boa noite, comadre Jaciara.

No dia seguinte a mãe de Maneco pôs para assar, seguindo a velha tradição, massa de farinha de trigo e de milho com o formato da parte ferida do corpo humano. O pão imitando a mão de Marcelino foi servido em cerimônia solene a todas as mulheres vizinhas entre orações à Virgem Maria e Salves ao Divino Espírito Santo. Alguém relembrou que a filha mais nova do oleiro Argemiro, viúvo da comadre Orlandina, lá de Cacupé, tinha sido vista em Praia do Nego Forro nos últimos dias.

— Orlandina teve sete filhas, essa aí, a mais nova, é bruxa. De noite corre pela praia montada no cavalo baio do pai, todo mundo já ouviu o bicho relinchando e galopando aqui mesmo pertinho, aí na praia. A bruxa devia estar montada nele, foi ela que trouxe a infelicidade para cá. Ela já fez mal à família Souza lá do Saco dos Limões. Até hoje a família está doente. E duas tempestades assim pertinho uma da outra?

58

O FOGARÉU DO CEGO BASÍLIO NEM TINHA APARECIDO E AS DUAS embarcações já singravam as águas ainda escuras da baía de Praia do Nego Forro, a Divino Espírito Santo na frente, a Ponta Delgada comboiando. Iam devagar. Manhã de tempo bom, céu desnublado. Maneco não era o único mudo naquele alvorecer. Os quatro marinheiros estavam calados desde o primeiro momento da madrugada em que se encontraram. Direção ponta sul do que alguns pescadores mais velhos chamavam de Yurerê-Mirim, praias que pertenciam à firma construtora da ponte Hercílio Luz e onde mestre Joaquim mantinha o seu pequeno estaleiro.

Chegaram por volta de oito horas. Os quatro só se falaram quando já entravam na pequena construção de madeira debruçada sobre a água, em frente à ilha do Francês. Lino Tainha disse baixinho:

— Agora vamos rezar. Mestre Joaquim é homem de sabença, o que ele diz é certo, não adianta chorar nem implorar, é homem que conhece muitas coisas, fala com muita gente, políticos daqui da capital e graúdos da região precisam sempre do ofício dele. Até o governador já chamou ele para ir no Palácio dar palpite sobre barcos.

Maneco fez o sinal-da-cruz, seu pai fez o mesmo, o prático que os acompanhava idem. Maneco ainda esboçou um sorriso e beijou a ponta dos dedos da mão direita. Marcelino se afastou olhando para o céu. Que ninguém visse as lágrimas que lhe orvalhavam a face.

O diagnóstico foi quase imediato.

— Um pedaço de cedro-vermelho bem cepilhado conserta isso logo, a Divino Espírito Santo ainda tem muito futuro, disse mestre Joaquim, com evidente certeza, agitando as densas comas.

Os pescadores se abraçaram comovidos. Marcelino mais uma vez se afastou do grupo olhando para o céu. O sorriso da avó sempre prestes a desabrochar parecia estar desenhado numa nuvem comprida que apareceu do nada, as duas pontas voltadas para cima. O neto de dona Chiquinha levou o dorso da mão enfaixada aos olhos e enxugou as lágrimas.

— Em dois dias está pronto, acrescentou ainda mestre Joaquim, cofiando o vasto bigode e dando uma tragada no palheiro.

Os quatro de Praia do Nego Forro tomaram limonada e comeram cuscuz oferecidos pela mulher de mestre Joaquim, que perguntou:

— O que foi isso na mão, rapaz? Parece machucado sério.

— Não, não é nada, foi prego enferrujado, mas já tá sarando, desconversou Lino.

— É, rapaz, mas com essas coisas não se brinca, insistiu a mulher.

Mestre Joaquim falava com o grupo, Marcelino prestava atenção redobrada.

— A vida tá difícil pra nós todos, podia estar melhor se o presidente lá no Rio de Janeiro não tivesse alguns inimigos do povo trabalhando com ele. Alguém tem que dar um fim naqueles homens que só fazem o mal, tem que expulsar eles de lá. E é capaz de ter guerra, o Brasil já rompeu com a Alemanha, com a Itália e com o Japão, tem muita gente aqui do centro da capital que vem e me conta sempre isso. O Getúlio é homem direito e bom.

Mestre Joaquim tragava a fumaça do cigarro de palha e falava com convicção olhando para os quatro pescadores. Às vezes dirigia o olhar para o milharal já apendoado que crescia ao lado do seu modesto estaleiro. Em outras parecia examinar a figueira de mais de doze palmos de largura estendida sobre uma armação de madeira e que aos poucos abandonava a condição de tronco para se transformar, sob as carícias do enxó do canoeiro, em soberba embarcação de pesca. Marcelino ouvia compenetrado, segurando com a mão direita o punho enfaixado. Um garrido pingüim, amarrado por um barbante a um sarrafo de cerca, parecia ouvir a conversa com atenção. "Chegou anteontem aqui quase morto, estou alimentando ele com cavalinha e pedaços de cação. Me apeguei ao bichinho, tem até nome, Açorinho. Mas amanhã vamos devolver ele ao mar", explicou a esposa de Mestre Joaquim.

A Ponta Delgada subiu-se às estivas da areia de Praia do Nego Forro com o sol a prumo. Um cardume de tainhas tinha passado perto da embarcação, o capitão da Ponta Delgada foi o primeiro a notar — "elas tão galhando, devem estar com ova cheia, as danadas!"

O proprietário da Divino Espírito Santo voltou para casa feliz, mas sentia enjôos. Podia ser da comida.

59

DESTA VEZ TINHA COMIDO SÓ JACUBA E CORVINA FRITA. A FARINHA ERA da boa, do engenho do mestre José Pinho, a água da fonte, o peixe fresquinho, do dia. Mas o enjôo da véspera continuava.

Marcelino, sem poder ir para o mar, ajudava a velha Altina Antunes na pequena roça que ela mantinha perto da casa, mais para o interior das terras da freguesia de Praia do Nego Forro, perto do Faxinal de João Maria. Dona Altina, estragada pelo reumatismo, como dizia, era viúva de Mestre Joaquim de Viseu Antunes, que morrera de um ataque enquanto dormia. O roçado e a vaca de leite constituíam a única fonte de renda que o marido deixara. O roçado e a vaca Lalinha e, é verdade, a ajuda da comunidade dos pescadores. De lembrança dele restava ainda a cadela Garapa, que chorava pelos cantos à espera do seu dono. Já a tinham visto de orelha em pé sentada sobre o penedio por noites a fio espreitando o oceano e a baleeira de Mestre Joaquim de Viseu. Marcelino tinha se prontificado a, mesmo com a mão esquerda imobilizada, ajudar a viúva. Tratava-se de trabalho leve.

A plantação dos Antunes crescia numa pequena várzea. A casa ficava logo no início do morro. A subida era íngreme mas curta, a distância pequena. Bastava arrancar a mandioca e levá-la no jacá até o rancho da humilde moradia, atrás da cozinha. No rancho a viúva Altina mantinha zelosamente um altar em homenagem ao Divino Espírito Santo: um quadro de tecido na parede com a pombinha branca em relevo, logo acima de uma penteadeira. O móvel estava coberto por um véu branco e ornado com uma coroa de salva ladeada por dois vasos com flores coloridas colhidas do quintal. Ao lado do quadro, fixados na parede, dezenas de recortes em papel imitando flores e corações.

Marcelino, já quase no final da tarde, subia segurando com a mão direita as alças do jacá coladas à nuca — a esquerda, enfaixada e suja de terra, apenas apoiava uma das alças — e ia curvado para a frente, o cipó trançado do cesto comprimia-lhe os rins, quando, de repente, deu um grito breve e caiu. O jacá despencou, as raízes se espalharam, Marcelino segurava o ventre com as duas mãos. Dona Altina viu a cena, tentou descer a estradinha mancando, Garapa seguiu-a latindo.

— O que foi, o que foi, Marcelino?, perguntou a viúva, o rosto congestionado.

— Nada, dona Altina, nada, já passou.

— Deixa, meu filho, eu chamo o Zezinho pra ajudar depois, amanhã ele já vinha mesmo tirar o baraço do que ainda resta do cafezeiro no morro, deixa, a tua mão tá muito machucada.

— Já passou, dona Altina, já disse, escorreguei, só isso.

Marcelino recolheu a mandioca e ainda fez mais uma viagem entre a roça e a casa. Tomou dois copos de limonada com água fresca preparados pela viúva. Dona Altina ainda lhe ofereceu um saco de pano com pó de café misturado com açúcar grosso e melado, café que ela própria colhia, torrava e socava no pilão atrás da casa. Ao estender o embrulho em sinal de agradecimento, ainda alertou: "cuida dessa mão, menino, não estou gostando disso".

Marcelino, curvado, pegou o atalho que encurtava o caminho até a praia. Sebes de arumbeva guarneciam parte da picada. Hibiscos escarlates interrompiam subitamente os cáctus e resplandeciam sobre o verde-escuro.

O pescador atravessou as terras da viúva Leocádia, vendedora de garapa no mercado público; seu passo espantou angolistas e galinhas carijós que ciscavam no caminho. Logo cruzou o terreno do velho Aveleza; a vaca jérsei do viúvo o seguiu com os olhos por um largo tempo. Lino ouvia sons conhecidos. Pelos balidos discordes e ansiados, o alfeire de cabras do compadre Neco Vieira recebia a ração de capim-elefante picado na cortadeira. Um cavalo relinchava impaciente lá para os lados do engenho; podia ser o tal percherão do seu Machado. Ouviu azurrar o burrinho da família negra, cantar o vistoso galo legorne dos italianos recém-instalados na região, gorgolejar o bando de perus criado pelo compadre Agenor da Silva.

Já escurecia quando o neto da dona Chiquinha, ninado pelo guizalhar dos grilos e enleado nos riscos dos vaga-lumes, entreviu fatigado as tábuas acinzentadas da sua modesta casa.

Marcelino trocou a água e a comida dos pássaros sem a conversa habitual. A dor na mão o incomodava, estava mais forte. Amanhã deveria voltar para Santo Antônio de Lisboa, dona Maria Albertina trocaria o curativo. Maroca, Chico e Zequinha o olhavam de viés, entortando o pescoço. Marcelino sentia enjôos. A fisgada na barriga, a mesma que tinha sentido havia pouco na roça de dona Altina, voltou mais uma vez.

Ele entrou em casa, acendeu a lamparina a querosene e deitou. Suava muito. Doía cada vez mais o lado direito do ventre, a mão palpitava como um coração de boi recém-arrancado. Levantou da cama, abriu a porta, desceu os dois degraus, andou curvado até os fundos da casa e retirou duas das três gaiolas penduradas em pregos perto da chaminé externa do fogão. A ponta dos dedos da mão enfaixada mal conseguia segurar a alça da armação de bambu do cardeal. Levou as gaiolas para o quarto, repetiu o trajeto e voltou com a terceira, a da sabiá. Agora os três cantores estavam enfileirados no chão, ao lado da cama.

60

Deitou novamente, um pouco reconfortado com a presença de suas aves. Adormeceu. Acordou logo depois. Ouviu o zurro de um jumento. Ou seriam grasnidos de patos? Ainda era cedo, talvez oito e meia ou nove horas da noite. Não tinha dado corda no relógio. A ausência do tique-taque aumentava o silêncio. Rodou a borboleta de ferro, o ruído cadenciado invadiu as paredes de madeira da casa, o ponteiro grande dava pulos regulares, mas que horas seriam? Cinco horas de quando? O candeeiro a querosene continuava aceso na mesa, bruxuleava, desenhava na parede seres desconjuntados, hidras procelosas, entes monstruosos. Os ornejos do jumento se repetiam. De onde vinham? Da casa dos italianos recém-instalados lá pro interior? Da casa da Comadre Dindinha? Ou eram balidos da cabra malhada do negro Tinoco lá no brejo?

Marcelino, com olhos crepusculares, o corpo em chamas, a cabeça dorida, levantou-se para apagar o candeeiro quando ouviu:

— Ô de casa, ô de casa.

Ele abriu a janela. Devia estar mesmo com uma cara horrível, porque a primeira frase do lobisomem foi de pavor.

— Que que está acontecendo, que cara é essa?

— Dor, fisgadas na barriga, Tião, aqui assim, quase na virilha e a mão tá doendo muito, o pulso e parte do braço também.

— Abre a porta ligeiro, homem, disse Tião, desesperado.

Tião, na fisionomia debuxados o sobressalto e a preocupação, entrou e passou a mão na testa do amigo.

— É febre das brabas, deita e descansa, deve ser a mão, tenho que tirar a gaze.

— Não, a mão não, a dona Maria Albertina disse pra tirar só depois de amanhã. Era pra ter tirado anteontem mas não deu pra ir, e ela não está lá todos os dias, amanhã ela não está, que horas são, Tião?

Marcelino gemia.

— Quando saí de casa eram oito e meia, agora devem ser dez ou quinze pras nove.

— Bota a hora certa pra mim, Tião; não, deixa que eu mesmo acerto, o relógio tá marcando cinco e dez. Come alguma coisa.

Tião quis preparar comida. O camarão seco já estava no fim, a tainha escalada também, sobrava apenas um punhado de marisco cozido. Marcelino se deu conta.

— Amanhã vou salgar mais camarão e escalar um lote de tainha, Tião.

A frase foi vomitada aos solavancos.

O vigia de peixes saiu às pressas da casa. Cinco minutos depois voltou com um chumaço de folhas de pitanga. Fez fogo, ferveu a água que colheu com uma concha no balde de madeira ao lado do fogão a lenha, e introduziu as folhas na água em ebulição. Marcelino voltara a deitar. Tião retirou a panela da chapa e cobriu-a com um prato de barro. Foi até o poço atrás da casa e puxou mais um balde de água. Fez pirão com o restinho de farinha de mandioca que havia num prato azul esmaltado.

Marcelino adormeceu. Dizia durante o sono palavras irreconhecíveis, a voz arrastada, às vezes outras bem pronunciadas como asas, pássaros, vó Chiquinha, Eve, Sibila, Martinha. Começava de novo — "vó, vó, vó, vó". Apontava para o teto como se visse alguma coisa horrível. O amigo o olhava tenso. Tião encheu uma caneca de barro com a infusão esverdeada.

— Lino, ô Lino, acorda, toma aqui o chá; toma aqui na caneca.

Tião empurrou as três gaiolas para o canto, Lino balbuciou algo sobre os pássaros, levantou a cabeça e bebeu o líquido morno. Logo voltou a dormir.

Quando acordou os costões e os rochedos escuros da enseada de Praia do Nego Forro já se delineavam contra o céu se avermelhando no horizonte e os três pássaros pulavam de poleiro em poleiro, agitados, prontos para enfrentar o dia. Um cachorro latia no mato na vertente do morro, era tatu acuado ou quati trepado na maçaranduba, pelo ganido parecia a Garapa.

Marcelino viu Tião sentado no chão, as costas apoiadas na cama, o queixo encostando no peito.

— Tião, Tião — sussurrou.

O vigia de peixes deu um salto, como se uma gigantesca manta de tainhas passasse sorrateiramente sob suas barbas.

— Tô com frio.

— É a febre, toma mais chá de pitanga.

— Tô com sono.

— Dorme mais, tem que tirar a faixa pra ver se é a mão, Lino.

— A mão não, já disse, não deixo, a mão não.

Lino engoliu lentamente a bebida e adormeceu novamente.

Tião fez café, tratou os pássaros, colheu socas de milho da pequena plantação perto da casa e debulhou o grão seco no cercado de bambu onde ciscavam as galinhas suras de Marcelino. Por volta do meio-dia Marcelino acordou. A febre tinha cedido, mas a dor continuava. Tião esquentou uma panela com água, transvasou o líquido tíbio para um alguidar, adicionou um punhado de sal grosso e pôs o recipiente no chão, perto da cama.

— Bota primeiro a mão direita na água, depois os pés, Lino, vai te fazer bem. Baixa a febre e, ainda por cima, afasta o mau-olhado.

Marcelino sentiu certo alívio no contacto com o líquido morno. Mas a dor na barriga tinha voltado, virulenta.

— Acho, então, que é outra coisa, Lino, esses remédios aqui da roça não fazem milagre, dor que demora aí nesse lugar tem que ter cuidado, pode ser tripa virada, mas acho mesmo que é a mão, tá passando infecção pro corpo todo, vamos retirar a faixa agora, homem de Deus.

— Não, já disse.

Marcelino fez menção de reagir com violência. Tião pensou em retirar a faixa à força, mas a reação de Marcelino era a tal ponto enérgica que Tião, sozinho, pouco podia.

61

A DOR E A FEBRE FORAM AUMENTANDO, MARCELINO GEMIA CADA VEZ mais alto. Tião foi à casa de Chico Tainha, que ainda não voltara do mar. Comadre Jaciara e duas amigas, que a ajudavam na reparação de uma das redes da Açoriana Gloriosa, vieram correndo. Marcelino já se contorcia de dor.

Chamaram a benzedeira Graciana, que foi logo dizendo — "tá embruxado, tá embruxado!"

Graciana correu para a areia na frente da casa e traçou no chão a cruz de Sino Saimão. Disse que já se passara algo parecido uma vez na casa do Neco Altino e acabaram encontrando um gongá debaixo do assoalho. Tinha sobra de barriga de sapo e de cobra coral por perto, e alguém reconheceu terra do cemitério espalhada ao lado da pequena trouxa enfeitiçada. As crianças ficaram de espinhela caída, a mãe com zipra, era feitiço forte, agora devia ser a mesma coisa. Uma das amigas da Comadre Jaciara procurou a bruxaria embaixo da casa, pelos cantos, perto do poço, no tanque de lavar roupa, no guarda-comida, embaixo da cama, embaixo da esteira de taboa da cama, no travesseiro, no colchão, ao lado do galinheiro, nas ripas do telhado, na beira do mato. Nada. Um velho pescador, cego de um olho e com as duas mãos entortadas pelo reumatismo, orava pelo monge João Maria. Tião quis chamar a família do senador, pedir ajuda na Villa Faial. Jaciara relembrou que os Di Montibello ainda estavam nas Caldas da Imperatriz. A Villa Faial estava toda fechada. Um jovem com os membros inferiores atrofiados, apoiando-se numa bengala de galho de goiabeira, lembrou da Ana de Oxum. Também a Mãe Olavina de Ogum, cujo terreiro se escondia num desvão dos morros lá para os lados de Santo Antônio de Lisboa, foi lembrada. Os orixás às vezes faziam milagres.

— Tem que retirar a faixa, todos diziam.

Mas Marcelino se irritava e gritava como nunca se ouvira.

— A faixa não, já disse, pior foi o Edinho, quase urrava Lino, entre soluços e gemidos.

— Vamos tirar a gaze toda, ele está delirando, ele não pode estar na sua razão, disse uma das amigas de Jaciara.

— Não!, berrava Marcelino, escondendo o braço sob o corpo — a faixa não, não quero tirar.

— Mas o que ele tem, santo Deus?

Todos se olhavam, espantados. Uma ave-maria em coro inundou a meia-água seguida por um pai-nosso. Alguns se davam as mãos.

— Tenta mexer o punho pra ver — tá vendo, gente, ele não consegue, tá ficando tudo duro, disse Tião.

Jaciara começou a chorar.

— Marcelino, pelo amor de nosso Deus, implorou Tião — deixa tirar a faixa, ela está toda suja de terra e amarelada, pode ter pus.

— Não, Tião, me ajuda, mas a faixa não, deixa ela aí, por Deus Nosso Senhor.

— Ele está embruxado mesmo, só pode ser, disse a amiga de Jaciara, baixinho, é sortilégio dos grandes.

Foram chamar o seu Ézio, que veio correndo com a filha Martinha. Martinha pôs-se a soluçar, segurava a cabeça de Marcelino, alisava-lhe os cabelos. Seu Ézio coçava nervoso o bigode curto e cerrado.

— Ele piorou de repente, meu Deus. Vamos levar ele rápido pro hospital de Caridade, implorou a menina.

Seu Ézio voltou à venda. Dez minutos mais tarde apareceu com a aranha de dois cavalos. Marcelino, cambaleante, foi carregado por Tião, Jaciara e Ézio — Martinha segurava-lhe ainda a cabeça — até a estreita e curta charrete de rodas de borracha.

Ézio e Tião subiram na charrete, ajudaram o amigo quase desmaiado a sentar. Marcelino preferiu ficar meio de lado, gemendo e chorando. Martinha andou colada ao veículo com os três passageiros por mais de cem metros, os olhos molhados. Só parou na subida do morro que separava

Praia do Nego Forro de Santo Antônio de Lisboa. Fez o sinal-da-cruz e escondeu o rosto e os soluços.

A charrete venceu os quatro quilômetros até Santo Antônio de Lisboa com dificuldade. Um bando de anuns-pretos atravessou várias vezes a estrada em vôos curtos e silenciosos. Ézio ia devagar, segurava os cavalos, os solavancos aumentavam as dores de Marcelino. Depois tiveram que esperar por mais um bom tempo a chegada da caminhonete dos peixes. Aveleza custou a voltar do Estreito, aonde tinha ido levar uma grande encomenda de camarões e linguados. Só conseguiram chegar ao hospital de Caridade no final da tarde.

62

Marcelino foi atendido por uma enfermeira loira, com sardas, cuja afirmação já indicava a gravidade do caso.

— Mas que imundície é essa? Aí embaixo da gaze está cheio de pus, dá até pra ver e sentir cheiro de carne se estragando!

A enfermeira aplicou uma injeção, Marcelino já não falava nem gemia, parecia em estado de coma. A loira sardenta solicitou que Tião e Ézio aguardassem no saguão. Não foi difícil ouvir através da porta de vidro as exclamações:

— Mas que horror! É tétano, a gangrena tá profunda, tá roxo até o antebraço. Como deixaram acontecer isso, meu Deus? Esse menino deve ter sofrido dores horríveis, coitadinho.

Uma freira de olhos verdes globulosos abriu subitamente a porta de vaivém, fez algumas perguntas e deu mais informações:

— O pobre do pescador escapou por pouco, como ele agüentou tanto tempo? Como é que ninguém viu isso antes?

— É que ele devia ter ido tirar a faixa na enfermeira lá de Santo Antônio de Lisboa, mas não foi porque a baleeira dele teve que ir pro estaleiro, ele foi junto, sabe, irmã, ele não tem ninguém, mora sozinho e mesmo machucado foi ajudar uma viúva lá de Praia do Nego Forro, explicou Ézio.

— Mas quantos dias faz que ele se feriu?, ainda perguntou a freira.

— Deve fazer uma semana, por aí, ou quase dez dias, Tião respondeu.

— Meu Deus do céu, pobre rapaz, dificilmente vai conseguir manter a mão, o médico diz que vai tentar não amputar, mas acha difícil, até o braço tá ameaçado, diagnosticou a freira de olhos verdes, com frieza.

— O braço? perguntou Tião, atônito.

— É, o braço inteiro, insistiu a freira, sem pestanejar.

— Salve Nossa Senhora dos Navegantes, exclamou Ézio, se persignando e segurando o choro.

— E a dor na barriga, irmã? insistiu Tião.

— A dor na barriga o doutor acha ser da infecção que já se generalizava, ia se espalhando pelo corpo todo, os órgãos internos reagiam.

A intervenção cirúrgica, segundo informações da freira, seria já de noite, sem previsão de horário. O hospital estava lotado e dois médicos não haviam comparecido por razões particulares. Recomendava-se aos acompanhantes do doente Marcelino Alves Nanmbrá dos Santos, da enfermaria "A", que voltassem cinco dias mais tarde. Naquela enfermaria as visitas não eram permitidas. Era para o bem do paciente em convalescença, explicara a enfermeira.

Tião e Ézio voltaram para Praia do Nego Forro prostrados e abatidos. E cônscios do futuro difícil para um dos mais promissores profissionais da comunidade de pescadores negoforrenses.

Marcelino acordou no dia seguinte tonto da anestesia. E já sem a mão esquerda. Todos no hospital diziam que não ter perdido o braço e ter sobrevivido era o mais importante, a infecção aparentemente fora debelada, o risco de morte tinha sido grande.

O pescador de Praia do Nego Forro alternava, naquela manhã, crises de choro com mutismo e recusa a responder perguntas de médicos e enfermeiros. Marcelino permaneceu sete dias em observação no hospital. Os médicos ainda temiam pelo seu braço, a gangrena tinha sido violenta. Tião conseguiu informações sobre o estado de Marcelino já no primeiro dia e trasmitiu a triste notícia para os moradores de Santo Antônio de Lisboa e de Nego Forro.

Foram sete dias dolorosos e difíceis. Lino acordava aos gritos, chorava, falava dormindo. O doente ao lado — um senhor que se recuperava de um derrame cerebral — contou ter despertado o menino várias vezes de pesadelos provavelmente horríveis. Lino apontava para o pé da cama e dizia — "vai embora, vai embora!". O homem não conseguiu obter nenhum detalhe sobre o sonho. Tião, se estivesse deitado ali, identificaria o pesadelo. Lino temia o ser apavorante de três cabeças, temia acabar acorrentado ao pé da cama e ser obrigado a desfrutar, sozinho, o espetáculo da nota grave única e infinda e as gargalhadas imoderadas e sarcásticas.

A caminhonete com Aveleza, Tião e Martinha veio buscar Marcelino na manhãzinha de uma quinta-feira. Antes de entrar no carro, foram, os quatro, orar na capela do Menino Deus do Hospital de Caridade.

63

Do Hospital de Caridade até Santo Antônio de Lisboa, no Dodge com cheiro de peixe, os quatro passageiros não disseram uma única palavra. Martinha tentava não chorar. Tião ocupava o banco ao lado de Aveleza, Martinha sentara no banco de trás, com Marcelino. Lino buscava ignorar a presença da amiga de escola. Aliás, procurava alhear-se de todos, tentava até esquecer-se de si mesmo. Fora tudo um pesadelo, continuava com as duas mãos, amanhã de manhãzinha estaria no oceano, no seu mundo de peixes e de pássaros!

Marcelino envergava uma faixa limpinha com esparadrapos, tudo muito branco, só o antebraço lambuzado de iodo. Escorava com a mão direita o que sobrara do membro amputado. Lino parecia ouvir, ao longe, o eco de cânticos, sentia alguém sussurrar-lhe cantigas de ninar, alisar-lhe os cabelos. Pássaros de todas as cores gorgeavam em sua homenagem, alguns pousados sobre o capô do Dodge. Abismado em melancolia, o pescador procurava em desespero os olhos da vó Chiquinha, ouvia-lhe as palavras — "Não é nada, querido, não é nada. A vó vai conseguir um caderno novinho, pode ficar calmo, não chora, não chora, passou, passou. Se caiu café nas folhas foi sem querer, se borrou tudo foi sem querer, você não tem culpa nenhuma, depois a vó pede pra alguém copiar direitinho aquilo que estava escrito. E a vó vai falar com a professora, ela não vai brigar não, pode deixar! Tudo tem conserto. Um dia você vai ser o melhor pescador de toda a ilha de Santa Catarina, e a vó vai te dar uma canoa bem bonita para você navegar por aí e conversar com o sol lá na linha da barra e de noite com Deus. O Espírito Santo está aqui com a gente, voando aí por cima da casa, não tá ouvindo as asas batendo? Acho, meu netinho, que ouvi ele dizer que eu tenho que dar o nome de Divino Espírito Santo pra canoa que um dia o meu homenzinho vai ter. Você vai ficar bonito na proa, o vento batendo nos teus cabelos, não vai? Hein? Não vai?"

— Vou, vó, vou.

Os três passageiros voltaram os olhos para Marcelino nessa hora.

Em Santo Antônio de Lisboa, Aveleza lembrou que devia dar uma satisfação no escritório da "Salga de peixes Funchal", o patrão podia precisar do carro para uma emergência. Parou o veículo — dirigia com calma, ao contrário dos dias normais — e voltou explicando:

— Vamos embora, em meia hora tenho que estar de volta, mas não se preocupem, o seu Lismênio é homem honesto e, no fundo, sabe que ajudar os seus pescadores é ajudar a própria firma, vocês são os fornecedores dele, então, não tem de que se preocupar.

O carro não pegava.

— O motor de arranque está ruim há meses, informou Aveleza, resignado, saindo da caminhonete.

Marcelino esquadrinhou a praça. O bulício da festa do Divino preencheu-lhe os sentidos. Olhou para a velha igreja de Nossa Senhora das Necessidades, já acompanhara a vó Chiquinha em missas na época farta da tainha, em junho, julho. A procissão ainda estava fresquinha na memória, ele ajudara a carregar a bandeira do Divino Espírito Santo pelos quatro cantos do Largo Vila Nova de Gaia, nome oficial da pracinha de Santo Antônio. O pé-de-moleque irregular era amortecido pelos tamancos, cujas batidas surdas na pedra contribuíam para marcar a cadência da procissão. O coro, o repentista e a tripa tinham vindo de Praia do Nego Forro na carroça de dois cavalos do compadre Anselmo, oleiro no Saco dos Limões. O capitão Didinho, mestre na pesca e na viola, viera de bicicleta. Mestre Didinho tinha nascido em Portugal, Portimão, aprendera a pescar perto do Cabo de São Vicente — "pra quem já passou por aquilo, a ilha de Santa Catarina é uma brincadeira de criança. E a viola aprendi a tocar na serra de Monchique, ali perto!", dizia para quem quisesse ouvir. Maneco sempre sonhou comprar a bicicleta de mestre Didinho, uma das poucas da região. O equivalente a no mínimo três meses de pesca iria embora no negócio. Será que aquela bicicleta mansa encostada na entrada do açougue Santa Cruz da Graciosa, a praça deserta, era a de mestre Didinho? O ronco do

Dodge de Aveleza substituiu bruscamente o murmurinho da festa do Divino Espírito Santo e as lembranças.

Em quinze minutos a caminhonete descia a estrada esburacada e sinuosa que passava pela clareira dos palmitos de onde se podia avistar toda a enseada de Praia do Nego Forro. Ainda cruzaram com Basílio, o marido coxo da recém-finada Maria de Fátima, que transportava chuchu, molhos de alho, batata e laranja no velho e choroso carro de boi puxado pela vaca Rosinha. Aveleza passou o trajeto contando uma caçada que fizera com amigos nas matas da Lagoa do Peri. Conseguiram abater duas pacas e três tatus. O butim só não fora maior porque acabaram surpreendidos por uma capela de macacos barulhentos que assustaram os cachorros e os próprios caçadores. Deu também detalhes de um graxaim que andava comendo os ovos do galinheiro e de uma família de gambás que se aninhara no forro de sua casa. Um dos seus colegas já tinha caçado uma onça-pintada no morro da Cambirela, em Palhoça, e um outro teve o pé decepado por um jacaré nos alagadiços das margens do rio Maruim, também no continente.

O Dodge estacionou no pátio da igrejinha. Marcelino, Tião e Martinha caminharam pelo chão arenoso, na parte alta da praia, desviando de capins, abacaxis-de-mar e de pés de vassoura que, aqui e acolá, furavam a areia grossa.

Marcelino dirigiu-se ao cemitério e se ajoelhou diante das sepulturas da vó Chiquinha e do Edinho. Depois andou mecanicamente em direção da sua baleeira.

— Está novinha, Marcelino, Chico trouxe ela da ponta das Canhanhas, explicou Tião, a voz emaranhada.

Após examinar a proa da embarcação com detalhes, olhou para as gaiolas dos pássaros.

— Estão bem, Lino, estão bem, dei comida a eles e eles até já gostam mais de mim.

— Eu sei, obrigado. Dá para ver pelo brilho dos olhos deles que eles estão bem.

Ainda dirigiu-se ao cercado das galinhas.

— Também, Lino.

— Eu sei, tô só olhando assim, por nada.

Marcelino fitou o mar de Praia do Nego Forro por longo tempo.

— Ele também está igual, eu cuidei do mar, disse Martinha.

Lino sorriu. O mar também sorriu para ele, a barra estava limpa, lá onde água, céu e fogo são um só. Lino ouviu um tia-chica cantar na mata atrás da casa. Um coleiro equilibrando-se na haste de um capim-angola emitia pequenos chamados, como a lembrá-lo de alguma coisa. "E se eu tivesse asas e nada disso tivesse acontecido?", pensou Lino, reconfortado com a súbita possibilidade de alçar vôo. Mirou então longamente os seus três pássaros, sorveu-lhes as cores, o movimento das asas e o canto em haustos largos. Faltavam-lhes àquelas asas, àquelas cores e àquele canto os ares e os mares libertos. Lágrimas escorreram-lhe pela face e salpicaram o iodo desdenhoso. Martinha apressou-se a deslizar com extremada atenção um lenço sobre a tintura escarlate.

Martinha manteve-se sempre ao seu lado, quase o tempo todo calada. Pouco demorou para que chegassem várias pessoas, inclusive Ézio, que ordenou:

— Vai pra venda, Martinha, vai ajudar a mãe.

As canoas de Praia do Nego Forro ainda não tinham voltado do oceano. Marcelino empurrou a porta da meia-água. Antes notou que o comigo-ninguém-pode que antes bordava o primeiro degrau da escada agora alcançava o segundo. Ele entrou, fez o sinal-da-cruz, tocou respeitosamente o quadro da avó, a Santa e o Espírito Santo.

— Deita, Marcelino, a enfermeira disse pra você descansar assim que chegasse em casa, lembrou Tião.

— Eu ouvi.

— Pois é, então deita.

A conversa fora de casa invadiu o pequeno quarto do pescador. As janelas de madeira inteiriça estavam com a tramela. Lino esticou-se na palha e olhou pela mesma greta por onde todas as madrugadas espiava o nascer do dia, lá onde surgia o carro de boi em chamas. Pensou no cego Basílio. Agora os dois tinham alguma coisa em comum, uma parte do corpo desaparecera, não fora só um pesadelo, aconteceu de verdade, a harmonia estava cortada, a pesca acabava, só restava o emprego subalterno numa salga ou na cozinha de algum navio de grande porte.

Marcelino ouvia Jaciara falando:

— Segundo informações da moça do hospital foi um milagre ele ter perdido só a mão e não ter perdido o braço, mais ainda, milagre maior foi ele ter sobrevivido, isso sim.

Falaram da dona Maria Albertina.

— Mas, também! ela não tem culpa, o Lino é que nunca quis voltar lá nos dias combinados e não quis tirar a gaze de jeito nenhum, fazia de propósito, só podia ser.

Marcelino ouvia o rechino de um carro de boi. Ou era o pio insistente das gaivotas voando em círculos sobre a Divino? As mesmas de sempre? O Espírito Santo também estaria voando sobre a sua casa? Tinha a impressão de ouvir um bater de asas diferente. Talvez fossem simplesmente os seus pássaros, avezados à busca exaltada do poleiro definitivo nas horas crepusculares. Mas já anoitecia?

64

BERTILHA FOI A PRIMEIRA. PRONTIFICOU-SE A, ENQUANTO DURASSE A convalescença de Marcelino, preparar-lhe comida, fazer-lhe companhia. Martinha também se comprometeu a vir duas a três vezes por dia cuidar da casa e de Marcelino; a mulher de Chico Tainha quis levar os pássaros. Zequinha, Maroca e Chico iam se juntar aos canários-da-terra que Maneco criava em amplos gaiolões feitos com galhos de garapuvu. Era nesses gaiolões que os canários se exercitavam e treinavam para as brigas dominicais que se davam na rinha, perto da igreja, aonde Lino Voador sempre ia depois da missa. Marcelino se opôs.

— Preciso deles aqui, a meu lado, na cama, de noite. De dia quero ouvir eles cantarem.

Maneco e Chico Tainha trariam peixes frescos, dariam comida para os bichos e capinariam o terreiro.

Marcelino recebeu muitas visitas. Todos traziam presentes, quase sempre pacotinhos de beiju, rosquinhas, orelhas-de-gato e canjica, breves contra o mau-olhado. Martinha trouxe uma folha de fortuna colhida no mato atrás da venda do pai. A folha fora cuidadosamente bordada com linha rosa — "bordei esse coraçãozinho na folha da fortuna com espinho de arumbeva só para você, Lino". Dona Altina trouxe uma toalhinha de renda de bilro. Mestre Anastácio um garrafão com óleo de baleia e uma garoupa defumada. Comadre Jaciara fez pão-de-saco ali mesmo. Acendeu fogo com gravetos, aos quais acrescentou achas de cedro lenhadas há tempo por Marcelino e empilhadas ao lado do fogão, e logo o estalar e o cheiro de madeira queimando invadiram a casa. A fumaça, escoando pela chaminé, foi se confundir com a maresia e os ares de Praia do Nego Forro.

— Esse fogão puxa bem, elogiou comadre Jaciara, tentando agradar Marcelino.

Ela, então, misturou em uma panela açúcar, banha de porco, um pouco de sal e duas xícaras de farinha de milho sob o olhar difuso do pescador convalescente. Versou água fervendo sobre a mistura, mexeu até dar consistência à massa e colocou-a em um saco de pano cuidadosamente amarrado, que mergulhou em outra panela com água em ebulição.

— Em uma hora está cozido, exclamou.

Mestre José, oleiro em Sambaqui, trouxe um vaso de cerâmica decorativa representando o boi-de-mamão e uma bilha, que retirou do lote acondicionado na carroça, encomenda do seu Ézio. Alguém tratou logo de encher a vasilha com água fresca. Alguns pescadores trouxeram camarão seco e tainha escalada. Mestre Ondino, agricultor de Saco dos Limões, ofereceu duas garrafas de vinho doce, que ele mesmo fazia na sua propriedade. Uma moradora de Trindade, casada com um rapaz de origem alemã, trouxe licor de laranja, especialidade do marido.

Tião ofereceu-lhe algo diferente.

— É uma coisa de boniteza, Lino, pra botar na prateleira e ficar olhando.

Era uma pequena canoa que ele próprio talhara num galho de cedro. A canoa, pintada de vermelho vivo, tinha nos lados, escrito com letra branca, tremida: "para Marcelino Nanmbrá, de Nossa Senhora dos Pretos".

— Vai te dar sorte, Lino, é de cedro vermelho, as pessoas daqui dizem que canoa de brinquedo dá azar, vamos provar que dá sorte e vamos cantar:

> Olha aqui a Maria
> Do Congo oruá
> A canoa virou
> Lá no meio do mar
> Virou, virou deixa virar
> De boca pra baixo
> De fundo pro ar
> Ó matumba, ó querenga, orunganda
> Orunganda, ó matumba, ó querenga
> O querenga, ó matumba, orunganda.

Marcelino, a sós com Tião nessa hora, declamou junto, vó Chiquinha lhe ensinara o refrão.

O mais choroso e nervoso era Maneco, que entrava e saía mecanicamente da pequena casa, apertava a mão do companheiro de faina, tentava segurar o pranto, escondia o rosto. Em certa hora os dois, Marcelino e Maneco, irromperam em soluços e se abraçaram longamente. Dona Jaciara consolava-os.

Nenhum pescador de Praia do Nego Forro e de Santo Antônio de Lisboa deixou de vir cumprimentar o colega. Não se demoravam muito, como a respeitar a dor alheia, que bem podia ser a deles. Faziam o sinal-da-cruz na saída da casa, iam até o mar, molhavam os dedos e repetiam o sinal sagrado.

A viúva Altina ficou encarregada de reunir doze crianças com menos de sete anos em volta de farta mesa com beiju, cuscuz, pamonha e bolinho de fubá. A mesa dos inocentes, como era conhecida a cerimônia, foi montada à sombra de um jamelão. As crianças rezaram em voz alta, irrequietas e famintas, pedindo a cura e o restabelecimento do capitão da Divino Açoriana.

65

Dois dias após a chegada de Marcelino do Hospital de Caridade, já quase de noitinha, apareceram doutor Nazareno, com toda a família — menos dona Emma —, e a governanta. Tinham retornado de Caldas da Imperatriz. Marcelino continuava deitado, sentia-se cansado, a febre voltara? O médico explicara bem que, apesar de o perigo maior ter desaparecido, era sempre possível uma recaída, o corte devia cicatrizar. Tião já se fora, restava apenas comadre Jaciara, que ocupava uma das duas cadeiras da mesa.

— Entra, doutor senador, entra, disse a mulher, senta na cadeira. Querem um pouco de aipim com melado ou mamão ensopado? Eu trouxe para o Lino, ainda propôs Jaciara.

Os visitantes agradeceram. Acabavam de tomar lanche.

Marcelino esboçou um sorriso amarelo. Puxou a colcha de linhão até o nariz. Suava muito. Eve, Sibila e as crianças também entraram. O senador aceitou a cadeira. Não cabia mais ninguém na casa.

Doutor Nazareno passou a construir frases sem sentido para Marcelino, palavras alinhadas umas atrás das outras que se confundiam e se alternavam com as da comadre Jaciara, que falava com Eve e Sibila.

— Pobrezinho do Marcelino, sem ninguém, tão sozinho, e agora sem a mão. A avó morreu, o avô já tinha morrido há mais tempo, ele ainda é uma criança, e tá tão fraquinho que dá até dó, amarelinho, parece bichado por dentro. Tem muita gente que diz que ele foi embruxado.

Comadre Jaciara não parava de falar. As crianças do Rio de Janeiro, assustadas, estavam quietas como jamais se viu. O senador, após frases e mais frases soltas, levantou-se, Marcelino se assustou, o que tinha dito até então aquele homem? Parecia que tudo tinha se transformado em trevas nos seus olhos, um grande silêncio se instalara por um tempo, quanto tempo? Os siris fugindo da água fervente voltaram. Lino conseguiu, ainda assim, balbuciar um agradecimento.

— Obrigado pela visita, doutor Nazareno.

— De nada, meu filho, de nada, amanhã eu volto pra conversar sobre a viagem e sobre o Zequinha.

O senador se retirou. Logo depois as crianças. Em silêncio. Sibila e Eve acenaram da porta mesmo, prometendo voltar. Lino gostou de ouvir — "não é nada, Lino Voador, descansa, não é nada, qualquer dia vamos brincar de novo". As duas tinham dito a frase ao mesmo tempo, como se combinado, tal uma reza. Eve fixou-o demoradamente, parecia querer beijá-lo com os olhos. Marcelino entendeu, se arrependeu, quis apagar Eve e Sibila. Que vergonha! Quem era aquela Eve? O que tinha acontecido? Ela tinha existido mesmo naquele dia na cama? E a Sibila, o seu corpo aparecendo por debaixo das roupas? Meu Deus!

Das palavras desencontradas do senador continuaram ressoando — "viagem e Zequinha". Que viagem e o que tinha o Zequinha? Lembrava-se de algumas frases como — "passar uns tempos no Rio de Janeiro, ver os meus pássaros, depois você volta, um mês no máximo". Ele disse alguma coisa assim? Disse sim, acho que disse. "E a comadre Jaciara, tramela daquele jeito, o que que tinha mexericado pra Eve e pra Sibila?", perguntou-se, fitando a gaze que lhe envolvia o punho esquerdo.

Marcelino, dois dias depois da visita do senador estava de pé. Andava arqueado. A recomendação expressa era de que não fizesse esforço. O tempo se encarregaria de restituir-lhe as forças mas, por ora, nem escamar peixe devia. O antebraço ainda podia ter ramificações da gangrena. Capinar era terminantemente proibido, ajudar a consertar malha de rede, pesado, embarcar, impossível. Só mesmo tratar dos pássaros e das galinhas. Era sobre isso que lhe falara o senador. Dar comida para os pássaros ele conseguia, foi isso que o doutor Nazareno disse!

66

COMO PROMETERA, O SENADOR VOLTOU. CONVERSARA COM EVE ATÉ tarde da noite. Fez-lhe recomendações, aprimoramento de alguns planos, retoques em algumas estratégias. "Agora, com o acidente, podemos trazê-lo para as nossas intenções até mais facilmente, o acidente veio a calhar. Pode deixar que nesse particular eu vou agir, já tenho os estratagemas e os planos de convencimento na cabeça. Você continua trabalhando como vem fazendo, está dando certo, não vamos mexer, o importante é aliciá-lo sem que ele perceba." Eve concordou.

O senador veio sozinho. Marcelino, sentado sobre o tronco de garapuvu, prestava atenção no assobio de Zequinha e na resposta pronta e irritada de um adversário silvestre. Um curió belicoso rondava a casa. Zequinha se excitava na gaiola, em guarda para a porfia. O canto do curió em liberdade ecoava por entre figueiras, embaúbas, garapuvus, cedros e ipês. O senador parou para ouvir, Marcelino levantou, os dois homens permaneceram frente a frente — doutor Nazareno no limiar da areia sob o jamelão, e Marcelino de pé, junto ao toco da árvore cerrada. Entre os dois o terreno soalheiro.

As duas aves terçavam notas, o som ecoava na orla da mata e nas águas de Praia do Nego Forro. O senador deu um passo, Marcelino também fez menção de andar, mas foi impedido pela ordem:

— Fica aí, fica aí, você ainda não deve se mexer muito.

Cumprimentaram-se. O senador apertava a mão com força, Marcelino sempre reparara. A mão de Marcelino, ao contrário, era fixa, os dedos duros, não se curvavam para cerrar a mão dos outros no cumprimento, o certo era apertar, devia ser o certo. O senador foi direto ao ponto. Dessa vez não imitava Getúlio, nem se imaginava sozinho interpretando uma peça num auditório.

A família Di Montibello ia permanecer em Praia do Nego Forro até o fim da primeira ou segunda semana de março, estavam no dia treze de fevereiro. Ele devia reassumir as funções na capital federal no dia quinze de março.

— Sei que você, pelo menos por alguns meses, não pode ir pro mar e deve evitar trabalho pesado, mas o essencial é que esteja vivo. E esse problema da mão não é tão importante assim. Agora! A amputação tem que ser bem examinada, pode haver outros problemas. Se você passar uns tempos no Rio de Janeiro eu te levo à Beneficência Portuguesa, que não fica muito longe do meu apartamento. E aí você ajuda a cuidar dos meus pássaros. Meu tratador vai entrar de férias este mês, sabe como é, com o Getúlio a população brasileira inteira vai acabar sendo obrigada a tirar férias por lei, todo mundo agora é obrigado a pagar o salário mínimo estabelecido para o trabalhador, todos devem ser sindicalizados. Você pode levar o Zequinha, ainda sugeriu o senador.

Marcelino ouviu tenso e atônito. Sensações desencontradas estuavam-lhe no peito. Eram palavras carinhosas e perversas ao mesmo tempo. Ele se aproveitava da sua situação ou fazia um ato de caridade? Deixar Praia do Nego Forro assim?

O convite batia de chofre num pescador depresso e acro. Num Marcelino no limite da humildade e do pudor. O único elo que o arrancava da prostração e da derrota foram as últimas palavras do senador: você pode levar o Zequinha! Marcelino, com isso, encontrou forças para revidar.

— Não posso levar o Zequinha, senador, o canto dele é das árvores e das ondas de Praia do Nego Forro, aqui é o lugar dele.

— Tá bem, tá bem, a gente vê, mas então você vai pro Rio de Janeiro, não vai?, insistiu o dono da Villa Faial.

— Vou pensar ainda, doutor Nazareno, vou pensar, é tudo muito triste, respondeu Lino, a voz tolhida.

— Esquece, meu rapaz, você vai ficar bom, pior se você fosse canhoto. Se der tudo certo, o navio Hoepcke sai de Florianópolis daqui a uma semana, mais ou menos. A Sibila e a Eve vão voltar nele. Sibila tem medo de avião como a mãe. A minha filha pegou segunda época no colégio, tem prova de matemática e de português na segunda semana de março, mais exatamente no dia doze, as aulas começam alguns dias mais tarde, começam excepcionalmente mais tarde esse ano. Antes ela tem que estudar muito com uma professora particular do colégio Pedro II do Rio que a está esperando. A escolaridade da Sibila foi complicada, ela teve hepatite na infância, quase morreu, perdeu dois anos de escola. Sorte que a sua melhor amiga também teve problemas de outra ordem na França e as duas têm o mesmo atraso no currículo. Se não der para embarcar no Hoepcke, há o Étoile des Mers, que sai de Itajaí no dia vinte e dois deste mês, de fevereiro, agora. Um carro do palácio levará vocês três até lá e, três ou quatro dias depois, estarão no Distrito Federal.

— Mas eu vou viver de quê, senador?

— Meu filho, não se preocupe, eu te pago a viagem, claro, e três salários, fevereiro, março e abril. E em fins de março, começo de abril, você já estará de volta aqui em Praia do Nego Forro.

— Desculpa, senador, será que eu posso pensar um pouco mais?

— Claro, meu rapaz, claro, mas é uma boa saída pra você.

— Agradeço o convite e a confiança, a minha avó Chiquinha tinha muito respeito pelo senhor, o senhor é homem bom.

— Obrigado. Grande mulher aquela, Lino Voador, trabalhadeira, limpa, honesta, se todos os brasileiros fossem como ela este país estaria melhor.

— Posso dar a resposta amanhã?

— Perfeito, meu rapaz, claro, como eu já disse. E se você quiser, compro também os teus passarinhos e eles vão junto.

67

O CAMINHO NUNCA PARECERA TÃO ESCURO E RUMOROSO. NOITE forrada. Mas a lua cheia aparecia entre a ramagem. Barulhinho do córrego coleando a picada, do balançar das folhas de bananeira, do silvar da lestada na copa do cafezal; pio de bacurau; hic-hic-hic de morcegos; riso de rasga-mortalha, coaxar de rãs, gritos férreos do sapo-martelo. O vento transformava as árvores em carpideiras extravagantes. As folhas balangantes das bananeiras ruidavam cada vez mais e brilhavam, luarentas, brunidas, prateadas. Dona Altina já tinha visto boitatá nesse caminho. O facho de fogo tinha iluminado tudo.

"Morcego, esse barulhinho nas bananeiras deve ser morcego", pensava Marcelino. "O cavalo salino do velho Damião, lá na praia da Daniela, aparecia de manhã com a crina toda trançada — é bruxa, é lobisomem, diziam, então. Mas devia ser morcego. E se for o Tião, virado lobisomem, que tá aí correndo atrás das bananeiras? Mas o Tião é meu amigo, será que a cabeça dele também fica diferente? Não! Esse hic-hic-hic e as batidas nas folhas de bananeira são os morcegos, morcego chupador. O próprio velho Damião diz que é morcego que entra na crina dos cavalos, se atrapalha pra sair, e vai tecendo sem querer uma trança. Mas tem gente que diz que é o Saci-Pererê."

Marcelino ia tateando no escuro. E sempre cismando: "Maroca, Zequinha e o Chico, durante aqueles urros, não tinham medo, ele é que tinha. Os três sempre olharam para mim como se dissessem: não é nada, Marcelino, esses gritos não fazem mal a ninguém!"

Marcelino ouviu, de repente, um ramalhar diferente, assustou-se. O medo aumentou.

"Mas, e agora, esse barulho no chão molhado? é de pé descalço nas poças do picadão."

— Minha Nossa Senhora dos Navegantes!

A referência a Nossa Senhora dos Navegantes saiu verbalizada, o pensamento fez-se léxico. O temor e a apreensão do mestre da Divino Espírito Santo foram interrompidos por suave interjeição a meia voz, a mata frôndea coava um feixe de lua :

— Oh, Marcelino!

— Martinha? aqui, nessa hora?

— Guarda essa faca, Lino, pra que isso? Estava com medo?

— Pra nada, eu tava só com a faca, assim, pra cortar galhos.

— As folhas das bananeiras parecem bêbadas, né?

— Não sei, nem notei.

— E esse pio, é de coruja?

— Não sei, Martinha, nem ouvi.

— Sabe, Lino, acho que o Tião viu umas coisas lá no morro, na estrada, na clareira onde guardavam os palmitos. Ele contou pra benzedeira e o Joãozinho, o neto dela, ouviu e contou pra outras pessoas. Mas a mãe deu-lhe uma coça e ele agora não abre mais a boca. O carro preto do palácio do governo tava ali em cima, pertinho daqui, com o senador e mais alguém dentro se beijando. Mas não é sobre isso que eu queria falar contigo, eu te segui desde a tua casa.

— Por quê, Martinha?

— Não sei.

— Seguiu até a casa da benzedeira?

— É, até a casa da benzedeira.

— E o teu pai sabe?

— Não, ele vai ralhar comigo, mas conta o que que a benzedeira te disse.

— Ela disse que se eu seguir os meus sentimentos vou acertar a minha vida. Acho que vou mesmo pro Rio de Janeiro, assim sem a mão eu não presto mais pra nada.

68

— Presta sim, presta, o que mais a velha disse? Ela falou da governanta dos filhos do doutor Nazareno?

— Não, só disse que eu devo ir se achar certo.

— Então você não precisava consultar ela. Tô achando que ela quis dizer pra não ir.

— Claro que não!

— Eu posso te ajudar. Fazer comida, capinar, plantar, sei fazer isso, faço até queijo com o leite da cabra do pai. E já sou mulher, mulher toda, já fiquei assistida, já perdi sangue e tudo há muito tempo, posso ter filhos. Aquela galega não é mulher pra você, Lino, é muito velha.

Os sentimentos expostos, escancarados e sem pejo de Martinha, que trazia agora ao pescoço um escapulário — "é do Espírito Santo, Lino", assustaram o pescador particularmente inseguro nessa noite de confissões, de decisões e de medos. Marcelino, num ensaio canhestro de defesa de uma escolha obrigada pela fortuna, tentava explicar.

— Eu não tenho nada com ela, e não é por causa de uma mulher como a dona Eve que eu vou pro Distrito Federal. É que aqui não posso trabalhar, nem sei o que vou fazer com a Divino, tenho que vender ela, vou fazer uma sociedade com alguém, eu estou estropiado, o que que adianta ficar aqui?

— Mas você pode ir junto na canoa! Içar a vela, desentocar as lagostas com a mão direita, contratar mais um marujo pra auxiliar você e o Maneco. Eu limpo os peixes, ajudo a botar na caminhonete do Aveleza. Você está triste, Lino, depois passa, espera uma hora melhor para decidir.

— Mas você não vê? O Maneco é mudo e eu sou aleijado, tô estuporado pra sempre, não vê? Olha aqui meu toco de braço, não tenho mais a mão!

Marcelino chorou. Martinha beijou-o na face, enxugou-lhe as lágrimas com um lenço, Lino se agarrou a ela, soluçava — "não sirvo mais pra nada, Martinha, pra nada".

— Serve, Lino, serve, te amo como você é, com o teu braço assim.

Martinha passou a beijar o corte que se ligava à mão ausente, beijava até a mão imaginada, sentia os dedos, os tendões, a palma, os ossos, a força e a destreza que estiveram ali. Beijava a mão daquele que logo seria o maior pescador de Praia do Nego Forro, quem tinha levado ela embora? Deus? Ele, que só faz o bem? Aquele membro decepado tinha a mesma destreza da mão direita, as duas tinham feito dele, dele, Marcelino, o mais promissor mestre-pescador das praias que iam de Laguna até São Francisco do Sul, todos não diziam isso? E agora? Pra onde tinha ido o pedaço do corpo do seu amado? Tinha sido enterrado? Jogaram no mar? E daí? Era Marcelino que estava ali, inteiro, vivo.

Marcelino apertava-lhe o braço. Martinha passou a beijar o pescador com paixão, lambia, mordia.

— Martinha, você enlouqueceu?

— Me dá de novo o outro braço, Lino, o outro braço, quero beijar ele mais uma vez.

— Mas, Martinha, não tem mais mão, não tá vendo? Olha, ó!

Lino tremia, soluçava, o rosto encharcado, as lágrimas escorriam abundantemente, o mesmo gosto salgado do mar de Praia do Nego Forro de que ele tirava o seu sustento. E que agora acabava.

— Não faz mal, te amo assim, implorava Martinha.

— Eu também, Martinha, mas tô com a cabeça tonta, como se existisse outra pessoa dentro de mim.

— Já gostava de ti desde a escola, Lino, desde sempre, te amo, te amo, te amo.

A repetição não lograva fartar a agonia de Martinha, agora curvada, as mão cobrindo-lhe o rosto, as palavras afogadas.

69

MARCELINO CHORAVA CADA VEZ MAIS, TENTAVA ESCONDER ATRÁS DO corpo o braço sem a mão, Martinha trazia-o de volta, beijava o coto carquilhado uma vez, duas, dez, afagava o antebraço do rapaz, voltava para as cicatrizes irregulares.

A menina interrompeu as carícias no corte rosado e alisou, com as duas mãos, o rosto de Marcelino. Ele, com a mão direita, fez o mesmo na face quase febril de Martinha. Logo as línguas se enfurnaram quentes, molhadas, espuma adocicada das ondas salgadas que batiam contra os rochedos de Praia do Nego Forro.

— Lino, Lino, não me deixa, por favor, te imploro.

Martinha, alternando beijos e súplicas, interrompeu os gestos, tentou na escuridão olhar Marcelino Nanmbrá fixamente nos olhos e sussurrou, transformada nesse momento numa mulher inteira e decidida:

— Marcelino, vou contigo pra onde precisar e você quiser. Pra sempre.

As idas e vindas de línguas em bocas disponíveis continuaram, os beijos eram interrompidos por copioso choro, logo novos encontros sustavam as lágrimas. Martinha, em certa hora, desarrumando afetuosamente os cabelos lisos do seu antigo amigo da escola Luiz Delfino, beijou-lhe demoradamente a face, sempre sob o balançar de bananeiras ébrias, pios de rasga-mortalhas e deboches de morcegos irritantes, e pediu:

— Fecha os olhos, Lino! Deixa eles fechados.

Martinha ainda lhe deu um beijo tímido, que apenas roçou a face do seu amado. Marcelino manteve os olhos cerrados. O calor da menina foi desaparecendo junto com o eco das palavras "mulher, sangue e filhos". Ele, a custo, conseguiu pronunciar, fanhoso: — "eu também gosto de você, te amo, eu também sempre te amei, desde a escola".

O pescador ouviu os mesmos passos de antes num ritmo mais rápido. Ele descerrou então os olhos. O gosto da filha do seu Ézio ficara na boca, mas Martinha já tinha se entranhado no segredo das matas de Praia do Nego Forro em direção ao armazém do pai.

Já em casa, o pescador engoliu com dificuldade o pirão d'água e a banana cozida da janta. O sabor adocicado de Martinha não lhe saía dos lábios.

70

MARCELINO, NO DIA SEGUINTE, DIA DE FINA GAROA, FOI À VILLA FAIAL pouco antes da hora do almoço. As palavras e as ponderações de Tião da véspera ainda ecoavam. A carapinha esbranquiçada apareceu-lhe, facunda e didática:

— Não sei se esse senador afinal de contas é homem decente mesmo ou não, Lino. Fala mal do Crodoaldo e quando fica no hotel Babitonga, no Centro, joga carteado com ele e mais uma turma até altas horas. A nega Albertina é faxineira no hotel, me contou. Ele usa o carro do governo à noite pra outras coisas, eu vi, será que é de serventia ir pro Rio de Janeiro? Em Praia do Nego Forro e Santo Antônio de Lisboa todos gostam de ti, e podemos ir juntos reivindicar mais terras lá pra serra e lutar por justiça. Fica para me ver dançar a dança dos negros velhos do Caxangá:

>Os velhos do Caxangá
>Tão dançando de contente
>Deixaram de ser escravos
>E viraram a ser gente
>Nossa Senhora do Céu
>Com seu divino filhinho
>Pediu pro Nosso Senhor
>Livrar-nos do pelourinho
>Já estamos muito velhos
>Não podemos mais trabalhar
>Mas temos a liberdade
>Por ela vamos dançar.

Tião, após a declamação, entoada com voz grave, ainda acrescentara:

— E podemos ir ver juntos de novo a procissão do Nosso Senhor Jesus dos Passos e a procissão da Mudança.

— Mas a velha Graciana disse pra seguir os meus sentimentos, e é só por um mês e pouco, alguma coisa me diz que devo ir pro Rio de Janeiro, considerou então o pescador para um Tião espantado.

O senador, com o cachimbo aceso, descansava na cadeira de balanço da varanda. Marcelino tomou coragem. Respirou fundo, pensou na mão amputada, nas dificuldades que ia ter pela frente, e articulou a frase definitiva, tentando esconder a emoção.

— Vou, então, doutor Nazareno, vou pro Rio de Janeiro, mas os meus passarinhos ficam com o Tião.

Até o senador se surpreendeu com o tom de voz do pescador, normalmente tão tímido.

— Que bom que você vem, meu rapaz, que bom. Já vou pedir ao oficial de gabinete que marque uma consulta com um médico no hospital do Distrito Federal pra ver esse teu braço. Quer dizer que os passarinhos ficam então?

— Ficam, senador.

— Tudo bem, meu rapaz, tudo bem, vem hoje à tarde aqui pra conhecer o Éldio, o meu oficial de gabinete.

O ex-funcionário do Senado Federal no Rio de Janeiro tinha chegado de avião havia dois dias e retornaria à capital do país no dia dezoito. Marcelino voltou na hora combinada. Doutor Nazareno chamou Eve para a conversa. O Cadillac preto do governo do estado entrou nos jardins da Villa Faial por volta de três e meia da tarde, com o oficial de gabinete do senador no banco de trás.

Doutor Nazareno fez as apresentações.

— Marcelino vai com você e com a Sibila pro Rio, Eve. As crianças vão depois, com a Emma.

71

A NOVA REALIDADE IA CRESCENDO, SURGINDO, SE AGIGANTANDO; inevitável como os seres que apareciam para Marcelino nos seus pesadelos. Tinha que vencê-los. A benzedeira Graciana sabia — "vai, se você achar certo!", ela tinha dito.

— Sim, doutor Nazareno, que bom, é boa notícia, respondeu Eve.

— Pois é, ele está machucado, não bem machucado, mas em convalescença, e vai passar uns tempos no Distrito Federal comigo, cuidando dos pássaros. É o nosso El Manco de Lepante.

— Como, Doutor Nazareno?

— Nada, Eve, nada. Vocês vão no Étoile des Mers, partindo de Itajaí. O Hoepcke sai em poucos dias, não dá tempo. Emma! Manda a Bertilha trazer refresco pros convidados e a minha garrafa de uísque. Éldio, quer uísque também?

— Não, doutor, obrigado, respondeu o funcionário, respeitosamente.

— Eve, quer refresco?

— Não, obrigada, doutor Nazareno.

— Marcelino, água ou refresco?

— Um pouquinho do refresco, então, obrigado.

— Pois é, Eve, tô pedindo aqui ao Éldio pra marcar uma consulta no hospital da Beneficência Portuguesa, é ali na Glória, na rua que sobe.

— Eu sei, doutor Nazareno, eu sei, já acompanhei várias pessoas pro senhor até lá.

— Ah, é mesmo, é mesmo, é claro.

Éldio, com um denso bigode lourejante concentrado justo sob as duas narinas, empertigado, fumando sem parar e tossindo muito, os cabelos cuidadosamente penteados, trazia três importantes processos que necessitavam da assinatura do doutor Nazareno Corrêa da Veiga di Montibello por ordem expressa do excelentíssimo senhor presidente da República. Éldio era primo-irmão do tenente fuzileiro Júlio Nascimento, comandante da guarda do Palácio Guanabara, que não opôs resistências aos integralistas que tentaram invadir o palácio para prender o presidente Getúlio Vargas alguns anos antes. E assíduo participante das comemorações do partido nazista no Rio de Janeiro quando essa organização ainda estava na legalidade, até 1938. A pedido da esposa do senador, ele estava organizando um jantar para final de março na Paissandu 71 com o elenco principal do filme *Bonequinha de Seda*, que estreara no Rio de Janeiro alguns anos antes. O funcionário ainda foi encarregado de levar para o Rio, com muito cuidado, uma pequena caixa de madeira cujo conteúdo foi exibido pelo senador. Tratava-se de personagens de barro do boi-de-mamão moldados por um artista da Lagoa da Conceição, a que o senador dava muito valor.

— Vão decorar a minha sala da Paissandu, são muito expressivos. O artista é excepcional e ele tem uma novidade: criou personagens diferentes que não existiam no boi-de-mamão, mas que vão ficar para sempre nessa manifestação folclórica, tenho certeza absoluta — cuida bem da caixa, Éldio! Mais bonitos que eles só a grande escultura representando a fuga da Sagrada Família para o Egito, da Matriz de Nossa Senhora do Destero, lá no centro. As peças foram esculpidas por um austríaco, é uma beleza, você devia ir lá ver, Éldio.

Do rádio do corredor perto da cozinha vinha a voz de Maurice Chevalier cantando *Mimile*. Éldio, pelo menear da cabeça, parecia cantar junto em silêncio. O senador desembrulhava as peças envoltas em jornal, admirava-as atentamente, voltava a embrulhá-las. Os personagens mediam cerca de vinte centímetros, tinham as mãos grossas, os pés achatados, sobressaíam a Bernúncia com a imensa boca engolidora de gente e a gigantesca Maricota, quase o dobro do tamanho dos demais figurantes do boi-de-mamão da coleção que seguia para o Rio de Janeiro. Dona Emma enviou pelo assessor do marido duas grandes toalhas de jantar de renda Tramóia confeccionadas por uma conhecida rendeira do Ribeirão da Ilha e uma colcha tecida por rendeiras da Lagoa da Conceição com linho colhido na própria ilha de Santa Catarina.

72

As coisas se decidiram rapidamente. De qualquer maneira, era por pouco tempo, como uma viagem para as Caldas da Imperatriz, só um pouquinho mais longa. Era o que Marcelino espalhava tentando convencer a si e aos seus próximos.

No último dia antes da partida ele ajoelhou-se por várias vezes diante do quadro da vó Chiquinha. Rezou pelo Espírito Santo, pelos santos do mar, por Nossa Senhora, por Jesus Cristo. Conversou com a vó, pediu-lhe conselhos, proteção, ajuda. Na saída, no último minutinho antes de fechar a porta da casa, pediu-lhe bênção e beijou a fotografia amarelada. Ainda tocou piedoso o Espírito Santo e Nossa Senhora da Lapa. Passou pelo cemitério e rezou diante das sepulturas da vó e de Edinho. Ajeitou a cruz de madeira da tumba da avó e dispôs no vaso com cuidado as rosas brancas oferecidas pela mãe de Maneco. Repetiu o gesto na sepultura do menino. Naquela manhã, um lobo-marinho com uma nadadeira quebrada aportou na areia diante da vivenda do senador. Acabou morrendo. A consternação foi geral. As crianças exigiram um enterro cristão para o bicho, com cruz, flores e orações.

Na pequena mala de couro duro, só algumas roupas oferecidas por Dona Emma, um par de sapatos, também oferta da família do senador, um caderno, lápis e borracha. Dona Ednéia deixara marcas.

Como despedida, compridas recomendações de Marcelino a Tião sobre os pássaros, abraços em Maneco, Chico Tainha, Jaciara, seu Ézio e outros. Conseguiu encontrar dona Chandoca, que lhe deu um longo e apertado abraço entre choros e carinhos com a mão encarquilhada. Dona

Chandoca, com os lábios finos encostando na gengiva desdentada, parecia querer dizer alguma coisa. Mas não saiu palavra. Apenas seus olhos falavam.

— Em menos de dois meses estou de volta, dizia Lino a todos, entre assustado e impaciente.

Até-logos emocionados, mas distantes, para Martinha e Lúcia, as últimas pessoas de quem Lino se despediu. O adeus a Martinha foi, aliás, o mais curto. A menina parecia não dar importância, até seu pai notou.

— Dá até logo pro Lino, Martinha.

— Já dei pai, já dei, que coisa!

Martinha logo se trancou no quarto. Tentava não julgar o amigo a quem, num momento de emoção incontrolável, tinha desvelado o seu afeto. Nunca ela teria imaginado aquela cena, nunca ela se exporia assim, aqueles te amos, aquelas confissões amorosas. Talvez Marcelino se sensibilizasse e adiasse eternamente sua ida para o Rio de Janeiro. Foi essa a motivação, inconsciente que fosse! Mas não serviu para nada. Marcelino seguiu o seu sentimento — o que achava certo! Martinha nesse dia da despedida não chorou. Apenas buscava entender.

— Marcelino deve saber o que faz, sempre foi o melhor em tudo, desde a escola. Não, não, eu é que devo estar errada, errada. É para o bem dele. Vai, Lino, vai, vai ser feliz. Mas volta. Eu te espero para sempre, sempre, te amo para sempre. Mas o teu lugar é aqui! Aqui!

Martinha, oradora solitária, olhava no espelho da penteadeira seus lábios cheios e encarnados abrindo-se em palavras e sentimentos corriqueiros e constrangedores. Uma ponta de vergonha a invadiu. Ia viver de ausência? A novela da Rádio Nacional *Em busca da felicidade*, com os diálogos tonitruantes entre Alfredo Medina e sua amante Carlota Morais emoldurados pela suplicante esposa traída Anita de Mantemar ressoavam nas paredes do quarto. A imagem de Martinha no espelho se alternava com o reflexo do rosto de Marcelino tumefacto pelo pranto, os olhos negros borrifados por respingos do mar da enseada de Praia do Nego Forro, o cabelo abenuz desfraldado na proa da Divino Açoriana. O beijo de despedida de Martinha se deu naquela hora. No vidro espelhado. As lágrimas Martinha secou-as com o lenço já penetrado pelo sal de Marcelino na caligem das matas da ilha de Santa Catarina, entre bananeiras reluzentes, morcegos inquietantes e candeio de boitatá.

73

A VIAGEM ATÉ ITAJAÍ LEVOU DOIS DIAS. FORAM NUM CARRO DO governo estadual. A ponte Hercílio Luz, majestosa e plácida, abriu-se generosa para o Cadillac oficial. A ponte emocionava. Sublevava, amotinava, revoltava e insurgia-se pela sua simples esplendidez contra qualquer decisão de abandonar a serenidade da ilha. Eve sentia que para o novo empregado do senador a troca da insularidade pelo Brasil continental em ebulição arrancava outro pedaço do pescador imerso na harmonia dos plainos verde-azulados dos mares do Desterro. Mas a roda da fortuna girava.

— Imagino que você fica apreensivo em deixar por uns tempos as suas praias queridas da ilha de Santa Catarina e ainda por cima através dessa ponte linda, não é, Marcelino? Mas não se preocupe, logo você estará de volta.

Marcelino não tornou. O piso de madeira da ponte, que lembrava o assoalho da sala da Villa Faial, respondia por ele. As tábuas estalavam regulares sob os pneus do carro tal sarrafos se quebrando ao longo dos oitocentos metros da ponte, metragem especificada pelo motorista a uma pergunta de Sibila. As colunas e a ferraria alternavam sopro e silêncio, sopro e silêncio, sopro e silêncio, conforme o movimento do carro, como se buscassem fôlego para se projetarem pelos ares. A baía norte, à direita, colada na janela de Marcelino espraiava-se suntuosa, inteira, sossegada. Lino teve desejos de fendê-la com a Divino Espírito Santo, de sulcar com doçura e respeito aquelas águas companheiras de labor e de devaneio. Tinha agido certo ao concordar com o convite para passar uns tempos no Rio de Janeiro? O cicio dos aços e o estalar das tábuas acudiam com ar vadio à penosa indagação. Vontade súbita de sair do carro e lançar-se lá embaixo nos braços da vó Chiquinha feita água azulada e macia, deitar aquele mar com a Divino, de norte a sul, de leste a oeste, por dias e noites sem fim. Marcelino olhou a maçaneta que abria a porta. Um solavanco mais forte do carro tirou-o do sonho e jogou-o no continente.

Perto da entrada para os Ganchos furou um pneu. Foi difícil trocá-lo. Mais para a frente a situação foi pior. A balsa de madeira que fazia a travessia do rio Tijucas estava fora de prumo. O cabo de aço atado de uma margem à outra cedera.

— Tem barriga no meio, tem barriga, gritava da margem um dos empregados segurando grossa peça de madeira usada para mover o pesado batelão.

O balseiro parecia um cacique xoclengue com uma borduna. No meio do rio, de fato, o cabo de aço tocava a linha d'água.

O arrais da barcaça, sem camisa, um cigarro de palha atrás da orelha, os braços particularmente musculosos comparados ao corpo franzino, gritava, gesticulava e caminhava em direção a um grande tronco de árvore fincado na margem do rio Tijucas. Ele foi seguido por quatro ou cinco homens barrigudos, alguns de cabelos grisalhos, todos com a pele cor de catuto e falando com sotaque característico do litoral compreendido entre São Francisco do Sul e Laguna, que, munidos de grandes ferramentas, puseram-se a esticar e apertar o cabo de aço em volta do enorme tronco.

O Cadillac preto do governo de Santa Catarina, duas carroças abarrotadas de raízes de aipim e cana, um Hudson branco, uma caminhonete Studebaker e três bicicletas retomaram a estrada do outro lado do rio já de noitinha, quando caía forte temporal.

— Nessa chuva a estrada perto da entrada de Porto Belo fica um sabão e de noite tudo é mais difícil, melhor continuar amanhã cedinho.

Com as palavras sensatas do chofer, pernoitaram em Tijucas, no hotel Bela Aliança. Aí tomaram conhecimento — através do programa de rádio "A hora do Brasil" — de trágico episódio. Um vapor brasileiro, o "Buarque", fora torpedeado em águas norte-americanas. O navio ia para Nova York com passageiros e carga. Um passageiro morreu, houve vários feridos. Segundo o speaker, "cenas dramáticas seguiram-se ao ataque traiçoeiro contra o vapor brasileiro, em um mar revolto e sob uma noite particularmente escura". Eve custou a pegar no sono. A Rádio Tupi de São Paulo, ouvida com a máxima atenção pela governanta, deu mais detalhes aterrorizantes, que alternava com músicas cantadas por Silvio Caldas e Carmen Miranda.

— Bem que o Dutra era contra o rompimento com o Eixo acontecido há pouco na reunião de chanceleres no Rio! Não compareceu à cerimônia de encerramento do evento de propósito!

A frase de Eve, quase um desabafo, só foi ouvida por Sibila.

No dia seguinte, por volta do meio-dia, chegaram a Itajaí. As ruas fervilhavam de soldados da Marinha. Comentava-se que um submarino fora visto na barra, a base militar estava agitada. Para a população tanto podia ser submarino americano como alemão, qualquer dos dois significava uma ameaça. O rompimento de relações diplomáticas com a Alemanha, com a Itália e com o Japão no mês anterior representava perigo real para a navegação de cabotagem. Eve observou que, muito provavelmente, o senador Nazareno anteciparia a sua volta ao Distrito Federal. Alguns comentavam que novos navios cargueiros tinham sido torpedeados por submarinos alemães, apesar de não haver declaração oficial de guerra do Brasil. Outros afirmavam ser de autoria dos próprios americanos o afundamento de vapores brasileiros na costa dos Estados Unidos, para confundir o Itamaraty, que supunha virem os tiros de barcos do Reich, e provocar, assim, a imediata declaração de guerra por parte do governo brasileiro.

74

— São eles mesmos que torpedeiam navios brasileiros pra botar a culpa nos alemães e obrigar o Getúlio a declarar guerra. E eles tão certos. O Filinto Müller, o Góis Monteiro e o Dutra eram contra o rompimento com a Alemanha!

Quem falava irritado era o dono do hotel Armação de Itapocorói, de Itajaí, onde Marcelino, Eve e Sibila se hospedaram. O Étoile des mers zarparia para o Rio em viagem sem escalas no dia seguinte de manhã. O senador Nazareno foi avisado por telégrafo do boato sobre o submarino no litoral. O comandante da base naval da região tranqüilizou-o. O gerente do hotel, indignado, parecia ter informações precisas.

— Aquele bando de incompetentes! Disseram que era um submersível, mas não era, era um cardume de golfinhos que logo depois se escondeu perto dos rochedos da praia de Cabeçudas. Bando de parvos, isso mesmo, parvos, submarinos coisa nenhuma, tudo só pra requisitar quartos do meu hotel e comida de graça pra uns tenentinhos de bosta! O que que os submarinos iam querer aqui? Sardinha? Tainha? Corvina? Os personagens do boi-de-mamão do mercado público de Itajaí? Vão plantar batatas!

O gerente falava ao telefone atrás do biombo.

— Tudo cambada de ladrão e aproveitador, o Getúlio devia é botar pra fora aquela tropa nazista de chupa-sangue que ainda tem lá em volta dele no Rio de Janeiro, no Palácio do Catete e no Palácio Guanabara. Se aqueles bandidos não saírem nós estamos fritos. E não digo isso só porque sou judeu não, mas tem gente que entregou a Olga Benário pros nazistas e ainda tá lá no Rio dando ordens, os ordinários!

Ouviu-se o telefone sendo desligado com violência e o gerente apareceu vermelho e resmungando sozinho. Seu rosto ressumbrava ódio. Pediu desculpas a Eve pela demora, pela irritação e pelos palavrões. Não tinha notado que havia hóspedes esperando no balcão.

No dia seguinte o Étoile des Mers deixava a foz do rio Itajaí-Açu com um rastro cremoso e buliçoso. Marcelino, debruçado no convés da popa, olhava à esquerda a praia de Cabeçudas e à direita a de Gravatá com o pensamento voltado para a enseada de Praia do Nego Forro. O pescador, com o punho esquerdo da camisa de mangas compridas sempre cerrado com alfinetes, procurou angustiado afastar as cores alvadias que intentavam, desdenhosas, desbotar a paisagem da terra da sua infância.

75

O NAVIO, CONTRARIAMENTE ÀS INFORMAÇÕES INICIAIS, FEZ ESCALA em Santos. Além dos viajantes, transportava carga — madeira e óleo de sassafrás, essencialmente. Tinha dois andares de passageiros. O de cima era a ala feminina, o andar de baixo reservado aos homens. Cada ala, por sua vez, separada em primeira, segunda e terceira classes. Havia uma parte da ala feminina com camarotes exclusivos para famílias. O salão de estar e a sala de jantar se situavam cerca dos camarotes unifamiliares.

Sibila estava alojada nas luxuosas cabines de primeira classe, com Eve. Marcelino na cabine de terceira classe com três cariocas. Eve e Sibila almoçavam e jantavam num espaço reservado do restaurante. Marcelino — envergando as roupas novas compradas por Eve e dona Emma — fazia as refeições com os demais passageiros. Viram-se pouco durante a viagem. Eve foi duas ou três vezes ao encontro do novo tratador dos pássaros do doutor Nazareno, conversavam no convés. Ela estava lendo *As surpresas e recursos do professor Pafúncio*. Numa das ocasiões, mostrou os quadrinhos ao marinheiro da Divino Espírito Santo e leu algumas historietas.

— São muito engraçadas, Lino, me fazem rir e ajudam a passar o tempo.

Marcelino se interessou muito. Virava as páginas com dificuldade, ia aprendendo a viver sem a mão esquerda, esboçava um sorriso, às vezes ria com franqueza, e ia se habituando cada vez mais à nova vida. Sibila só esteve com Marcelino em Santos, quando foi autorizado o desembarque durante uma tarde. Os três tomaram sorvete. Sibila, que vinha mantendo uma grande distância de Marcelino, agia como patroa do novo empregado da família. Mas a filha do senador não se furtou a dirigir a palavra ao ex-pescador.

— Você vai gostar de lá, Lino, você vai ver, quer mais um sorvete? A Eve paga.

— Não, Sibila, obrigado.

— Deixa ele, Sibila, ele vai se acostumando aos poucos com a cidade grande, já vai tomando o gosto do que é o Rio de Janeiro — interpôs-se Eve.

— Eu vou tratar dos pássaros do senador, dona Eve, só isso.

— Eu sei, Marcelino, eu sei.

Sibila queixou-se do balouçar do navio. Para Marcelino não era nada perto das ondas do mar grosso de Praia do Nego Forro em dia de tempestade. Os três companheiros de cabine só falavam em submarinos, segundo Lino.

— Ficam com medo toda hora que aparece um barulho diferente. Fumam muito. Disseram que o Getúlio é bom pros trabalhadores. Me perguntaram o que eu ia fazer no Rio. Eles são vascaínos e vão assistir um jogo no final do mês, em São Januário, parece que é um jogo importante. São boas pessoas. Um deles sempre me ajuda a cortar a carne e a servir o copo de groselha. Eu disse que perdi a mão num acidente quando estava embarcado na minha baleeira, a Divino, meu pedaço de mundo, presente da minha vó. Os três ficaram com os olhos vermelhos com a minha explicação. Chorar por que, não é?

Marcelino explicou aos três cariocas, segundo disse à Eve e à Sibila, que não jogava futebol e conhecia pouco os times do Rio de Janeiro, apenas de ouvir falar no rádio do seu Ézio, o dono do armazém do lugar onde ele mora. Conhecer mesmo ele só conhecia o Alcobaça Futebol Clube, de Santo Antônio de Lisboa. Quando tinha quinze anos foi com um amigo da sua vó ao Pasto do Bode assistir a um jogo entre o Avaí e o Figueirense. A única vez que foi ao estádio. Seu amigo Tião já fora outras vezes assistir a partidas que sucediam a comícios do Interventor Nereu Ramos. O estádio de São Januário Lino conhecia muito de nome, já tinha ouvido o presidente Getúlio falar no rádio. E ia ficar apenas um mês e meio no Distrito Federal trabalhando para o senador Nazareno Corrêa da Veiga di Montibello. Depois voltaria para Praia do Nego Forro, o lugar que preferia no mundo. Voltava pra enseada dele, mesmo se se tornasse um dia o salvador do Brasil.

Eve, quando ele tocou nesse assunto, olhou séria, zangada. Sibila não ouvira, contava os pombos na praça de pedras portuguesas ao lado do píer do porto de Santos.

76

QUATRO DIAS APÓS A PARTIDA DO PORTO DE ITAJAÍ O ÉTOILE DES MERS entrava na baía da Guanabara. O Pão de Açúcar à esquerda, as montanhas recortadas irregularmente à direita, o Dedo de Deus — remarcado por Marcelino — imperando sobre a serrania. A paisagem era deslumbrante, Marcelino comentou mais tarde com suas próprias palavras. Vinte e cinco minutos depois desembarcaram na praça Mauá, onde os esperava um carro do Departamento de Indústrias Estratégicas. Cruzaram com alguns navios e lanchas de guerra.

— É o couraçado Minas Geraes, vem guerra por aí, gritou um marujo do Étoile des Mers, apontando para quatro enormes canhões que guarneciam a torre de uma imponente belonave.

— Esse navio é um destróier, corrigiu Eve, baixinho, fixando o barco.

O clima de guerra iminente no Brasil era visível. Um submarino ancorado próximo exibia pavilhão americano. Um outro navio fundeado a uma centena de metros do porto hasteava bandeira britânica. Carrinhos com bombas e torpedos empurrados por soldado suando a cântaros misturavam-se aos passageiros desembarcados.

Estranhas aquelas calçadas, aquela gente, o movimento intenso. Havia soldados postados com metralhadoras nas portas e esquinas próximas. Mas o que impressionava o pescador nego-forrense era a multidão. Parecia fim de missa na catedral do Centro de Florianóplis, ou fim da farra do boi, todo mundo saindo ao mesmo tempo. Eve notou a atenção de Marcelino.

— É assim no Rio, Lino, e aqui na praça Mauá, claro, ainda tem mais gente, porque é o porto de passageiros, mais pra lá é o de carga, explicou a governanta.

As malas foram acondicionadas no bagageiro do carro azul-escuro. Bons-dias do chofer, abertura de portas. Marcelino ia no banco da frente. No painel estava escrito com letras grandes: Plymouth Special Deluxe. Marcelino leu aquelas palavras umas dez vezes. O interior do carro tinha cheiro de sapato novo, como o que ganhara de dona Emma ainda lá em Praia do Nego Forro na véspera da viagem.

— Vamos para casa, madame?, perguntou o motorista.

— Vamos sim, direção rua Paissandu, suspirou Sibila.

A algazarra vinha da rua beirando o mar. O carro oficial já tinha deixado para trás a larga e movimentada avenida. Grupos mascarados e fantasiados dançavam ao som de surdos, repeniques, tamborins e pandeiros. A marcha suave do Plymouth foi interrompida. O chofer, pela primeira vez, abriu realmente a boca.

— Na vinda eles estavam ali na praça Paris, agora vieram pra cá, estão indo para a avenida Rio Branco, falta pouco pro carnaval, dona Eve, comentou, com ar contrariado. — Olha, estão vindo em nossa direção, ainda acrescentou.

Marcelino se agitava, escondia o braço esquerdo. Máscaras disformes, criaturas monstruosas colavam a mitra no pára-brisa, os polegares enfiados nas orelhas, as mãos abanando pra cima e pra baixo, pra cima e pra baixo, pra cima e pra baixo, tal asas pulverulentas de mariposas venenosas. Uma carranca de diabo apareceu como um raio na janela do pescador de Praia do Nego Forro, risos fremiam, tambores rufavam, caveiras, morcegos, índios, narizes enormes, orelhas gigantescas, tudo cantava e dançava. As cenas do bloco carnavalesco entremeadas com a de peixes se debatendo na rede estendida sobre a areia de Praia do Nego Forro, o balanço do navio, o clima de guerra e o movimento do Plymouth Special Deluxe enjoaram o novo empregado do senador. Ainda daria tempo para voltar para a ilha de Santa Catarina?

— O pessoal esse ano tá gostando da música "Nega do cabelo duro", pra mim nenhuma bate "Leva meu samba", do ano passado, e deste ano prefiro ainda "Ai que saudades da Amélia".

O chofer continuava as suas explicações. A pergunta de Eve: "é parecido com o carnaval de Florianópolis, não é, Marcelino?" trouxe a realidade.

Lino respondeu:

— Não, é um pouco diferente. Mas lá na praça XV também tem mascarados.

O chofer olhava curioso para o seu passageiro. Sibila manteve-se calada. Quinze minutos depois o carro azul-escuro estacionava diante da grande porta de ferro e vidro da Paissandu 71.

77

A FREGUESIA DE PRAIA DO NEGO FORRO ENTENDEU LOGO. LÚCIA, A filha mais velha do seu Ézio, apareceu com um olho arroxeado. Aveleza, uma tarde, fez uma curva fechada com a caminhonete Dodge, perto da pequena igreja, e freou espalhafatosamente. Alguns viram Lúcia ser quase jogada do carro, assim, pinchadinha no chão, como um saco de batata. Na rinha de briga de canários comentava-se que certas coisas não deviam ser espalhadas. Nunca se soube bem quem vira o senador no carro, à noite — aos beijos e outras coisas mais — na clareira onde se guardavam os palmitos cortados no mato. Pelo jeito tinha sido uma criança, pois a notícia correu meio presa, a mãe deve ter proibido o menino de falar.

— Te dou uma sova, seu mexeriqueiro, bisbilhoteiro, e o que que um guri tava fazendo lá em cima no morro naquela hora? O que que uma criança fazia fora de casa de noite? E eu achando que você estava dormindo! E pro carro de senador você não tem o direito de olhar!

Alguém ouviu a benzedeira dizer algo mais ou menos nesse teor para o seu filho. Para outros, foi Tião, nas suas escapadas noturnas, que vira a cena.

Na venda do seu Ézio, por razões óbvias, não se falava naquilo. O senador não era proprietário da construção onde seu Ézio instalara a "Porto Santo da Madeira"? Não tinha conseguido puxar rede elétrica para Praia do Nego Forro, por ordem expressa do amigo Interventor Nereu Ramos? (É bem verdade que, até naquele verão, só a Villa Faial e a venda "Porto Santo da Madeira" tinham se beneficiado. Mas era uma questão de tempo. Todos os moradores, dizia-se, iam ter luz elétrica.) E aquela locação do "Porto Santo da Madeira" do seu Ézio, quase presente de pai pra filho? Nada tampouco se falava na saída da igreja — o senador financiara a construção da capela e mantinha o padre e o sacristão com a ajuda da representação em Florianópolis da dona Darcy Vargas. Ademais, com o seu prestígio, obtinha recursos para as festas de Praia do Nego Forro e de Santo Antônio de Lisboa, além de ajudar com dinheiro famílias de pescadores de toda a região. Mantinha cinco órfãos da Praia dos Ingleses que vieram morar com parentes na ponta de Sambaqui após a morte dos pais. Até gente lá pras bandas do Campeche ele ajudou. Assim, praticamente o assunto foi sendo abafado. Maneira de dizer, porque se comentava que no L'Amore era tema do conhecimento e de galhofa de todos, principalmente de todas! Mas também lá o pacto de silêncio se mantinha quando os empregados e empregadas da casa rosada se encontravam fora do seu ambiente de trabalho. Doutor Nazareno nunca tinha ido ao L'Amore, é verdade, mas quem não sabia que madame Valcinéia, ave de alcouce, recebia dinheiro do respeitado senador na época de eleição?

— Votos de cabresto são votos de cabresto, e aqui as minhas meninas fazem de tudo, doutor Nazareno, de tudo que o cliente gosta, vangloriava-se, sempre, madame Valcinéia. Se voltar a existir eleição, a gente vota em quem o senhor determinar.

Até a Rosália das vulvas escarrapachadas votava em quem madame Valcinéia ordenasse.

Era comum aparecerem colados nos troncos das árvores do Largo Vila Nova de Gaia bilhetes anônimos com boatos e ironias a respeito dos moradores da região.

O pasquim onde vinha relatado "o caso do homem do Rio de Janeiro com a filha do quitandeiro" foi rapidamente retirado. Tudo corria a meia voz, o senador era político influente e poderoso. Mas alguns conseguiram decorar os versos, que trataram de espalhar:

    A filha do quitandeiro
    De bucho grande vai ficar
    Homem do Rio de Janeiro
    Do bolso cobres vai tirar

Mas mesmo assim houve um tête-à-tête meio clandestino entre dois homens.

78

— Olha aqui, rapaz, andam dizendo coisas que muito me desagradam. Aleivosias que me afligem tremendamente. Me afligem mais pela perfídia do que pelos fatos em si. Pura mentira, estratégia que conheço perfeitamente das sessões no antigo Senado do Distrito Federal.

— Mas a Lúcia confessou pra mim sobre o senhor, doutor Nazareno, e acho até que tá grávida.

— Confessou coisa nenhuma. Você ouviu o que quis e ela diz o que lhe dá na telha. A vida não é assim. Se continuarem com essa atitude me sinto na dura obrigação de mandar prendê-los por desacato a uma alta autoridade dos Estados Unidos do Brasil.

— Mas por que, senador?

— Por quê? Ainda me pergunta? Soube que há um desejo de parte da moça, que você covardemente espancou, e sem motivo, de se estabelecer em São José. É a sua oportunidade. Compro-lhe uma pequena casa de comércio no Centro, devo ajudar os meus patrícios e correligionários, não é? E sumam, os dois, entendeu-me bem? Sumam os dois! E parece que você é amigo do guri que matou o oleiro da Trindade no salão do Ahmed, é verdade? E que o oleiro já tinha sido namorado da Lúcia?

— Disso eu não sei de nada, e eu conheço pouco ele, nunca fui seu amigo. E o seu Ézio nisso tudo, senador?

— Ele concordará, sempre me disse que a filha mais velha era uma moça difícil. Nesse particular, até entendo que você se irritou com alguma coisa que ela lhe tenha feito.

— Quando o senhor me dá o dinheiro, senador?

— Que dinheiro?

— O dinheiro pra compra da lojinha em São José.

— Ah, amanhã passe no meu escritório, no Centro, na rua Conselheiro Mafra.

— E a Lúcia, senador?

— A Lúcia? Essa menina precisa de ajuda, Aveleza, é mitômana, quer que sonho vire realidade, quer voar alto demais. Mas no fundo é boa menina. Tome conta dela, mas, principalmente, avise-a de que não a quero ver e, no caso de ela insistir, ver-me-ei também na obrigação cívica de apelar às forças da ordem, se o assédio — que perdôo em função da sua pouca idade e muitas ambições — a um ex-senador da República continuar. E avise-a de que já dei parte à autoridade máxima do estado de Santa Catarina e ao comandante da Companhia do Exército. Há até quem diga, mas também acho que são exageros, que a moça estaria a serviço de alguém tentando desestabilizar o governo Vargas através de um dos seus colaboradores mais fiéis, e que até se relacionaria estranhamente com o doutor Crodoaldo, que vem periodicamente do Centro a essas paragens. Comentam até que os dois são amantes.

— Isso eu nunca ouvi, senador, deve ser loucura. Eu sabia porque me disseram que ela teve um caso uma vez, faz tempo, com um sujeito lá de Canasvieiras. Mas não sabia, doutor Nazareno, que ela era tão vadia assim, a rampeira, mas deve ser loucura.

— Não diga isso, loucura, rapaz, e não pronuncie palavras de baixo calão, você atenta contra a lei. O que lhe passo são informações sigilosas que, em reconhecimento ao meu querido povo nego-forrense, não pretendo que se leve adiante.

79

NA VILLA FAIAL O BOATO NUNCA CHEGOU. AVELEZA DESAPARECEU COM Lúcia. Para alguns ela passou uns tempos escondida na casa de um pescador em Canasvieiras, seu ex-amante (essa passagem por Canasvieiras foi confirmada mais tarde por várias pessoas). Depois disseram que estavam em São José e que Lúcia fugiu, ainda grávida, para Curitiba, com um paraguaio. Alguém teria visto ela lá para os lados de Pirajubaé, outro para as bandas de Itacorubi, outro ainda disse que ela estava trabalhando num lupanar lá para Itaguaçu. Em Praia do Nego Forro ela nunca mais apareceu. Aveleza, para alguns, tinha ido se juntar à parte da família da mãe que vivia no Ribeirão da Ilha.

Para seu Ézio foi um alívio.

— O senhor não sabe, senador, como essa guria me dava problema. Tinha o diabo no corpo. Eu e a minha santa mulher já tínhamos feito de tudo, de tudo mesmo, e nada surtia efeito. Ela não podia ver homem. Eu já tinha dito pra mulher: ela nasceu numa primeira segunda-feira de abril, Sodoma pegou fogo, só podia dar nisso.

— Coitada da pobrezinha, Ézio, como se chamava mesmo?

— Lúcia, seu Nazareno, Lúcia.

— Então foi bom pra todos nós.

— Foi, senador, foi, mas um dia espero que ela volte curada e nós a receberemos de braços abertos. E dizem, doutor Nazareno, que o safado do Aveleza roubou dinheiro na salga de Santo Antônio de Lisboa, e que levou até peças da caminhonete Dodge que ele gostava tanto de pronunciar

Dodge Towner Country. Queria falar inglês. Levou um carburador e outras peças menores do próprio veículo que dirigia, agora o senhor vê!

— É, seu Ézio, o lado podre das pessoas tá sempre presente quando a oportunidade aparece. Infelizmente vou ter que antecipar a minha volta ao Distrito Federal, as coisas não andam boas, vai estourar a guerra com o Eixo logo, logo. O presidente da República viria passar uns dias aqui conosco, mas nem vai poder. Temos que ficar de prontidão no Distrito Federal.

O senador tirou de uma pasta o *Diário de Notícias* de quinta-feira, 19 de fevereiro de 1942, como especificou, trazido do Rio de avião, e leu para um Ézio assustado: "O ataque ao vapor brasileiro 'Buarque', verificado aos 0,45 minutos do dia 16 do corrente, conforme o comunicado do Departamento da Marinha dos Estados Unidos, constitui a primeira afronta do 'Eixo' ao hemisfério ocidental, desde o rompimento de relações dos países americanos com as potências totalitárias".

— Como vê, Ézio, vai começar a guerra. Eu estava organizando um jogo no Pasto do Bode entre o Avaí e o Figueirense para o Presidente Getúlio Vargas, mas tive que cancelar.

80

"O GUARDA DA PAISSANDU COM PRAIA DO FLAMENGO ESTÁ NO MESMO Lugar de sempre", pensou Eve, sentada no primeiro banco do bonde Praça da República–Urca. "Mas pode ser outro.

— Ninguém passa. Aqui ninguém passa, só quando eu mandar. Rico, pobre, branco, preto, índio, patrão, empregado, tudo igual, como pede o doutor Getúlio. Se alguém furar o bloqueio mando bala.

É isso que ele deve estar pensando. A pupila dilatada, parece o lobisomem Tião."

Um adolescente, ao atravessar a rua portando nas costas um cartaz colorido anunciando um baile na rua do Passeio, interrompeu os circunlóquios silenciosos da passageira do banco da frente. Logo ela voltou às digressões.

"Os lábios também são grossos, como os do vigia de peixes de Praia do Nego Forro. Talvez se Lino Voador estivesse aqui no bonde comigo, a meu lado, e não lá em cima no apartamento, o olhar do guarda se fincaria naquele estranho passageiro e transformaria seus braços impeditivos em gestos largos de reverência, cantando os versos:

> Passa, bravo china moreno trigado
> Marinheiro havido em matiz africano
> Índio aforrado de seu chão contestado
> Pescador trazido em fado açoriano.

Passa, a nação te aguardava, esse chão agora é teu.

Passa, meu bravo china moreno trigado
Abaçanado de raça e peixe pescado
Pardo flechado em seus mares vis adentrado
De mouras batalhas da nação desejado.

Passa, o meu povo te espera.

Talvez o guarda viesse até beijar os pés do novo Descoberto. E só mesuras para o herói que chegava ao Distrito Federal!"

A virada teatral do policial da rua Paissandu inverteu o trânsito. O bonde, com pequenos solavancos, ganhou velocidade e, poucos minutos depois, Eve desceu. Voltava para casa. Ela olhou para a varanda e as janelas do majestoso edifício. Marcelino estava lá, no sexto andar, cuidando dos pássaros. O tope das palmeiras da Paissandu farfalhava.

81

SEGUNDO OS SERVIÇAIS DO APARTAMENTO, O PESCADOR DE PRAIA DO Nego Forro tinha ficado impressionado e maravilhado com o tamanho — setecentos metros quadrados, detalhou o motorista — e o luxo do apartamento; com a quantidade de livros em uma das salas — pareciam debruados de ouro, como a pombinha do Divino; com os elevadores; com as dimensões gigantescas da cozinha. Ficara horas e horas admirando os móveis, as cortinas, os tapetes e as camas. Assombrou-o o tamanho da área de serviço onde ficava a maioria dos pássaros. Marcelino quedou-se pasmo diante dos aparelhos elétricos, particularmente da lavadeira elétrica Maytag, da geladeira Norge com degelador automático, como lhe explicaram, e da Electrola Automática 1069, quase lambida pelo senador (segundo o motorista da casa) enquanto ouvia ópera no volume máximo do aparelho.

Ainda segundo os empregados da casa, Marcelino gostava de decorar a marca dos objetos industrializados. Autorizado pela cozinheira, abria e fechava, por nada, o refrigerador GE De Luxe que ficava na área de serviço, ligava e desligava a máquina de costura Singer elétrica, sentava-se fascinado atrás da datilógrafa do senador que batia frenética numa Underwood. Encantava-o, ainda, a decoração dos quartos e o banheiro com ladrilhos pretos e com a enorme banheira verde. Ficou amigo, quase irmão (como dizia a lavadeira), do grande rádio RCA Victor da copa sempre ligado, as mesmas vozes, histórias e músicas ouvidas no armazém do seu Ézio.

A cozinheira, dona Isaura, era uma senhora viúva de um pescador da lagoa da Conceição, em Florianópolis. Dona Isaura era de Enseada de Brito, no continente, onde viveu até se casar com Mestre Antenor. Como

Bertilha, e negra como ela, sabia preparar bolinhos de fubá de milho. E, tal Bertilha, pronunciava fuba, que as crianças corrigiam.

— Não é fuba, dona Isaura, é fubá.

Mais do que a pronúncia, as crianças se deliciavam mesmo era com os bolinhos fritos. Dona Isaura também fazia pão de inhame com melado de cana e farinha de milho. Só não ficava melhor, segundo explicava, porque não podia assar a massa no forno a lenha enrolada em folha de bananeira. Dona Isaura esmerava-se, por solicitação dos patrões, na culinária catarinense.

— O senador é lambareiro como o quê!, divertia-se ela.

Na parte da casa que a cozinheira, seguindo instruções, denominava jardim de inverno, e que se abria para a sala, reinavam as aves mais caras ao senador, pelas informações do antigo tratador: gaiolas com pássaros de todo tipo, entre eles um curió, uma sabiá-laranjeira e um cardeal. Zequinha, Maroca e Chico com sotaque carioca. Ainda segundo o tratador de pássaros de férias, o senador provocava o canto dos seus pássaros com o som de ópera saindo aos berros do gramofone, que Sibila chamava electrola.

Na entrada do corredor para os quartos, numa gaiola dourada de ferro trabalhado dominando os salões sobre um pedestal de mármore, exibia-se a única ave que merecia a atenção de Sibila: uma coruja arregalada trazida ainda filhote da fazenda que os Di Montibellos possuíam na região de Vassouras, no interior fluminense. Com o pequinês Hermes e o dálmata Perseu formava o trio de estimação da filha do doutor Nazareno.

82

A GOVERNANTA ENTROU PELA PORTA DOS FUNDOS. ENCONTROU Marcelino na copa, os outros criados estavam ocupados na área de serviço.

— Hoje pensei muito em você, Marcelino, disse ela, em voz baixa.

— É, mas acho você diferente desde que cheguei aqui.

— Não, meu amor, não diz coisa sem sentido, é que no Rio de Janeiro não é como em Praia do Nego Forro, a gente aqui está menos disponível, não são férias, entende?

— Tá, Eve, tá, entendo.

— Como está a passarinhada?

— Bem, me faz lembrar dos meus e da minha enseada lá de Praia do Nego Forro.

Os dois conversaram furtivamente sobre planos, projetos salvadores, o papel de Marcelino.

— Não esquece que você vai ser um grande homem, Lino.

— Eu sei, você já me disse mil vezes, só não entendi ainda como.

— Espera então e você vai ver.

Nessa noite, a segunda madrugada desde sua chegada ao Distrito Federal, Marcelino saiu de seu quarto, que dava para a área de serviço do prédio, por volta de uma hora da madrugada, e foi em silêncio, como combinado, até o quarto da governanta, no corredor perto da cozinha.

Abriu a porta com o polegar, o estalido da maçaneta o fez parar um segundo. Eve não disse palavra. O pescador entrou no quarto escuro, fechou a porta atrás de si e deitou sobre a mulher. Ela abriu os braços mecanicamente enquanto Marcelino ia ávido procurando vazios e ocos do corpo da amante, logo preenchidos por carnes duras e irrequietas deixando em pouco tempo estrias amareladas e gomosas que se iam enleando pelas coxas de Eve e maculando os lençóis impecavelmente brancos. Em certa hora pareceu estar sendo observado por Martinha, que chorava e ria ao mesmo tempo. Chegou a virar-se e a olhar para a porta fechada para constatar o óbvio. A ilha de Santa Catarina estava longe!

Marcelino, após longo repouso, sussurrou:

— Eve, Eve, sem obter resposta da amante.

Ele repetiu as palavras num tom mais alto.

— Eve, Eve!

A governanta deu um suspiro, disse algo em tom interrogativo, e voltou a dormir.

— Eve, acorda, você nem sentiu nada, dormiu o tempo todo.

Marcelino sacudiu-a fortemente.

— Fala baixo, Marcelino, que é isso? Você vai acabar acordando a Sibila.

— Mas você disse que a família nunca vem para essas bandas do apartamento, e não falou nada enquanto eu estava, agorinha mesmo, em cima do teu corpo.

— Mas eu ouvi tudo, é que fiquei com todo prazer só pra mim, foi muito bom, já te disse que você é o meu homem.

Marcelino, da mesma maneira silenciosa que entrou, voltou ensimesmado ao seu quarto. Eve parecia evitar o braço mutilado. E ela nem o ouviu levantar-se. O que que estava fazendo nessa casa estranha? A cozinheira tinha se queixado naquela tarde da frieza da família Di Montibello e do isolamento. E chorado lembrando da lagoa da Conceição, da pratada de camarões, da festa da tainha, da procissão do Divino, da caldeirada de frutos do mar nos domingos e dos passeios de baleeira.

— O meu marido me levava na Semana Santa para ver todas as praias da parte de lá da ilha, do que os pescadores costumam chamar de Santinho lá em cima, até Naufragados, lá embaixo. Uma irmã dele morava naquela parte, na Praia de Baixo, que ele resolveu chamar de Joaquina, o nome da irmã, a gente sempre ia lá. Depois que ele morreu no mar tudo isso acabou para mim. Muitos pescadores não gostavam de nós porque a gente é de cor negra, mas respeitavam ele porque o nego Antenor era mestre na pesca. Ah, isso lá era! Às vezes me dá vontade de fugir e voltar pra lagoa da Conceição ou pra Enseada de Brito, onde nasci e me criei, e nunca mais sair de lá. E tenho uma prima que mora na Freguesia de Nossa Senhora da Lapa do Ribeirão, ela ajuda a organizar a festa do Divino para a igreja, posso viver lá com ela também. Sei raspar mandioca, fazer beiju, plantar alho, verdura, milho, aipim, batata, bergamota, criar porco, pescar camarão, pegar marisco, posso viver sozinha da minha faina. Já fiquei olhando as estrelas uma noite inteira com o meu marido na praia dos Sonhos lá na Palhoça, outras vezes dormimos escondidos dentro das ruínas da fortaleza de Nossa Senhora da Conceição de Araçatuba.

A ansiedade de dona Isaura aumentava o desassossego de Marcelino. (Ela teve direito a todas as explicações sobre a amputação da mão esquerda do seu novo colega de trabalho.) Recordações ele também as tinha, e muitas. Desejos também. Dos seus pássaros, dos amigos, da sua ilha, das baleias de Anhatomirim. Imagens, cores e perfumes adejavam sobre lembranças pertinazes. No seu quarto, olhou o braço esquerdo, pareceu poder abrir e fechar a mão ausente. Reminiscências doloridas. A sensação deu-lhe arrepios, emoções logo contestadas pelo real. Não conseguiu segurar o choro, baixinho.

83

ELE IA A PÉ PELA PRAIA DO FLAMENGO, ELA PELAS RUAS DE DENTRO. Os ministros visados estariam à beira do pequeno lago com uma ponte de cimento, nos jardins do Palácio do Catete, sob jaqueiras, jambeiros, palmeiras imperiais e mangueiras. Os dois sempre flanavam por ali antes da reunião ministerial que começava pontualmente às dez horas da manhã.

Chegavam por volta de oito e meia nessas quartas-feiras. Os dois ministros vinham mais cedo, como vários outros, para vencer a burocracia palaciana. Resolviam assuntos pendentes nas repartições do palácio, solicitação de ex-deputado não atendida, falta de policiamento especial na casa de campo de cada um em Petrópolis ou Teresópolis, irritante demora na incorporação de cargos e funções ao salário de ministro garantido pela Lei número trezentos e vinte e oito de janeiro de mil novecentos e quarenta.

— Já faz dois anos, assim não dá! Acho, Claudionor, que você, como assessor do presidente, podia dar uma olhada nisso pra mim.

— Vou falar hoje mesmo com o presidente, senhor ministro, deve ter sido erro de datilografia, o presidente Getúlio Vargas já está a par.

— Então está bem, Claudionor, se ele já sabe, está bem. E, a propósito, por que os funcionários federais do meu estado estão ganhando menos que os outros?

— Vai ser resolvido, senhor ministro, vai ser resolvido logo, erraram nos descontos, o presidente também já soube, inclusive ficou furioso.

— Então tá bem, Claudionor, e como vai o teu Vasco?

— Bem, senhor ministro, bem, está com um saldo de gols muito bom.

Os diálogos com os funcionários do Catete, um Claudionor ou outro qualquer, eram dessa ordem.

Os dois ministros se encontravam a sós, perto do lago, por volta de nove e meia. Fumavam charuto. Com certeza falavam sobre planos diabólicos, sindicatos, aumento do salário mínimo, mas principalmente a guerra, a relação do Rio de Janeiro com Berlim e Roma, antigos amigos transformados em inimigos, culpa de quem?

— O presidente nos apóia, navios civis são torpedeados de propósito pelos americanos, e botam a culpa nos alemães. Alguns navios já foram afundados por conta dessa estratégia. Getúlio se viu obrigado a romper relações diplomáticas com a Alemanha.

Um garçom já ouvira esse tipo de avaliação feita pelos dois ministros.

Os dois titulares de importantes pastas ministeriais demoravam-se ali na conversa conspiratória até cinco para as dez, religiosamente. Além do chefe do cerimonial do palácio que, volta e meia, lá estava com os ministros habitués da beira do laguinho, ia o empregado com a bandeja de café, suco de caju, laranja e água gelada.

Nessa quarta-feira o garçom uniformizado ia ser Marcelino, ele disfarçaria a ausência da mão esquerda sob a imensa bandeja de prata. O garçom efetivo estava de folga. Eve já tinha resolvido tudo. O senador Nazareno era íntimo de Getúlio, a governanta de seus filhos sempre bem recebida. Doutor Filinto respeitava-a muito. Gregório, o homem forte da segurança presidencial (comentava-se que logo logo ia comandar a guarda de Getúlio), dirigia-lhe sempre palavras afetuosas. Na hora em que os dois ministros se servissem, ele sacaria o revólver e descarregaria o tambor. Era para o bem de todos, melhor para o Brasil. Na cabeça, no peito, no pescoço. Três tiros em cada um.

Mas como entrar com a arma? Como sair depois dos disparos? Tinha-se que confiar na desorganização dos serviços do palácio. Confusão na cozinha, nas repartições. Os sindicatos indicavam gente, parlamentares empregavam filhos de domésticos da própria casa, industriais influentes arrumavam cargo para filhos de parentes, governadores aproveitavam filhos de amantes.

— Ah, meu bem, você governador e tudo, que indica até ministro, não arruma emprego pro meu Nandinho?

Era o tipo de pedido que se ouvia muito no serviço público, como nas Secretarias de Florianópolis.

Nessa atrapalhação ia entrar um garçom cujo padrinho ninguém conhecia bem. Para cada pergunta, um padrinho diferente.

Para uns seria um deputado de Minas Gerais. Para outros a filha do próprio Getúlio é quem teria indicado. Alguém disse que o novo empregado vinha chancelado pelo ministro da Justiça. A copeira ouviu falar que era recomendação do embaixador do Brasil nos Estados Unidos. Feitos os disparos, bastava Marcelino começar a correr gritando que um negro acabara de atirar nos ministros, na frente dele, e saíra em disparada em direção à praia do Flamengo. O revólver ainda estava ali no chão.

Batidas fortes na porta e a voz de Sibila acordaram a governanta e a arrancaram do pesadelo, da correria e de Marcelino esvaziando o trinta e dois na cabeça dos ministros que conversavam à beira do laguinho.

84

— Eve, já passam de oito horas, a professora particular de matemática deve estar chegando.

— Já vou, já vou, Sibila, é que tive muita dor de cabeça essa noite.

A jovem deu informações sobre um telefonema do embaixador de Portugal na véspera. O embaixador Júlio Dantas falara com ela ao telefone e solicitara que algumas avaliações fossem, se possível, passadas imediatamente ao seu pai. Os ventos da guerra estavam mudando e o Brasil não deveria se precipitar nas ações de política exterior. Segundo Sibila, "a prosápia lusitana do embaixador Júlio Dantas estava particularmente exacerbada naquele telefonema".

Nesse dia a governanta pôs em ordem a correspondência do senador durante toda a manhã.

Eram cerca de cinco e meia da tarde quando Eve disse que precisava dar um pulinho na rua. Em pouco tempo estaria de volta. Ela saiu apressadamente da Paissandu em direção ao Largo do Machado.

— Às dezenove horas em ponto estou de volta, tinha gritado da porta do apartamento.

Um homem magro, com uma pequena pasta marrom na mão, entrou pela porta lateral da igreja da Glória no mesmo instante em que Eve entrava pela porta principal. Ambos carregavam pastas idênticas, com o mesmo formato e cor. A troca de pastas se deu em um segundo. Eve, após benzer-se diante do altar, dirigiu-se para a saída, desceu os nove degraus, atravessou a rua em frente à igreja, andou alguns passos sobre as pedras portuguesas da praça e sentou-se à volta do chafariz. Ela estava protegida por dezenas de palmeiras imperiais que se erguiam, soberbas, nos contornos do largo. Após um longo bocejo e um cuidadoso ajeitar de cabelos, retirou calmamente algumas folhas do couro marrom e leu-as com atenção.

Crianças pareciam fugir de uma escola em frente, bondes ruidosos passavam regularmente, vendedores de bilhetes de loteria anunciavam o número da sorte, senhores fumando cachimbo, outros, charutos, dirigiam-se de braços dados com senhoras de vestido comprido e salto alto aos cafés e confeitarias das ruas.

Após a leitura, Eve colocou os papéis de volta na pasta. Olhou para a copa das palmeiras debruadas sobre o céu pardacento, refletiu alguns minutos, e abriu o porta-documentos novamente. Sem reler as folhas, rasgou-as dentro mesmo da pasta com as duas mãos, lentamente, em partes, lauda por lauda, com os olhos na agitação do largo naquele fim de tarde. Sobrou na memória a frase escrita no cabeçalho do documento rasgado — "dois anos de preparação do nosso ato cívico salvador do país estão chegando ao final, é com subida honra que sentimos a redenção se aproximar!"

O sol já se punha atrás do morro de Santa Teresa quando Eve se levantou do banco de madeira pintado de verde e enfurnou-se pela rua Machado de Assis, na outra extremidade do largo. Num depósito de lixo, alvo de críticas dos moradores da região, abriu a pasta e deixou os pedaços de papel se juntarem a restos de legumes e frutas apodrecidas, jornais amarelados e material de alvenaria do sobrado em demolição ao lado.

A governanta caminhou até a praia do Flamengo, virou à direita, andou duas ou três quadras e dobrou a rua Paissandu. O relógio de parede da sala do apartamento do senador Nazareno devia estar na sétima batida quando Eve abriu a porta dos fundos.

85

SÓ NO TERCEIRO DIA MARCELINO SAIU DO APARTAMENTO DA RUA Paissandu. Acompanhou a governanta, que exercia também o cargo de administradora da casa, até o Largo do Machado. Tomaram sorvete. Marcelino se impressionou com a quantidade de pombos na praça e não tirou os olhos de uma senhora vestida de preto que alimentava as aves espalhando milho em diferentes cantos da calçada. Um grande número de carros atravancava as ruas, muitos buzinavam. Uma camionete Ford foi arranhada por um bonde. Houve discussões, passageiros pediam pressa ao motorneiro, alguns vaiavam o motorista do automóvel que, pela pose, não pensava arredar pé dali tão cedo.

Marcelino ajudava Eve a carregar pacotes e caminhava sempre alguns passos atrás da determinada aia dos filhos do senador Nazareno. Foram até a cristaleria São Paulo, na rua do Catete, onde ela comprou um copo de uísque de cristal da Bavária, como solicitou ao vendedor, para substituir o que a cozinheira deixara cair na véspera no chão da cozinha. Do mobiliário da casa, os copos eram o xodó do senador.

Na saída Marcelino apontou para os pássaros ameaçadores que imperavam no alto da grande casa rosada, a não mais de cem metros da loja.

— Eram esses os pássaros de que te falava lá em Praia do Nego Forro.

— Acho que são gaviões.

— É, provavelmente, Marcelino, ou águias, ali é o palácio do presidente Getúlio Vargas.

Lino fixou o olhar por algum tempo, Eve continuava a sua marcha de volta para a rua Paissandu. Marcelino, carregando os pacotes com a mão direita, as bolsas com alça pendendo do braço esquerdo, o punho da camisa alfinetado, apressou-se.

No dia seguinte à tardinha o pescador de Praia do Nego Forro desceu do apartamento. Andou sozinho pelas ruas Marquês de Abrantes, Senador Vergueiro e praia do Flamengo. O ruído do motor dos carros e das rodas dos bondes nos trilhos enredavam-lhe as lembranças. Foi até a praia e tocou as águas da baía da Guanabara. A maresia trouxe-lhe a enseada de sua infância. O Pão de Açúcar à direita dizia-lhe com todas as formas, emoldurado pelo rumor que vinha das ruas, que aquele lugar não era a enseada onde vivera e fora feliz com a vó Chiquinha.

Marcelino reparou na frente de um prédio um grande vaso com plantas de polpudas folhas verdes. Reviu as folhas do mandiocal balançando, mar ondulado verde-escuro de ondas faceiras atrás da sua casa, na ilha de Santa Catarina. Lembrou das ramas desfolhadas no inverno, do barulhinho das dezenas de pequenas raízes se rompendo ao puxar de mãos firmes. Ele ainda ia conseguir colher as raízes só com a mão direita? A terra pouco a pouco cedendo, crateras se abrindo e exibindo ramas altaneiras e sobranceiras, alimento para meses, agarradas ainda ao chão e, afinal, jorrando barrentas, cansadas e rendidas. Ele teria forças suficientes para essa tarefa com uma só mão? A dúvida o assolava e o angustiava com freqüência.

Nas calçadas da rua Paissandu não ia vingar roça nenhuma. Lá atrás, que o porteiro do prédio dizia se chamar morro Azul, talvez desse para plantar aipim, mas a saudade era mesmo da Praia do Nego Forro, da Divino Espírito Santo, dos seus pássaros, da Martinha, do Tião, do Maneco, da estradinha até Santo Antônio de Lisboa. Nos seus sonhos, à noite, apareciam-lhe com freqüência Martinha e Edinho. Ele sorria, ao longe, no meio da enseada. Ela acariciava-lhe o rosto e sussurrava juras de amor. Os dois afastavam o ser aterrador que, ainda assim, teimava em vir povoar com sensações ruins o seu sono agitado. Vó Chiquinha vinha sempre, compreensiva, terna e afetuosa.

Com o olhar engolfado na baía da Guanabara, Marcelino procurou a Divino Espírito Santo, a Açoriana Gloriosa, a Franciscana da Ilha Terceira, a Nossa Senhora dos Navegantes, a Nosso Senhor dos Passos e todas as embarcações de Praia do Nego Forro e de Santo Antônio de Lisboa, as velas desfraldadas, desfilando como boi-de-mamão flutuante em homenagem ao nego-forrense salvador do Brasil, a Eve não tinha dito? A passagem do bonde Praça Tiradentes–Humaitá às suas costas atroou o calçamento da rua e retirou-o da ilusão.

Algumas traineiras cortavam as águas apáticas da baía nesse final de tarde. Mas soprava uma brisa próspera, boa para navegação. Gaivotas circunvoavam os barcos. As sardinhas, apesar da hora, estavam logo ali, o pescador negro-forrense sabia-o muito bem. Pareceu-lhe ver no meio da enseada de Botafogo uma baleia e seu filhote brincando como naquele domingo na praia de Moçambique, na ilha de Santa Catarina. Um afiador de facas numa esquina aplicava-se no rebolo mecânico com vigorosas pedaladas, extraindo do engenho longas e sofridas lamúrias que lembravam o chiado do carro de boi do seu Manuel. Pensou com fé nas santas da Matriz de Nossa Senhora do Desterro e da igrejinha de Nossa Senhora das Necessidades e no Espírito Santo de Nego Forro. Que eles o abençoassem. Atardou-se, ainda, nas imagens que mobiliavam as prateleiras do seu lar. Marcelino persignou-se.

Na esquina da rua Paissandu um guarda abusava do apito, os braços estendidos, qual Jesus negro na cruz, ora de um lado, ora de outro.

86

MARCELINO AINDA CIRCULOU MEIO AÉREO ALGUM TEMPO PELAS quadras das redondezas. Os sapatos novos apertavam. Usava o uniforme de serviço reservado à criadagem da família do doutor Nazareno: conjunto de camisa e calça cinza de algodão, com as letras N.M. costuradas no bolso da camisa. Parou numa peixaria, dirigiram-lhe a palavra:
— Aproveita que se tiver guerra nem os pombos do largo do Machado vão sobreviver, vai tudo pra panela. N.M. é teu nome, ô xará?
— Como?
— O bordado N.M.
— Ah, não, é Nazareno di Montibello, meu nome é Marcelino Alves Nanmbrá dos Santos, sou lá de Santa Catarina, as roupas pertencem à dona Emma, a esposa do senador.
— Você trabalha então com o senador? Bom homem, o prédio todo é dele, por isso o edifício se chama Di Montibello. É muito rico, deve ganhar o equivalente a um bilhete de loteria de cinco mil contos todos os dias.
O vendedor falava rindo e enrolando uma garoupa em folhas de jornal.
— Às vezes o senador passa por aqui falando sozinho.
— É, o meu patrão é um homem bom.
O vendedor não relevou a observação.
Marcelino, para mobiliar o silêncio súbito, alisou tainhas, linguados, cavalas e anchovas expostas sobre pranchas.
— Não pode mexer assim não, meu nego, senão os fregueses não compram, observou o peixeiro, com um largo sorriso.
— Tava só olhando, desculpa, disse Marcelino, incomodado, escondendo o braço esquerdo atrás do corpo.

O pescador de Praia do Nego Forro limpou a mão gosmenta na calça, retornou pela alameda de palmeiras imperiais até o edifício Di Montibello passando diante da embaixada da Alemanha, e recolheu-se ao quarto. Pensou no porteiro, seu João, lembrava um pouco o Tião. Conversaria com ele. Voltou para o elevador de serviço e, já na calçada, diante da portaria do prédio — o porteiro estava refestelado na cadeira —, pôs-se a falar.

— Sabe, seu João, eu tenho um amigo que é dançador de Cacumbi na praia da Daniela, é um dos reis. É uma dança em homenagem a São Benedito e a Nossa Senhora do Rosário.

— Catumbi é ali do outro lado do morro de Santa Teresa.

— Não Catumbi, Cacumbi: "Olha aqui a Maria / do Congo oruá / a canoa virou / lá no meio do mar", o senhor conhece? É assim que o meu amigo Tião canta.

— Não, não conheço não, Marcelino, moro lá no morro, perto de São Cristóvão, nunca vi isso não.

Conversaram longamente. Seu João ia sair numa escola de samba na avenida Rio Branco. Já estava se preparando, saía sempre de rei negro, só mudava o traje a cada ano. Era também sambista, tocador de cavaquinho.

— "Emília" é o samba que meus amigos preferem neste carnaval, mas pra mim é "Patrão, o trem atrasou", a gente gosta mais daquele que ficou conhecido desde o ano passado, disse o porteiro, com ar arrogante. O samba que ganhar vai ser homenageado aqui pertinho, no campo do Fluminense, parece que "Amélia" e "Praça Onze" são os favoritos. É pena que lá na tua terra você não deve ter conhecido a briga entre o Wilson Batista e o Noel. "Lenço no pescoço" e "Mocinho da Vila" dão valor à nossa gente, a resposta de Noel Rosa com o "Feitiço da Vila" acaba dando força à polícia, mas ontem mesmo depois do trabalho toquei com o meu pessoal a música do Noel. Que ela é das boas é!, continuou o porteiro. Mas o Getúlio, pelo que me dizem, não gosta muito da malandragem do Rio, acha que é coisa de bandido.

Fora do trabalho e do carnaval seu João era flamenguista doente.

— Aqui no prédio é tudo Fluminense, pó-de-arroz. O clube é aqui pertinho, lá negro não entra, eu e você estamos fora. Mas a gente, quando pode, enche eles de bola na rede, daí fica todo mundo quietinho no edifício Di Montibello.

Seu João ficou ainda de levar Marcelino no domingo à missa da igreja da Glória do Largo do Machado.

— Tem outra igrejinha mais pra lá com um nome parecido, Nossa Senhora da Glória do Outeiro, te levo lá também.

Ficou ainda de percorrer com Marcelino a Quinta da Boa Vista e, já que o novo empregado do apartamento do sexto andar tinha sido pescador, iriam esperar, de manhã, quando desse, a volta do mar dos pescadores de Copacabana.

— Ali você vai ver o que é peixe chegando, meu amigo Marcelino, você vai ver o que é o Rio de Janeiro. Mas tem carne de boi à vontade também no Rio, aqui tem de tudo.

Marcelino, a uma observação de seu João sobre um churrasco para cem pessoas que ia ser feito no domingo por um político com uma rês da manada que pastava no morro perto de São Cristóvão, falou da farra do boi. Lá para os lados de Ponta Grossa e de Canasvieiras acontecia uma vez por ano uma brincadeira com bois freqüentada pelos moradores de Santo Antônio de Lisboa e de Praia do Nego Forro. Marcelino às vezes se compadecia do bicho, o que incomodava os participantes.

— Numa das festas um boi apavorado acabou se jogando nas ondas e nadou para dentro do mar até se afogar. Foi ruim ver aquilo, seu João.

Marcelino não contou que tinha chorado naquela ocasião, devia ter por volta de treze anos. E aquela vez, na verdade, a farra tinha sido em São José, no continente, uma das mais concorridas da região. Uma moça apertou-lhe a mão com força e acariciou-lhe o braço. A imagem do animal convulso e aterrorizado nadando para o largo ficou grudada nos seus olhos por um bom tempo.

— Mas foi a única vez que o boi fez isso. Quase sempre só ameaça com os chifres e dá umas corridas curtas, o pessoal ri e grita por nada, só de farra.

Seu João ouviu compenetrado os detalhes da tourada de mentira. Nunca tinha ouvido falar naquilo.

Enquanto a conversa corria solta entre seu João do morro de São Cristóvão e Marcelino Nanmbrá de Praia do Nego Forro, Eve saía às pressas de uma rua do centro do Rio de Janeiro, onde obtivera dados sobre o andamento do plano já há muito tempo cavilosamente preparado. Plano que resultaria na eliminação de um oficial de alta patente do que chamavam exército invasor.

87

— Tenho que tomar Hydrolitol para ver se melhoro da dor de cabeça, a cerveja de ontem e o conhaque me derrubaram, não vou beber nada.

A frase foi dita pelo homem pálido, de barba rala, que consultava uma pasta preta. Outros dois pediram cerveja. O mais alto, de cabelo gomalinado, uma taça de vinho tinto. Todos fumavam muito. O cliente de barba rala tentava calçar com um papelão o pé meio bambo da mesa.

— Balançando como esse governo, brincou.

A grande mesa de tampo de mármore branco rabiscado a lápis ficava na sala privé nos fundos do café Indígena, onde havia um rádio Blaupunkt 5W 78 sempre sintonizado na Rádio Nacional e uma máquina de escrever Corona. Entre notícias e reclames, ouvia-se Villa-Lobos. O garçom entrou repentinamente na sala enfumaçada, serviu as bebidas solicitadas e se retirou.

A conversa retomou no mesmo tom, pontuada de prenomes manejados com desenvoltura e intimidade — "doutor Plínio me pediu, doutor Barroso marcou comigo, Filinto me disse".

— Getúlio abriu uma brecha. Nos deixa ocupar outra pasta e duas secretarias menores, mas os nomes indicados têm que ter menos visibilidade e notoriedade, senão os comunistas camuflados em volta dele vão criar problemas. O ex-embaixador Karl Ritter está dando apoio pra gente no que pode pelo mundo afora. O Kurt Prüfer também, diz que depois da embaixada no Rio de Janeiro fica difícil aceitar outro posto, querem que assuma a embaixada da Alemanha em Buenos Aires. Plínio Salgado mantém contato com ele de Lisboa.

Era o de barba rala que falava. Várias frases se entrecruzavam. Às vezes não dava para entender nada. O tom de voz, no entanto, era, em geral, baixo. De repente, entrava no meio o tema futebol e corridas de cavalo.

O de cabelo lambido, com terno cinza com finas listras brancas, a gravata bordô cuidadosamente concertada, um lenço branco despontando na lapela, cortou asperamente as frases soltas da conversa desarticulada.

— Chega de ilações e impressões, temos que trabalhar de maneira organizada. O ex-adido cultural Hans Henning von Cossel está ajudando muito, e o Getúlio, todos conhecem, manda cumprimentos ao Führer, apesar das relações cortadas, e negocia com os Estados Unidos ou vice-versa. O importante é a gente se organizar, a começar pelo nosso encontro aqui hoje.

O de cabelo gomalinado tinha ar sério, exigia ordem na reunião. Os quatro permaneceram calados algum tempo. O largo da Lapa estava silencioso naquela hora, calma interrompida duas únicas vezes pelo bonde que entrava na avenida Mem de Sá. Subitamente se ouviu a voz do presidente no rádio em discurso inflamado. Um dos homens se levantou e aumentou o volume. A voz de Getúlio ecoou. O sotaque gaúcho recrudescido vituperava a agressão aos Estados Unidos no oceano Pacífico há menos de três meses.

— Trabalhadores do meu Brasil! A covardia ocorrida no oceano Pacífico há poucos meses tinha, necessariamente, de agrupar mais uma vez a nação brasileira. Aqui estamos, portanto, representantes soberanos da família americana de pátrias livres e amantes da paz, para reafirmar, à nação brusca e covardemente atacada, a nossa costumeira solidariedade pan-americana.

— Abaixa essa droga, ordenou o de terno cinza, dando uma tragada no cigarro.

O Passeio Público e as confeitarias em volta dos Arcos já recebiam os freqüentadores do crepúsculo quando os quatro homens começaram a se arrumar para sair do café Indígena. Logo após a alocução do presidente, ouviu-se Orlando Silva cantando "Súplica". Um dos participantes da reunião, que acompanhava Orlando Silva no assobio, aumentou o volume do Blaupunkt 5W 78.

— Amanhã nos vemos!, foi a frase pronunciada com severidade pelo cavalheiro de terno cinza com listras — às dez da manhã, quarenta e cinco minutos de reunião contados no relógio, nada mais que isso, portanto, que ninguém se atrase, ainda emendou.

88

— O ROMPIMENTO COM A ALEMANHA EM VINTE DE JANEIRO DESTE ano é coisa da Aliança Nacional Libertadora, Von Ribbentrop e Salazar não conseguiram evitar o rompimento, nós também temos indiretamente alguma culpa nisso, também fomos ineficientes.

A avaliação e o mea-culpa vinham do homem de cabelo com gomalina. O mesmo grupo do café Indígena estava reunido agora num sobrado da rua dos Andradas.

— O Filinto Müller está se enfraquecendo na chefia da polícia do Distrito Federal e o Lourival Fontes no Departamento de Imprensa e Propaganda. Para a polícia parece que vai se fortalecendo cada vez mais o coronel Etchegoyen, e para a direção do DIP falam no nome do major Coelho dos Reis. Mas mudanças, se houver, não serão pra agora. Já fomos vitoriosos há pouco tempo atrás com o plano Cohen, venceremos de novo. Um representante da raça brasileira é que deve dar o tom novo no cenário político, alguém que seja racialmente uma mistura de negro e índio, e jovem. Essa nova raça brasileira que lutou na história do Brasil contra o atraso português e contra as elites ociosas nas revoltas sociais pelo país afora. Canudos, Contestado e Quilombo dos Palmares são, em parte, bons exemplos, só foram mal liderados.

— Acabaram virando comunistas antes da hora, interveio um gordo, de terno branco, que não parava de enxugar a testa com um lenço de linho amarrotado e amarelado, o mesmo com que às vezes assoava o nariz.

O de cabelo gomalinado que se referira a Canudos, Contestado e Quilombo dos Palmares retomou a palavra.

— Esse representante da nova raça brasileira vai mostrar ao mundo que a autêntica nação brasileira é contra a intromissão dos Estados Unidos nos assuntos internos do Brasil. O novo plano foi decidido na reunião passada, como todos aqui sabem. A novidade é que disponho no momento de quatro homens capazes de eliminar os limpa-botas do Roosevelt no governo Getúlio. Infelizmente, três dos nossos agentes não conseguiram levar a cabo a tarefa, assim, temos quatro jovens, em vez de sete. Um do Nordeste, dois de Minas e um do Sul. E somos nós que, baseados nos depoimentos dos nossos agentes, vamos escolher qual deles vai realizar a tarefa. Amanhã mesmo tenho encontro com o responsável pelo jovem do Sul. O importante é que todos os quatro foram trazidos do interior do Brasil, todos com a mesma característica racial e mental, um único detalhe permanece do plano anterior: o atirador obedecerá às ordens, mas será logo após eliminado pelas nossas forças. Queima-se o arquivo e ainda se ganha um mártir.

Era sempre o de cabelo gomalinado que dava as ordens e monologava. Os demais ouviam.

— A ação cívica deve parecer um ato violento, mas sincero, contra as forças estrangeiras que estão invadindo o país. É quase certo que Getúlio vai declarar muito em breve guerra à Alemanha e à Itália. O povo, manipulado, tá indo às ruas, é inexorável a declaração de guerra. Mas é apenas uma batalha, nós venceremos no final. Caso o estado de beligerância seja anunciado, temos a informação precisa de que a Marinha brasileira vai ser comandada por um almirante americano. O oficial Jonas Ingram provavelmente vai assumir o comando, ele já esteve com os militares e vem visitar Getúlio Vargas no palácio no dia nove de março, agora. Getúlio o receberá com toda a pompa. Os americanos vão dominar também a Aeronáutica, a base de Natal será uma das mais importantes da força aérea dos Estados Unidos no mundo. A inscrição USAF já é mais usada do que a FAB, que está sendo articulada. O nosso antigo plano de eliminação de ministros brasileiros está descartado. Como sabem, será, pois, um estrangeiro branco o elemento exemplarmente eliminado por um legítimo representante da nação brasileira. O invasor americano é agora o alvo. As duas peças simbólicas estão no tabuleiro. E você, Heitor, se não parar de freqüentar o salão de sinuca do Lamas até altas horas engolindo conhaque e cerveja, está fora, só Hydrolitol não resolve.

89

Heitor, rosto ossudo e anguloso, barba rala, deu um sorriso fugitivo e empalideceu.

— A arma do nosso ato político, lembre-se, é de sua responsabilidade, rememorou o de cabelo com gomalina, apagando o toco de cigarro num cinzeiro de vidro azulado.

— Eu sei, eu sei, doutor Eduardo, revidou logo o homem de nome Heitor. — A arma chegará amanhã de manhã às mãos da agente Marta, completou.

O de cabelo gomalinado dirigiu-se aos demais e solicitou a cada um uma dezena de informações.

— Vocês têm que ser muito incompetentes se não conseguirem esses dados, já que vocês estão com funções e cargos lá dentro do Palácio do Catete e do Palácio Guanabara, postos lá pelo nosso partido.

O gordo se enxugou mais uma vez. Um outro, de olhos claros e cabelos escassos, engoliu o restinho de café que restava na sua xícara. Um com cara de boliviano e sotaque estrangeiro, truculento, com anéis nos dedos, passou os chapéus que pendiam da chapeleira.

— Amanhã mesmo estarei com a presidência do partido e relatarei a reunião de hoje, aguardem contato para próximo encontro, ordenou o de cabelo gomalinado.

Cerca de dez horas da manhã da terça-feira Eve saiu com uma pasta de pelica preta. Ia ao banco. Sibila estava com a professora particular de matemática. Eve traria doces da confeitaria Amazonas. A governanta foi direto à confeitaria da rua do Passeio, na Lapa, pediu uma dezena de pastéis de

Santa Clara e quindins. Na hora de pagar deixou a pasta sobre o balcão. Um homem atrás dela, com o rosto magro e comprido, traços angulosos e barba rala, carregava uma pasta idêntica. Ninguém se deu conta que o cavalheiro, entre sorrisos fingidos, gestos dissimulados e palavras mentirosas, a trocou com muita rapidez pela que estava no balcão. Eve saiu com o pacote de doces sobraçando a pasta com alguma dificuldade. Sentia, através da pelica preta, o aço duro e frio, o cano intimidante.

90

MARCELINO, NESSA MESMA MANHÃ em que Eve foi à confeitaria Amazonas, resolveu, por recomendação da arrumadeira, dar um passeio pela cidade.

— Vai passear um pouco, rapaz, em vez de ficar aí o tempo todo sentado comendo a batata-doce com melado da Isaura. Vai passear um pouco em Copacabana, você vai gostar, tem um bonde que passa aqui pertinho que vai pra lá, insistira a arrumadeira.

Informado de outros detalhes pelo porteiro, como o número e o trajeto da condução, entrou num bonde que fazia o percurso largo do Machado–Copacabana.

O veículo tremia, balançava, os mesmos passageiros subiam e desciam, eram todos iguais, todos vestidos com a mesma roupa, os homens de chapéu. O Pão de Açúcar e a enseada de Botafogo despontaram no lado esquerdo, os solavancos continuavam, as paradas barulhentas, a partida e as sacudidelas, e logo nova parada. O cobrador passava com notas enfiadas entre os dedos.

O bonde virou à direita no final da praia, casarões foram surgindo, um vento forte soprava da baía e do Pão de Açúcar deixados para trás.

— Olha o chapéu no banco, vai voar, alguém gritou.

O passageiro segurou com rapidez o chapéu de palhinha, agradeceu. As grandes casas se sucediam, alguns edifícios, a estátua de Jesus Cristo na ponta do morro ficou mais próxima. Marcelino fez o sinal-da-cruz, vários passageiros se viraram, curiosos, alguns riram, bocas coladas em ouvidos, segredos, comentários, crianças se beliscaram, escarneciam do caipira carola.

O vento zurzia a copa de palmeiras inquietas. O motorneiro continuava com os movimentos e os tlim-tlins de partida, de parada, de partida. Dezenas de cartazes publicitários fixados no interior do bonde, no alto — Vinho Reconstituinte Silva Araújo, Banco Lar Brasileiro, Comprimidos Vikelp, Pílulas de Foster, Casa Guiomar Calçados, Leite de Colônia, Aliste-se na Marinha, Perfumes Coty —, estremeciam nos sacolejos.

Os trilhos viravam para a esquerda. O vento zunia, o trâmuei jogava, raios acendiam e apagavam o céu gris. Trovejava. O Largo do Machado-Copacabana parecia ser empurrado para fora dos trilhos, resistia, caía para um lado, logo para o outro, agüentava firme. De repente encafuou-se num túnel, o barulho aumentou, Marcelino tinha a impressão de ouvir com toda nitidez a música tocada na victrola do senador na Villa Faial. Os ferros se estranhavam, zuniam, choravam, ganiam, faiscavam. Dez batidinhas discretas com o dedo indicador do pescador no banco de madeira e vinha um choque na emenda dos trilhos, mais dez, outro, mais dez, outro. Dentro do túnel o ritmo das dez batidas aumentava, o bólido corria cada vez mais, mais, mais. E então o mundo de novo, a chuva forte, a claridade molhada, a cortina de água, o temporal alforriado. O bonde diminuiu a velocidade. O vento cuspia água nos passageiros, as lonas que pendiam das laterais não conseguiam reter o dilúvio. O Largo do Machado–Copacabana seguia, devagar, mas seguia. Às vezes parava, como a se perguntar: continuo ou desisto?

A chuva mantinha-se forte. Numa das paradas todos os passageiros saíram. O motorneiro lançou um olhar interrogativo. Lino compreendeu. Ponto final. Ele desceu, resignado, desequilibrou-se, o cobrador notou a amputação, quis ajudá-lo. Lino dispensou o auxílio. Logo avistou o mar de Copacabana, acinzentado nessa hora.

A chuva ensopava-lhe a roupa. Andou até a calçada à beira da praia, sentou num banco, os olhos derramados entre a espuma das ondas e a linha do horizonte. Entre as muitas casas e prédios às suas costas um hotel se sobressaía. Marcelino ali se quedou, sentado, por um largo tempo. O mar de Praia do Nego Forro afogava-lhe os olhos, peixes-voadores vinham lhe dar as boas-vindas, a baleia com o seu filhote reapareceu. A borrasca limpara a barra, mas ainda chovia e a tarde era escura. Amanhã, naquele mesmo lugar, nasceria o carro de boi em chamas do cego Basílio. Marcelino olhou para a grande construção do outro lado da avenida, lembrava, só que em escala gigante, a Villa Faial. Automóveis cruzavam-se lentamente com o limpador do pára-brisas ligado, alguns tinham os faróis acesos, um ônibus buzinou com estridência assustando um casal que atravessava pachorrento a rua abrigado sob um grande guarda-chuva preto.

— É o Copacabana Palace, lhe explicou, no dia seguinte, a passadeira. — A Sibila vai muitas vezes brincar no Palacete Duvivier, ali pertinho. Ela estuda no Sion com a filha dos Duvivier. Elas estavam juntas no dia em que o Zeppelin sobrevoou o Rio, até hoje elas comentam. Elas vão sempre juntas no programa de auditório "Caixa de Perguntas", com o Almirante, na Rádio Nacional.

A passadeira era fanática por novela e, segundo ela própria, "não perdia um episódio de 'Em busca da felicidade'", transmitida pela PRE-8.

Quando Marcelino levantou do banco ainda caía fina garoa. A procela se fora. O pescador nego-forrense voltou encharcado para o Flamengo já de noite. Os faróis dos carros que vinham em frente feriam-lhe os olhos e intensavam com regularidade a fraca iluminação interior do bonde. Rostos ao seu lado ganhavam contornos angulosos com o facho de luz, narizes, queixos, testas e sobrancelhas se agigantavam monstruosos e minazes. Ouviam-se buzinas e ronco de motores. O trânsito fluía lento. Luzes de algumas casas franjavam o pé do morro do Corcovado e trouxeram-lhe o boitatá que o velho Damião tinha visto tantas vezes — com pavor — na praia da Daniela e dona Altina nas matas fechadas de Praia do Nego Forro. Marcelino, como costumava fazer, escondeu durante todo o trajeto o braço esquerdo atrás do corpo. Que ninguém tivesse pena dele. Ao entrar na portaria do prédio da Paissandu, súbita refrega levantou-se vindo de trás dos morros. Feras lufadas despentearam cabelos negros e lisos. O losango do mármore avermelhado, as esquadrias de ferro escuro, o espelho e a exuberante vidraçaria da portaria procuraram-lhe amparo.

91

— São PESSOAS QUE QUEREM O BEM DO BRASIL, LINO, VOCÊ VERÁ, ninguém se conhece pessoalmente, mas são todos de extrema confiança, disse a governanta, tranqüilizadora.

Eve e Marcelino conversavam na área de serviço do apartamento abrigados por uma parede de ladrilhos brancos enfeitados, alguns deles, com desenhos de frutas e de peixes. O chofer saíra, a cozinheira já se fora, Sibila estudava com a amiga Charlotte no edifício Biarritz, na praia do Flamengo, perto da rua Paissandu. Só um portador do Departamento de Indústrias Estratégicas tocou a campainha trazendo a correspondência com notícias e ordens do doutor Nazareno, correspondência que chegava regularmente ao apartamento. Lino perguntou pela consulta no hospital da Beneficência Portuguesa. Eve respondeu que já encarregara alguém para as providências, mas ressaltou que, de toda evidência, o braço estava perfeitamente curado, não precisava ser médico para saber.

— Como te disse, Lino, são homens que querem o bem do Brasil. Usam identidade falsa. Um, de São Paulo, tem residência e carteira de identidade de Belo Horizonte. Outro diz que freqüenta muito o café Vermelho, mas nunca foi lá. Outro ainda é acusado de freqüentar demasiadamente o bilhar do café Lamas, mas o dito agente é de Recife, e nem conhece esse café. Um não pode saber da vida do outro, é uma questão de segurança, mas todos têm amigos trabalhando no Catete e no Guanabara, e é de lá que saem as informações. O doutor Nazareno não pode saber de nada, a gente não deve incomodá-lo, e evitar ao máximo expô-lo, mas ele é a favor do Roosevelt, o presidente dos Estados Unidos.

— Ele é a favor dos Estados Unidos ou da Alemanha?

— Por que você pergunta isso, Lino?

— Porque não consigo entender, Eve, só por isso.

— A favor dos Estados Unidos, como eu já te disse.

— Mas tem gente lá em Florianópolis que diz que ele está do lado da Alemanha. Já outros me disseram que ele é a favor dos americanos. Não consigo entender.

— A resposta eu já te dei, Marcelino, me ouve. Mas um dia tem que eliminar, até fisicamente, se necessário, maus elementos. Você sabe tanto quanto eu que o nazismo é uma coisa ruim, o presidente Getúlio Vargas não consegue se desvencilhar desses maus elementos. Você se lembra, lá em Praia do Nego Forro, as pessoas gostam do Getúlio, só dizem que tem gente ao seu lado que não é honesta. Pessoas que querem o mal do povo. Você vai ser um herói, mais tarde, tudo vai ser muito fácil. Depois você volta de navio para Florianópolis ou Itajaí, e de lá pra Praia do Nego Forro.

Eve citava personagens, datas históricas, detalhes de batalhas palacianas, traições. As referências confundiam o pescador, que não ouvira falar da maioria daqueles nomes. Um ou outro remetia às aulas da professora Ednéia ou às preleções de Tião. Mas a indiferença de Eve cavava-lhe aos poucos a alma e açoitava-lhe o peito.

— Acho você estranha, Eve, eu gosto de você toda, você me ensinou a conhecer uma mulher, mas está diferente, não sei.

— Não estou não, Marcelino. Vem cá!

O beijo saiu como Marcelino gostava, durou menos, apenas. Eve começou a falar, era um texto rápido, sem respiração, se fosse por escrito seria sem pontuação.

— Esta noite eu vou te fazer feliz de novo quantas vezes você quiser, Marcelino, te prometo, juro, te prometo.

Marcelino se excitava.

— Agora, então.

— Agora não dá, aqui não é Praia do Nego Forro, o teu quarto tem vista pra área dos outros andares, tem que se cuidar.

— Você não parece a mesma.

— Você vai ver se não sou a mesma esta noite!

92

Nessa mesma tarde, a governanta devia ir, sempre às pressas, a uma loja perto da Cinelândia. Tratava-se de uma encomenda para dona Emma. Eve, no entanto, foi, de bonde, um pouco mais longe.

O café Monteiro, na rua da Quitanda, quase esquina com Rosário, parecia naquela hora uma orquestra sinfônica com cada músico ensaiando o seu instrumento. Nada se ouvia, nada se compreendia, e todos contribuíam para a cacofonia. Ainda assim Orlando Silva cantava num rádio Telefunken atrás do balcão. Ali, na mesa do Café Monteiro, foi transmitida a penúltima instrução.

— Pega esse envelope e na esquina da avenida Rio Branco com Rosário, senta num banco, lê o conteúdo duas vezes e rasga o papel em vários pedaços. Atravessa a avenida e na esquina com a rua do Ouvidor joga os pedaços no bueiro aberto, com água de esgoto no fundo. Esquece todo mundo e as ordens anteriores, só vale o que você tiver lido agora.

As instruções foram dadas por um homem que Eve jamais vira, com um sotaque estranho, quase impossível de identificar. Parecia maranhense ou português, magro, com um sorriso permanente, como se Eve fosse uma grande amiga. Falou de início sobre assuntos diversos. Segundo ele, a Rádio Difusora Fluminense estava trazendo um apresentador de Pernambuco que ia emitir da sede mesmo da emissora, numa chácara em Niterói. Falou de futebol e das transmissões esportivas do Gagliano na Rádio Clube do Brasil. Preferia os gols narrados pelo Ary Barroso e o som da gaita que o acompanhava nas melhores jogadas. Citou uma briga entre duas famílias importantes do Rio ligadas às corridas de cavalos. Cantarolou um samba e uma marchinha de carnaval. Por fim, o adeus e o abraço foram efusivos.

    A circulação na avenida estava confusa, caótica. A Companhia de Iluminação Pública fazia conserto nos lampadários. Bondes e carros brigavam pelo mesmo espaço. Foi difícil atravessar a Rio Branco. "Carinhoso", ouvido há pouco no Café Monteiro, não lhe saía da cabeça. Mas o bueiro estava lá. Aberto, como fora especificado. Eve sentiu que alguém a observava quando lançou displicente o papel rasgado na água imunda; um rosto conhecido, lembrava alguém que conhecera numa recepção no navio alemão Hermes há não muito tempo ou de reuniões na rua Campos de Carvalho, no Leblon.

    A governanta passou, na volta, numa loja de roupas de gala perto da Cinelândia — o cine Pathé anunciava, com grandes letras, o filme *Núpcias de escândalo*, com James Stewart — e retornou com o chapéu de soirée encomendado pela esposa do senador Nazareno di Montibello. O bonde sofreu uma pane na altura da Glória. Os passageiros deveriam esperar o próximo, o cinqüenta e oito, o bonde Largo da Carioca-Flamengo. Pouco mais à frente um carro da polícia estava estacionado com parte da traseira levemente erguida. Um soldado às voltas com um macaco defeituoso gesticulava para um colega de farda que, com uma chave de rodas na mão, olhava impassível para o pneu furado.

    Eve lia *Dom Casmurro*, de Machado de Assis. Tinha sido no mar ali perto que Escobar, o amante de Capitu, se afogara. Talvez pensando na terra firme, ou para esquecer a melancolia súbita e a idéia da morte, preferiu caminhar até a Paissandu. O chapéu, apesar de embaraçoso, era extremamente leve. Ela cruzou com os dois agentes malogrados e andou com cuidado pelas calçadas, preocupando-se em manter sempre bem reta a costura das meias pretas. Ao entrar em casa, lembrou-se da fisionomia que a observava na Rio Branco. Era o rapaz que serviu o cafezinho numa das reuniões no edifício A Noite, na Praça Mauá.

93

ELA FOI, SIM, A MESMA, À NOITE. O QUARTO DA GOVERNANTA NAS madrugadas era para o pescador de Praia do Nego Forro um abismo de deleite e de fruição, um esboço ideado de gozo que se materializava aos poucos através de toques, odores, gostos, visões. Prelúdios de cantos de pássaros ao alvorecer. O coração batia forte naquele espaço.

— Meia-noite e meia você vem sem fazer barulho, quando Sibila estiver dormindo. Eu tô te esperando no meu quarto, como sempre, Lino.

O peito do pescador palpitava desordenado só de pensar no encontro amoroso. A imagem de Martinha teimava às vezes em aparecer e, como sempre, ele esforçava-se para afastá-la nessas horas. Essa governanta meio noiva, meio professora, meio chefe, meio patroa mostrou pra ele o sexo desenfreado e o prazer. O L'Amore tinha ficado para trás. Aquela Rosália horrível do Tião, tainha escarrapachada, as guelras vermelhas escancaradas! Ainda bem que ele não tinha ido nenhuma vez na casa rosada! A Eve não, toda limpinha, perfumada, ele na casa do senador, meu Deus, na cama com a aia dos filhos dele! Ela era um pouco velha, até a Martinha tinha dito isso, mas ensinara como um homem deve agir com uma mulher, ele agora podia até falar dessas coisas com a Sibila sem mentir!

Mas será que ela ia querer? Ela era mulher pra matrimônio. Ele, um pobre, talvez se salvasse o Brasil ela gostasse dele. Marcelino, o herói. Podiam casar! "Eu, casando com ela, o Brasil vai ser diferente. Um outro Brasil. A população vai ser toda igual, todos mesticinhos, ninguém mais vai ter raiva de ninguém por causa da cor, entende? ninguém!", disse a um Tião imaginário. Podiam morar na Villa Faial, ter filhos, sexo não com os prazeres da Eve, não, prazeres diferentes. A Eve sabia coisas que ele nem imaginava que existiam, tinha vergonha de certos carinhos. "Meu Deus, como é que ela não fica envergonhada?" Se fosse lá no L'Amore, entendia. Com a Sibila não ia fazer aquelas coisas! Mas que aqueles detalhes que a governanta do doutor Nazareno ensinava eram bons, eram! Ela ali, debaixo ou em cima dele, em todas as posições, ele sentindo cheiro de fêmea no cio, bebendo seios apojados, ela gritando baixinho que iam juntos salvar o Brasil. Será que o amor dela pelo Brasil era maior que por ele? Se fizesse o que a Eve queria conseguia as duas, Sibila e Eve, a governanta poderia até se transformar na aia dos seus filhos com Sibila.

Mal passavam de duas e meia da manhã. Sibila, de camisola de nylon rosa, voltava sonolenta da cozinha com um copo de água na mão — local reservado para os afazeres da criadagem e onde a família Di Montibello raramente entrava. Ela quase esbarrou com Marcelino, de short sem camisa, no corredor, saindo do quarto de Eve. Os dois mantiveram silêncio, Sibila seguiu andando. Marcelino se viu no grande espelho da sala ao fundo, entre molduras douradas. Desviou o olhar e, o peito apertado, caminhou para o seu quarto na área de serviço, perto das gaiolas dos pássaros do senador.

No dia seguinte mal se olharam. Sibila evitou os olhos de Marcelino e de Eve. A governanta dava as ordens de sempre, Marcelino nada contou do esbarrão à noite com a filha do doutor Nazareno.

O motorista, o segurança particular e o agente da polícia do Distrito Federal de serviço na portaria do prédio vinham regularmente tomar café na espaçosa cozinha do apartamento. Naquele dia falaram sem parar do quíper Thadeu, campeão brasileiro do ano anterior integrando a seleção carioca, e que estava para ser comprado pelo Independiente, de Buenos Aires. Disseram ainda, a voz baixa, que a jovem arrumadeira Conceição, uma negra esbelta e sorridente, com os cabelos rentes e o nariz fino, era useira e vezeira do quarto e do afeto da dona Eve. O tom malicioso intrigara então o pescador nego-forrense. Um dos seguranças, com cabelo louro escorrido e olhos muito azuis, deixou a arma sobre uma prateleira da copa enquanto comia o fígado à lisboeta preparado pela cozinheira. Marcelino não resistiu à tentação e empunhou-a, desajeitado e curioso. O agente se apavorou e tomou a arma com violência das mãos do novo tratador de pássaros do senador.

— Você é louco! É uma Browning calibre 7.65, meu amigo, só de tocar de leve no gatilho você mata nós todos aqui, está entendendo? Mata todo mundo. Não repete mais isso! Nunca mais!

Marcelino pediu desculpas, os olhos no chão.

Sibila não saía do quarto. Eve foi várias vezes à sua procura.

— Não sei o que que essa menina tem hoje, quieta no quarto, tá sem fome. Voltou a tocar flauta depois de um ano, tinha parado porque dizia se achar feia tocando, o rosto entortava. Dona Emma vai gostar da notícia da flauta, mas que ela está esquisita está.

Eve fez esse comentário com a cozinheira, que respondeu prontamente:

— Essas meninas, dona Eve, quando vai chegando a idade do amor ficam desse jeito, assim, tipo passarinho na muda.

Eve tentou, à sua maneira, adivinhar as razões do comportamento estranho de Sibila.

94

MARCELINO AGORA SABIA O QUE ERA uma mulher na prancha escaladinha, moqueada, cozida, frita. A Sibila era igual no corpo, mas mais educada, provavelmente nunca tinha se arreganhado assim, as pernas escancaradas. Era recatada. É verdade que a camisola rosa transparente da madrugada anterior tinha deixado entrever o mesmo ninho entre as pernas, a mesma visão daquela manhã em Praia do Nego Forro. Sibila ia ser talvez a sua esposa. Eve era, por sua vez, mais educada e limpa que Rosália, é certo, mas nem se comparava com a filha do doutor Nazareno. E essa história com a Conceição?

Ele tinha que falar com Sibila! O senador concordaria, ele não sabia de nada. Está bem! Devia deixar o patrão tranqüilo, não exposto, como Eve tinha recomendado. Mas, no fundo, ele concordava com tudo, a própria Eve não cansava de repetir. E um nego-forrense se transformaria num herói! Sibila, é claro, também ia entender, ficaria orgulhosa, talvez o seu futuro marido. Tinha que contar tudo para a filha do doutor Nazareno, o seu sogro. O que que a Sibila devia estar pensando? Ele de short sem camisa de madrugada saindo do quarto da governanta? Sibila já era uma mulher feita, instruída, freqüentava cinema, falava toda hora no telefone, pronunciava sempre cine Roxy em Copacabana, Odeon da Cinelândia, ouvia ela dizendo que um americano muito conhecido queria falar com o pai dela, estava no Rio fazendo um filme, um outro ia escrever revista de quadrinhos com um papagaio brasileiro falador, ela, assim, tão instruída, ia entender, dar apoio, por que não lhe dizer logo? Até sobre o revólver que Eve escondia atrás das roupas de seda na gaveta da cômoda do quarto, fechada a chave.

Certa vez a governanta tinha mesmo pedido que ficasse nu diante dela com o revólver na mão, a arma que ia fazer dele um herói! Não contaria tudo para Sibila, claro, esses detalhes, como ele sem roupa segurando a arma e os olhos esbugalhados da governanta fixados entre as suas pernas, ela falando estranho, elogiando a cor e o tamanho do seu sexo. Ela dizia palavras em alemão ou polonês, não se sabe, e repetia algumas frases como se estivesse fora de si:

— Meu uirapuru moreno que vai salvar o Brasil das garras dos loucos que não querem ver a verdade e a justiça social. Meu caboclo das terras profundas, das lutas do povo, povo que vai expulsar as elites que não trabalham, vem, meu pescador amorenado, do sexo grande e vigoroso, vem!

Eve sempre recomeçava, nessas horas, mecanicamente, os sugares descontrolados, o deslizar da língua fogosa em glande descontrolada e as súplicas para sentir líquidos viscosos e quentes a embeberem e a completarem. Isso ele não ia contar para a Sibila, claro.

"O Tião, coitado, disse pra lutar por terras lá nos confins, lutar pra quê? Com a Sibila casada comigo ele vai ter a terra que quiser, aquele velho negro querido! Compro um grande chão pra ele." O pensamento de Marcelino mais uma vez foi até o seu amigo. A filha do senador ia com certeza admirar e gostar pra valer daquela carapinha branca. Sibila tinha ficado o tempo todo trancada nos seus aposentos, claro, o que que ele podia estar fazendo no quarto da governanta de madrugada? Mas por que então ela não fala nada? Não, ela tinha o direito de saber tudo, ou quase tudo, tinha sim!

95

NESSA NOITE MARCELINO NÃO FOI AO QUARTO DE EVE. ESPEROU QUE Sibila acordasse de manhã, por volta das dez horas, e abordou-a na sala.

— Sibila, desculpa, eu queria falar com você.

Marcelino olhava fixamente a filha do senador vestida com um penhoar azul-claro de seda. Ele sentia o coração palpitar nos arrancos da expectação. Sibila sacudiu a cabeça. Fragrância capitosa brotava-lhe dos cabelos alourados recém-lavados. O pescador enlevava-se.

— Falar o quê, Marcelino? perguntou ela, a respiração suspensa.

— Nós vamos salvar o Brasil, já existe revólver e tudo, tá lá com a Eve. Vamos continuar a conversa na cozinha, aqui na sala não dá, prefiro lá perto dos passarinhos, propôs o nego-forrense.

— Fala aqui mesmo.

O tom de voz de Sibila era de ansiedade e de medo.

— Não, aqui não, insistiu Marcelino, os olhos esgazeados.

— Quem está aí, Lino?

Sibila buscava apoios, o temor e a aflição iam aumentando.

— Só dona Isaura e a faxineira, que foi lá pros fundos do apartamento, a dona Isaura tá na frente do fogão, Eve foi ao Centro fazer não sei o quê, explicou Lino.

— Fala aqui mesmo então, eu quero que seja aqui e ponto final, você tem que me obedecer, você é nosso empregado.

A filha do senador restabelecia alguma ordem na conversa com o pescador de Praia do Nego Forro, tentava intimidá-lo, amedrontá-lo.

— Tá bem, Sibila. Eu sou outro homem agora, não gostava de política, ainda não gosto, mas acho que vou poder fazer alguma coisa pelo bem de todos.

Sibila quieta, pálida, a respiração curta. O ar taful desaparecera. Ela mirava o espelho da sala, via Marcelino de costas, ameaçador, e logo volvia para aquelas órbitas negras o olhar verdejante de apreensão.

— Às vezes, se precisar, tem até que matar, matar, entende, Sibila? Como a gente mata os peixes e as lagostas que teu pai tanto gosta lá em Praia do Nego Forro. E eu não tenho nada com a Eve, juro por Deus Nosso Senhor Jesus Cristo, só vou lá no quarto dela prosear, ela gosta de conversa, só isso, ficamos horas e horas conversando, falando coisas de Praia do Nego Forro, de pescaria, de tempestades. E um dia, lá em Praia do Nego Forro, você disse que ia me levar para ver um filme que a gente saía chorando de tão bonito que é.

Marcelino, sobrancelhas arqueadas, continuava com propostas que, para Sibila, em nada lembravam o cafuzo das férias de Praia do Nego Forro. A intimidade com a fraude e o embuste esvaeciam, num implacável pélago de hipocrisia, o desenho suave de um pescador vazado nas cores, no aroma e nos contornos de férias venturosas e intensas na ilha de Santa Catarina.

Sibila continuava aterrorizada. Seu amigo de verão praieiro falava sem parar, ela mal conseguia distinguir o fim de uma palavra e o início da outra. Marcelino parecia olhá-la sem que de fato a visse, parecia embruxado, recorria a gestualidades estranhas, utilizava um discurso ensaiado, palavras que de toda evidência não entendia. Sibila, certa hora, reagiu.

— Estou entendendo, Lino Pescador, estou ouvindo. Me lembrei, de repente, da tua vó Chiquinha.

Marcelino despertou de seu mundo não mais de pássaros, de barcos e de peixes, mas de desacertos, de punições e de assunções. Remia-se talvez a si próprio. A referência à avó Chiquinha o acordara, sim. Até uma expressão de felicidade adejou-lhe nos lábios.

— Pois é, Sibila, pois é.

Mas por um curto espaço de tempo. Após a resposta lacônica, o acanhado e distante nego-forrense, o modesto e reservado pescador catarinense agora gárrulo salvador do Brasil, retomou a palavra. Sibila custava a crer. Como aquela candura insular se profanara assim? A orquestra de penas do doutor Nazareno Corrêa da Veiga di Montibello dava-se ao canto com alinho e harmonia — o canto do curió sobressaía. Marcelino era o regente.

96

A FILHA DO SENADOR OUVIA TENSA, tomada de medo. O guarda lá embaixo, o segurança, o pai da Charlotte no edifício Biarritz, na praia do Flamengo, ali pertinho. Pensou em tudo. Ela procurava ajuda. O movimento do tecido azul acusava o arquejo ansiado. O espasmo do peito. A aflição descontrolada.

A conversa se arrastou, praticamente só Marcelino falava. Sibila disse que devia sair, tinha que se arrumar, depois falariam mais. Marcelino contemplou desapontado sua futura esposa ganhando o corredor em direção ao quarto, o penhoar se esvoaçando em mancha cerúlea. Ele olhou para a coruja e passou o dedo entre o arame da gaiola. O pássaro, intimidado, recuou com um grulhar desafinado.

Meia hora depois a filha do doutor Nazareno desceu com os dois cachorros, alegando que ia conversar com as amigas em volta das palmeiras da Paissandu. Tinha falado várias vezes ao telefone na saleta dos fundos do apartamento. Marcelino voltou para os seus encargos. Devia cuidar dos passarinhos — alpiste, painço, trocar a água, treinar o canário de briga no gaiolão, limpar o chão das gaiolas.

Eve chegou lá pelas treze horas.

— Onde está a Sibila?

— Lá embaixo, respondeu Marcelino.

— Não vi, só se está na ruazinha de trás, é hora de subir para o almoço, vou guardar a minha bolsa e depois buscar ela, disse a governanta, dirigindo-se à sala, e ligando o gramofone — "Rigoletto", uma das preferidas do senador, ainda emendou, em tom baixo.

Ela parecia tensa.

— Sibila levou o Perseu e o Hermes?, perguntou, em voz alta.

— Levou, confirmou Marcelino.

Eve refestelou-se na poltrona de couro preferida do senador, acendeu um cigarro, serviu-se de um cálice de martíni. Puxou a pequena correia que acendia o abajur de tecido amarelo. A donairosa governanta estava, agora sim, iluminada pelos holofotes do espetáculo. Seus lábios nacarados brilhavam intensamente. Seus cabelos esplendiam e coruscavam no espelho da mesa de centro estilo Luís XV sobre o qual repousavam, faustosos, um grande cinzeiro de cristal e o cálice de martíni.

A ordem ainda estava clara na voz grave do doutor Eduardo de cabelo lambido e penteado para trás:

— Senhorita Marta, a senhora deverá levar o nosso escolhido ao local combinado e diligenciar para que tudo saia como previsto. Não há espaço para hesitações de espécie alguma, todas as reuniões estão suspensas, ninguém mais se reúne, o plano está lançado, em dois dias teremos um herói morto e um Brasil no caminho do progresso e da ordem.

Os pássaros continuavam os trinados e gorjeios, o combate com Rigoletto era grandiloqüente e solene.

Eve entrava no seu quarto quando tocou a campainha da porta dos fundos. A porta se abriu. Os pássaros cessaram a cantoria. Alçavam-se vozes, entremescladas, desconhecidas, Marcelino falava alto, surpreso, perguntava o que foi, o que foi? Ela trancou-se no quarto. Marcelino apanhava, ouviam-se sons surdos, golpes e gritos, havia muita gente. Marcelino gritava.

— Ai, ai, a minha orelha, ai, a minha orelha, não, faz favor, eu não fiz nada, por que estão me surrando? Por quê?

Mais socos e pontapés.

— Ai, a minha cabeça, por Nosso Senhor Jesus Cristo, não me machuca, urrava Marcelino.

A cozinheira também gritava, nervosa, não entendia o que se passava, eram gritos estridentes, alguém tentava acalmá-la.

— Larga as mão de cima de mim, seu demônio excomungado, tira a mão de mim, seu bandido, dizia dona Isaura, histérica.

Louças espatifaram-se no chão da cozinha, a passadeira, pela voz, também reagia, enlouquecida. Alguém tentava acalmar as duas domésticas.

— Tenham calma, minhas senhoras, tenham calma, berrava uma voz masculina.

As duas foram agarradas, caíram no chão com um baque surdo, a mesa foi empurrada, uma cadeira virou, uma porta bateu. Uma terceira doméstica apareceu dos fundos da área de serviço, chorava, berrava e dizia palavras desencontradas. Um jovem tentou em vão serená-la, os berros aumentaram.

97

EVE SAIU DO QUARTO E EM SILÊNCIO, QUASE NA PONTA DOS PÉS, DIRIGIU-SE à entrada social do apartamento. A porta estava trancada com a chave de baixo. A victrola mantinha um Rigoletto enfático. Ela voltou rapidamente para o quarto, a chave estava na gaveta do criado-mudo. Conseguiu alcançá-la. Voltou, apressada. Foi quando ouviu voz de prisão: "pára, senão eu atiro!" Era um policial à paisana postado logo atrás do vigia do prédio, surpreso.

— A dona Eve, meu Deus, quem diria!, exclamou o empregado, perplexo.

Logo mais quatro policiais, dois fardados e dois de terno escuro usando chapéu, entraram na sala. Os de uniforme eram negros. Eve correu para a porta, outro grito de "pára ou atiro". Ela diminuiu o passo. Os quatro agentes flexionaram ligeiramente os joelhos, as armas apontadas para a suspeita. Nova ordem: "A senhora está presa. Levante as mãos, devagar, senão atiro!"

Mas foi Eve, numa resposta instantânea e inesperada, quem reagiu primeiro. Segurava o revólver cromado na mão direita, escondido no grande bolso da frente do vestido. Virou-se, dissimulada, um leve e enigmático sorriso nos lábios, tirou a mão do bolso, apontou rapidamente para o grupo, que não esperava a reação, e disparou.

O tiro acertou no peito de um soldado. Os policiais revidaram com uma densa e longa saraivada de balas, chapéus e quepes caíram. O detono atroador não tinha fim. O estrépido se reduplicava nas esquinas e sancas da sala de estar do apartamento dos Di Montibello. Eve caiu. Uma vidraça se estilhaçou. Uma prateleira da cristaleira desabou com um estrondo. A ópera emudeceu. A coruja debatia-se assustada na gaiola sobre o pedestal de mármore. O quadro "Samba", de Di Cavalcanti, soltou da parede com um som metálico, o "Mestiço", pintura de Cândido Portinari que cobria parte da parede do hall de entrada, foi furado por três tiros. Cachorros dos apartamentos vizinhos latiam alucinados. Os policiais, sem munição, protegeram-se atrás de um sofá. Eve caíra ao lado de uma poltrona de couro, fora da visão dos agentes federais. Ela ainda podia estar em estado de atirar.

Passados alguns minutos silenciosos, um dos agentes, esgueirando-se pela parede, acabou por ver Eve estendida — aparentemente sem ação — numa poça de sangue. Subitamente a governanta disse algo, uma palavra arrastada, pronunciada com dificuldade. O policial recuou, escondeu-se atrás de uma pilastra, remuniciou o revólver 38, passou a arma para a mão esquerda e cuspiu na palma da direita. Abriu e fechou a mão molhada várias vezes. Empunhou o revólver de novo com a destra, impaciente. Após enxugar a testa com a parte superior do pulso, fez sinal para os colegas. Logo, num gesto teatral, jogou-se em direção de Eve atirando freneticamente. Novo silêncio. E o grito de alívio do agente federal:

— A desgraçada da meliante está sob controle.

A gritaria recomeçou. O tumulto foi grande. Os policiais tentavam carregar o colega ferido gritando frases desencontradas.

— Cuidado, cuidado, não mexe muito, puxa devagar, a bala pode ter tocado na espinha dele, cuidado, ouvia-se.

Para Eve, as observações eram mais severas.

— Arrasta a vagabunda de qualquer jeito, tomara que esteja morta!

Os empregados se aproximaram, tentavam ajudar o oficial ferido. Mas os olhos de toda a criadagem dos Di Montibello voltavam-se mesmo era para Eve, ali, aparentemente morta, com manchas enormes no vestido branco de linho, a peregrina formosura desvanecida, o rosto salpicado de confetes escarlates, rutilantes e víscidos. Conceição chorava muito, os cotovelos apoiados sobre o tampo de mármore rosa da cômoda da sala, o rosto coberto pelas mãos longas e magras.

98

OS EMPREGADOS DA CASA PARECIAM PETRIFICADOS. A MÃO ESPALMADA sobre a boca impedia qualquer interjeição. A cozinheira estava catatônica, a lavadeira lívida, o motorista boquiaberto, o porteiro tiritante. Conceição arremeteu subitamente contra um sargento aos berros armada com um castiçal. O policial esquivou-se do golpe enquanto seu colega de farda, num gesto certeiro, desfechou na criada violenta pancada de cassetete na cabeça. Conceição estatelou-se sobre o mármore branco sangrando.

Marcelino foi algemado. Dois soldados seguravam-lhe a cabeça com violência sobre a mesa. A força com que lhe comprimiam uma das faces contra a madeira rompera-lhe o lábio e a gengiva. Um filete de sangue escorria pelo canto direito da boca e, aos poucos, maculava a pequena toalha de renda de bilro da ilha de Santa Catarina e o jacarandá da mesa da copa do apartamento do senador Di Montibello.

Marcelino foi logo depois empurrado aos chutes escada abaixo. O elevador estava imobilizado no térreo. Um soldado desferia-lhe violentos golpes na cabeça com a coronha do revólver, outro dava-lhe pontapés nos rins com a ponta do coturno. O pescador de Praia do Nego Forro, que momentos antes chorava e gritava, agora continha os gemidos de dor. E também o pranto.

Os feridos — além dos dois baleados, um sargento que torcera o tornozelo, um praça com o supercílio sangrando e Conceição — foram transportados de maca até a calçada da Senador Vergueiro e, daí, com a chegada de uma ambulância, ao hospital da Beneficência Portuguesa, na Glória.

Marcelino foi jogado dentro de um Dodge preto coupé com placa de carro particular, que arrancou cantando pneus.

Curiosos aglomeraram-se diante da Paissandu 71. Duas motocicletas de batedores da guarda presidencial subiram com alarde e espalhafato na calçada e frearam bruscamente. Circulou o boato, de repente, de que havia mais um cúmplice dos bandidos escondido no apartamento. Dois carros da polícia com a sirene ligada dobraram a esquina da Marquês de Abrantes. Os policiais saíram das viaturas correndo, ordenando que os curiosos saíssem da frente, uma criança se desequilibrou e caiu, a mãe reagiu, destratou os policiais, que não puderam ouvir os xingamentos. Já aguardavam impacientes, revólver em punho, o elevador. Subiram tensos e em silêncio.

Pouco tempo depois, um deles voltou e deu informação tranqüilizadora. Os dois facínoras não tinham cúmplices naquele endereço, mas, muito provavelmente, fautores ou fautrizes alhures, como pormenorizou, em discurso empolado, o que parecia ser o chefe da missão. E Conceição, pelo que se comentou, não tinha nada, absolutamente nada, a ver com alguma ação política.

Um jipe do exército estacionou sobre o meio-fio da esquina da Paissandu com Senador Vergueiro. Dois soldados armados com metralhadora MP-40 postaram-se à porta do prédio do senador. Todo o quarteirão foi interditado para veículos. Na esquina das ruas Paissandu com Marquês de Abrantes e Paissandu com Senador Vergueiro foram instalados ninhos de metralhadora MG-34. Um carro blindado T-17 Deerhound do Exército ficou estacionado na Praia do Flamengo, diante do edifício Biarritz. Um tanque Sherman Firefly veio juntar-se aos dois carros blindados de combate Renault F-17 que montavam guarda diante do Palácio do Catete. As especificidades técnicas do aparato bélico eram repetidas à saciedade pelas rádios do Distrito Federal.

Moradores dos prédios vizinhos debruçavam-se nas janelas, transeuntes amontoavam-se diante da portaria tentando entrever, através dos vidros, corpos estendidos sobre o mármore de cor ocra do hall de entrada.

99

A ASSESSORIA DA PRESIDÊNCIA DA REPÚBLICA, TÃO LOGO ALERTADA, encarregou-se das versões e das análises sobre a governanta espiã e seu amante negro, como saiu estampado nos jornais do Distrito Federal. Alguns órgãos de imprensa preferiam falar em governanta inimiga e seu amante índio. A Voz do Brasil referiu-se, poucas horas depois da troca de tiros no edifício Di Montibello, a "solerte conluio nazi-facista com o uso perverso de ingênuo cafuzo brasileiro. Agentes da contra-espionagem soem enganar o povo mais humilde fingindo estar ao lado das forças democráticas mas, nos bastidores, agem em apoio ao nazi-fascismo", explicava o speaker, com voz pausada. O nome de Conceição também freqüentou o noticiário como uma jovem trabalhadora "usada afetivamente por espiã nazista".

O senador Nazareno foi imediatamente informado. Voltaria para o Rio de Janeiro no dia seguinte. Embarcaria num avião do Aerolóide Iguaçu até Curitiba. Da capital paranaense viajaria pela Viação Aérea São Paulo até o Rio. O ministro da Aeronáutica, Joaquim Pedro de Salgado Filho, que inspecionava a Fábrica Nacional de Aviões em Lagoa Santa, dispôs-se a requisitar uma aeronave e a deslocá-la para Florianópolis, mas, segundo o assessor Éldio, acabava sendo mais rápido tomar um avião comercial. Para o governo urgia conhecer em profundidade a origem do atentado, suas causas e os alvos.

Dona Emma mandava mensagens indignadas exigindo prisão e pena de morte pra valer pra todos e recados desesperados e afetuosos à filha — "aquela malfeitora, a Eve, quem podia imaginar? E o Marcelino, que parecia um santinho? A mãe volta logo, minha Sibila!, volta logo".

Eve, conquanto gravemente ferida, chegou ao hospital com vida. Uma bala de 45 arrebentou-lhe a língua e o maxilar e saiu pelo pescoço, outra, de 38, transfixou os intestinos, uma terceira, de parabélum, esmigalhou o osso do seu braço direito, outra, ainda, também de 38, despedaçou-lhe os ossos da região pubiana. O soldado atingido pelo tiro disparado por Eve deu entrada no hospital já morto. Segundo um dos médicos, pela sangria via-se que a lesão vascular tinha sido profunda, provavelmente uma das coronarianas se despedaçara.

Marcelino foi interrogado com violência na sede da polícia do Distrito Federal. As perguntas, segundo se soube, eram respondidas de forma desencontrada pelo perigoso cafuzo. Torturas de toda sorte surtiam pouco efeito. O até um certo momento frio e calculista espião, de acordo com as palavras de um funcionário da Delegacia só falava em vó Chiquinha. Algumas vezes tinha pronunciado o nome Martinha. O resto eram códigos secretos como peixe voador, Divino Espírito Santo, Maroca, Zequinha, Chico, sabiá preta, Tião. O nome Martinha, aliás, corrigiu um detetive informante, voltou várias vezes, só perdia para vó Chiquinha.

A quadrilha inteira de Marcelino acabou desmantelada. Fotos surpreendentes foram publicadas em todos os jornais. Algumas retiradas dos arquivos, com um bando de crianças sorridentes, a bandeira nazista ao fundo. Outras mostravam revoltosos do Contestado numa conhecida pose em que os protagonistas pareciam jogadores de futebol após a vitória, só que com espingardas e garruchas nas mãos. As redações dos jornais estavam tão perdidas quanto o serviço de espionagem da presidência da república. Algumas até relembraram do programa americano "A Guerra dos Mundos", com Orson Welles, que apavorou a América com descrições de marcianos que invadiam a terra. O público acreditou e a rádio CBS teve que desmentir e explicar que tudo não passava de uma brincadeira. Não seria agora também uma piada de mau gosto?

Ao entardecer do dia da investida da polícia ao apartamento do senador Di Montibelli, deu-se um assalto a uma agência bancária numa rua do centro do Rio de Janeiro. Um cliente do Banco do Brasil que carregava uma pasta recheada de libras esterlinas foi abordado na calçada da Gonçalves Dias e esfaqueado. Os ladrões conseguiram fugir com a pasta. Os assaltantes acabaram presos logo depois no morro do Livramento. As rádios do Rio apressaram-se a vincular o assalto da Gonçalves Dias à organização nazi-fascista recém-dissolvida. Mas a especulação durou pouco. Os bandidos confessaram o roubo. Eram ex-empregados da agência bancária e trabalhavam a soldo de notório chefe de quadrilha especializada nesse tipo de ação criminosa.

100

As FOTOS DOS QUATRO REPRESENTANTES DAS PROFUNDEZAS DA NAÇÃO brasileira saíram estampadas nos jornais de todo o Brasil. Os rapazes vinham do Nordeste, de Minas e de Santa Catarina e descritos como vítimas inocentes de uma vil e perigosa falange nazi-facista que, manhosamente, aliciava incautos jovens representantes da nação brasileira, nação justamente — como se insistia — caracterizada pela harmonia social, pela democracia racial e pela grande cordialidade.

Os membros da quadrilha, que se reunia clandestinamente num sobrado da rua dos Andradas havia mais de um ano, passavam-se por defensores da causa dos aliados. Eles mantinham, não obstante, como se pôde verificar nos documentos apreendidos, entranhável ligação com o movimento nazista e fascista no Brasil. Mais de trinta pessoas do Rio de Janeiro, de São Paulo, da Bahia, de Minas Gerais, de Santa Catarina, do Rio Grande do Sul e de Pernambuco foram detidas. Os ex-chefes integralistas defenderam-se alegando ser impossível controlar indivíduos que continuavam a lutar pela causa do partido, partido injustamente posto na ilegalidade há mais de três anos, como não cessavam de reclamar.

Marcelino foi trancafiado numa delegacia da rua do Lavradio, após passar uma noite internado na Santa Casa de Misericórdia, onde o medicaram e trataram das feridas e hematomas, resultado do interrogatório policial. Ninguém se preocupou com a idade do jovem, razões de Estado sobrepunham-se a qualquer ordenamento jurídico. Os outros três cafuzos receberam o mesmo tratamento. Os quatro foram encarcerados em locais diferentes da cidade.

A imprensa fartou-se em análises e descrições das vítimas do inimigo ardiloso. Todos os rapazes receberam dezenas de cartas e de fotos de moças que propunham casamento. Famílias prometiam ajuda através de bilhetes derramados e nacionalistas, clubes de futebol convidavam-nos a integrar a equipe juvenil da casa. Essas manifestações escritas não chegaram, porém, aos destinatários. A administração penitenciária foi encarregada de destruí-las antes. Temia-se, nos serviços secretos, que os quatro jovens pudessem ter alguma mudança de comportamento que viesse a comprometer a versão oficial. E, principalmente, temia-se que o assunto fosse demasiadamente "esticado" pela oposição que, certamente, acabaria construindo outra verdade.

101

A FILHA DO SENADOR NAZARENO CORRÊA DA VEIGA DI MONTIBELLO expressou formalmente, em depoimento na polícia do Distrito Federal e em conversas com o ministro da Justiça, ter sido graças ao empregado que cuidava dos passarinhos do pai que o atentado no Palácio do Catete fora abortado. Ele lhe contara do revólver e do plano preparado por Eve. Sibila também intercedeu por Conceição, inocentada pela polícia, que acabou readmitida na casa. Podia voltar aos lençóis e aos chemisiers engomados, que sabia dobrar e passar como ninguém.

Descobriram no quarto de Marcelino, numa folha de papel de embrulho dobrada cuidadosamente, escritos com letra tremida mas regular, os nomes "Marcelino Alves Nanmbrá dos Santos e Sibila do Nascimento Silva Azambuja di Montibello", com um coração desenhado e um verso recortado de um livro, colado grosseiramente — "Em fundo de tristeza e de agonia/ o teu perfil passa-me noite e dia. Cruz e Sousa".

Sibila afirmou desconhecer sentimentos secretos do serviçal. O papel de embrulho, de uma confeitaria da rua do Catete, foi destruído. Na cristaleria São Paulo, estabelecimento citado por vários dos inquiridos, encontraram alguns documentos manuscritos. O dono, sempre com cabelos cuidadosamente gomalinados, usava o codinome Eduardo. Um dos rascunhos dizia: "O nosso ato político já está sendo preparado há quase dois anos. Não é sem tempo que o epílogo da ação, por um lado, e o proêmio de um novo Brasil, por outro, tenham chegado. Em quatro dias este país será outro."

Os serviços de espionagem do Brasil descobriram planos de uma série de atentados por todo o país, muitos tramados clandestinamente dentro dos próprios Ministérios, no Rio, o que expunha a fratura ideológica do governo, segundo editoriais dos grandes jornais.

Sibila, por recomendação dos advogados da família e do pároco da igreja do Largo do Machado, grande amigo dos Di Montibello, passou duas semanas na fazenda da família em Vassouras. A diretora do colégio Sion encarregou-se de assegurar a escolaridade de Sibila com aulas particulares reforçadas. Na volta instalou-se por algum tempo no apartamento dos pais de Charlotte. Impunha-se o esquecimento total e inequívoco dos últimos acontecimentos por parte da sociedade e da imprensa. E não se pronunciasse nunca mais no edifício dos Di Montibello o nome de certas pessoas. "Os compêndios oficiais de história se encarregarão da nossa versão sobre o desagradável fato", obtemperou o ministro da Justiça ao amigo senador.

102

O DEBATE SOBRE O ATENTADO GANHOU AS RODAS POLÍTICAS E ministeriais. Para uns, a prudência recomendava minimizar o ato competentemente desarmado alguns dias antes pelas forças democráticas. Uma súcia de desocupados, ladrões e assassinos urdira um crime desarrazoado e estulto que, felizmente, não se concretizou. Cabia aos seus mentores, no entanto, os rigores da lei penal.

Para outros tornava-se imprescindível que, de uma vez por todas, o governo tomasse consciência da presença sorrateira de agentes do Eixo nas altas esferas do poder executivo, agentes a soldo de potências estrangeiras e adeptos da implantação de um regime nazi-fascista no Brasil. O atentado abortado mostrava à saciedade o crime político adrede preparado e organizado. Impunha-se uma limpa geral e sem perdão já que, lembravam, o presidente Getúlio Dornelles Vargas, com o espírito democrático que sempre norteia as suas ações, rompera relações diplomáticas com os três países do Eixo. Eram urgentes, destarte, a ampla divulgação da natureza político-ideológica do plano contra o oficial da grande nação amiga e — não se podia mais esperar — a declaração do estado de beligerância contra a Alemanha e a Itália. Foi essa última a versão oficial.

O único assenso era quanto aos quatro jovens envolvidos. Os representantes das camadas mais autênticas da nação acabaram emaranhados por potentes esquemas psicológicos e propagandísticos, jovens trabalhadores desprovidos de qualquer espírito belicista, com menos de vinte e um anos, que um instante sequer se deram conta do próprio envolvimento em gestos contra a democracia do país que tanto amam e tão bem representam.

A intenção das forças inimigas era, por óbvio, fazer crer que os extratos mais profundos da nação brasileira estavam a favor do Eixo e contra a influência americana no Brasil. Às forças democráticas cabia restabelecer a verdade imediatamente. E aos quatro, cabiam, sem mais tardar, a remissão de qualquer pena, o perdão e o pedido formal de desculpas do Estado brasileiro. Com efeito, ouvia-se, o Brasil não podia deixar que espiões de potências inimigas agissem livremente no território nacional e enganassem crédulos e ingênuos representantes da juventude brasileira. A sociedade civil, aliás, já se manifestara nessa linha.

Marcelino foi informado pelo assessor do senador Nazareno, na prisão, da sua libertação iminente e esclarecido quanto aos objetivos perversos do grupo de Eve. Ele próprio, Marcelino, seria assassinado pelos cúmplices da governanta após o ato contra o oficial dos Estados Unidos da América. Eve estava em coma há quatro dias. As chances de sobrevivência eram mínimas. O pescador de Praia do Nego Forro não esboçou qualquer reação sobre o estado crítico da governanta. A cada detalhe contado pelo assessor, Marcelino reagia com gestos anódinos e tentava esconder o braço esquerdo atrás do corpo. Só Tião e Martinha talvez pudessem interpretar, sob a aparente indiferença, as mímicas nervosas de Marcelino. Ora ele alisava com o antebraço a parede da cela, ora batia com os nós dos dedos da mão na madeira tosca do grabato imundo, ora coçava os olhos encovados e o rosto pálido.

103

Marcelino acabou por receber documento de liberdade da polícia do Distrito Federal. Ficou detido por cinco dias. Recebeu, ainda, uma passagem de navio Rio–Florianópolis. As desculpas formais do Estado brasileiro e a prometida certidão de dispensa do serviço militar obrigatório por relevantes serviços prestados à Nação nunca lhe chegaram. O assessor do senador Nazareno foi o responsável pela entrega do alvará de soltura à polícia da rua do Lavradio.

O carcereiro, um negro corpulento de cabelos grisalhos, dormia recostado na mesa de entrada da cadeia da rua do Lavradio, quase esquina com rua Mem de Sá. O rosto se escondia nos antebraços cruzados sobre a escrivaninha. Uma máquina de escrever de cada lado da cabeça emolduravam-lhe os cabelos. O assessor do senador acordou-o. Éldio fez um pequeno ruído, como a livrar-se de um pigarro enjoado. O guarda ergueu o corpanzil.

— Bom-dia. Aqui está o mandado de soltura do senhor Marcelino Alves Nanmbrá dos Santos.

— Ah, o índio maneta, doutor? Foi o senhor que já veio uma vez aqui e telefonou pra ele ontem, não foi?

— Fui eu, sim.

— Pois é, doutor, ficamos até com pena dele, volta e meia chora como uma criança. Pensei que fosse das bordoadas nas costas e na cabeça, que pelas marcas devem ter sido das boas, mas ele só disse com um gesto que não. Quase não come, só faz chorar mesmo. Os outros presos disseram que ele tem pesadelos de noite. Mas vamos até lá dentro, doutor.

Éldio acompanhou o policial, que mancava, até a cela de Marcelino.

— Tô com essa perna esquerda dura faz tempo, mesma coisa que pedra, era melhor nem ter ela.

Éldio não relevou nem o diagnóstico nem o falso desejo do policial expresso em fala silabada.

Havia, além do pescador negro-forrense, quatro detidos num espaço minúsculo. Todos negros.

— Cometeram crimes variados, alguns muito graves, explicou o funcionário.

Marcelino não mexeu os olhos, fixava um canto da parede, como absorto nos plainos azulados da enseada de Praia do Nego Forro.

— Pode sair, cacique, você está livre, deixou claro com um vozeirão o agente carcerário.

Só nesse momento Marcelino girou a cabeça, como arrancado de si mesmo. Os olhos despediam fachos de dor e de amargura. Tinha o cabelo curto, rente, estava nitidamente mais magro, a tez morena descorada e macilenta. Um traço enegrecido circulava-lhe os olhos. Sem uma palavra, passou pelo policial, que ainda lhe disse:

— Pode voltar pra tua tribo de índio, meu filho, aqui é o Rio de Janeiro, não é cidade para os teus beiços.

A mala lhe foi devolvida. Marcelino entrou no carro. Éldio instalou-se à direção, procurava as chaves. Um policial fardado acomodou-se ao lado do ex-preso, no banco de trás. Marcelino cosia-se à porta do veículo, era o mesmo carro que os esperava no porto quando vieram de Praia do Nego Forro.

— Você estava pensando na enseada de Praia do Nego Forro, Marcelino? Pois logo estará lá, o senador Nazareno, aliás, que chegou há alguns dias ao Distrito Federal, envia seus sinceros agradecimentos pelos serviços prestados e pela atenção dispensada aos seus pássaros.

104

ÉLDIO, COM A INSISTÊNCIA MONOSSILÁBICA DE MARCELINO EM SABER O que tinha realmente acontecido, leu, antes de ligar o carro, cópia do relatório rudimentar encontrado no lixo perto de um sobrado da rua dos Andradas, redigido num caderno colegial e assinado por uma agente Marta.

O pescador de Praia do Nego Forro vinha descrito como um jovem com espírito simples, despojado, com total desprendimento pelos bens materiais da sociedade, de inteligência abaixo da média, presa fácil de seus instintos animalescos, particularmente o instinto sexual altamente aflorado, o que o levava a fazer freqüentes comparações entre reações de animais e atos humanos, com perdas súbitas de memória, o que o igualava, nessas horas, a seres inferiores da escala animal. O cafuzo descrito apresentava uma docilidade e subserviência evidentes, oriundas do irregular funcionamento do seu cérebro, marcante na sua raça (sublinhado em vermelho no relatório, segundo especificou Éldio), com fácies típica dos seres irracionais, como se podia constatar pela fotografia anexa, com a distância entre olhos, nariz, sobrancelhas e boca característica de seres humanos inferiores, passíveis de serem guiados artificialmente por forças mais vigorosas e de agirem perversamente se comandados. "Quer-me parecer estarmos diante do elemento que poderá levar a bom termo as propostas do ato cívico previsto por nossa organização. Assinado, Marta." Essa era a última frase do texto, que o assessor do senador leu em tom teatral entre dois acessos de tosse.

Marcelino, por certo, não conseguiu acompanhar toda a leitura do relatório. Ainda teve laivos de pudor, confundiram-no os tempos verbais, "era de uma docilidade,...", "o que o levava", perguntou algo relativo a momentos passados, "se era antes de conhecer Eve e se mudou depois", o assessor não entendeu o balbucio, Marcelino arrastava a língua. Éldio continuou lendo artigos de lei, decretos e portarias, falava sem nada dizer, pelo menos era o que para Marcelino parecia.

Lino Voador conseguiu reter, ainda assim, algumas palavras e frases, como "inteligência abaixo da média, instinto animalesco, seres humanos inferiores".

Éldio, com algum embaraço, informou Marcelino da morte naquela madrugada, após quatro pra cinco dias em coma, de Eve, a fria e dissimulada Marta, autora do relatório que acabava de ler. A pergunta — a Sibila onde está? Marcelino não conseguiu articular. A outra pergunta — a minha fotografia está aí? não precisou ser feita. Éldio esclareceu antes que o retrato referido no relatório não tinha sido encontrado.

O soldado sentado ao lado do prisioneiro indultado palitava os dentes, os olhos perdidos nos Arcos da Lapa. Chuviscava, o céu estava escuro, funéreo. Éldio ainda especificou que Eve acabou enterrada naquele mesmo dia como indigente, num cemitério da zona norte da cidade. O corpo, embrulhado num lençol imundo, foi levado de manhã sob chuva até o cemitério em caminhão da companhia municipal de lixo. (Familiares gaúchos de Eve, conhecidos militantes dos aliados em Porto Alegre e ferrenhos adversários do regime nazista, tentaram, mais tarde, obter informações sobre a parente simpatizante do nazismo assassinada no Rio. Em vão, nem especificações exatas sobre o cemitério lhes foram fornecidas. Nenhuma autoridade deu informações. A família Di Montibello tampouco tinha conhecimento do paradeiro de Eve. Nem sabiam se morrera mesmo. Não queriam mais ouvir falar dela e ponto final.)

Éldio, após um acesso de tosse, pressionou o botão de madrepérola da ignição no painel. O ronco compassado do motor do Plymouth serviu de tênue acalento para o pescador devastado, de cujos olhos ressumavam lágrimas silenciosas, que, em fio, lhe deslizavam pela face. Rumo ao píer da praça Mauá.

105

No domingo de manhã o senador apareceu na rinha de canários-da-terra. Os apostadores estavam tensos. Os pássaros cor de gema de ovo batiam-se ferozmente no meio da arena, no interior de uma das gaiolas, sob o olhar apreensivo das respectivas fêmeas pardacentas, isoladas em divisão menor da armação de taquara.

Doutor Nazareno sentou no fundo. Apenas os que estavam de frente notaram sua presença. Em certo momento, um corrichado mais longo acusou a renúncia de um dos contendores. Logo em seguida, com efeito, o de cabeça mais avermelhada debatia-se, sem a pompa e a pose do início da refrega, contra as varetas de taquara, do lado do compartimento da fêmea desamparada. Os donos das aves se acercaram das duas gaiolas encostadas e trataram de separar os machos.

O pássaro de Abelardo — o marinheiro do acidente nos costões de Itapema — era o vencedor, o do mestre Antônio, o corrido, como chamaram. Dia da revanche de Abelardo. Não por conta do acidente com a sua baleeira, mas por seu galo inglês Adamastor que nessa mesma rinha, num desses domingos, foi quase arrebentado pelos esporões do galo de nome Pirata de um comerciante de Santo Antônio de Lisboa. Adamastor saiu cego, ensangüentado e manco. Acabou galo refogado na panela da viúva Altina no dia seguinte. Abelardo apostou uma boa soma naquela luta. Recuperava um pouco do dinheiro agora com o seu canário de briga. E, de lambuja, reavia parte da dignidade perdida.

Era talvez a única situação em que o senador se mantinha como qualquer um, e os pescadores de Praia do Nego Forro o tratavam como um deles. Findo o espetáculo, claro, a autoridade do doutor Nazareno voltava com toda a liturgia.

O senador, após parabenizar Abelardo pela vitória, aproveitou para pôr a platéia a par dos acontecimentos do Rio de Janeiro. Seus eleitores mereciam todo o respeito.

— Agora, vocês imaginam! A Eve, polonesa de língua alemã, jurava de pés juntos que detestava a ideologia nazista, como, aliás, detestam-na grande parte dos descendentes de alemães e italianos aqui da região. As crianças a adoravam. Marcelino foi envolvido nessa história sem se dar conta, mas foi graças a um cidadão desta belíssima Praia do Nego Forro que o Brasil escapou das garras da águia nazista. Amanhã mesmo, ou depois, viajo para o Rio de Janeiro de avião, minha esposa permanece mais alguns dias, viaja pelo Hoepke, tem pavor de alturas. Está tudo bem com a minha filha Sibila. Marcelino chegará em breve, de navio. Nos cruzaremos, eu, minha família e ele, no mar e no ar. Mas o que me traz aqui hoje, meus caros conterrâneos, não é a infelicidade que se abateu momentaneamente sobre a minha casa, não, Eve foi um episódio nefasto que está terminado. Pretendo, isso sim, inscrever todos, absolutamente todos os pescadores de Praia do Nego Forro, de Santo Antônio de Lisboa e arredores no Instituto de Aposentados e Pensões dos Marítimos que, apesar de já existir há nove anos, criado pelo nosso excelentíssimo presidente da República, não tem o registro da totalidade dos pescadores daqui. Os benefícios são inúmeros e vocês estão contemplados no item G dos estatutos do referido instituto. Até hoje à noite, por favor, queiram deixar no armazém do seu Ézio nomes, tarefa precisa na indústria da pesca e número da carteira de identidade. O Brasil tem que crescer, ter fábricas, chaminés subindo aos céus, movimento nas ruas, emprego pras pessoas, fim da intolerância e do racismo. Muito em breve vai haver aparelhos como um rádio só que com imagens numa tela, daí todos vocês vão poder ver a realidade como ela é com os próprios olhos, verão as realizações do nosso presidente e visitarão todas as paisagens desse imenso Brasil como se lá estivessem. E, se Deus quiser, no próximo ano vamos explorar essas montanhas de conchas e de ossos que existem aos montões aqui na região. O material extraído desses cemitérios de bichos, de peixes e de índios, que alguns chamam de sambaqui, vai pavimentar boa parte das nossas estradas vicinais e modernizar a nossa linda região. E criará uma nova oportunidade de trabalho para os jovens. Bom domingo a todos.

Ouviu-se, em coro, um enternecido "Deus lhe pague".

106

Marcelino viajou num navio cargueiro, o Rio dos Cedros. Dormia numa cama improvisada no depósito de madeira e de placas de aço, junto com dois jovens muito louros, um de origem russa, outro de origem alemã, que voltavam para Angelina, perto de Florianópolis, após terem servido um ano na polícia do exército no Rio. Havia ratazanas que guinchavam entre as tábuas e as placas de aço. À noite pulavam irrequietas, exploravam, farejavam, brigavam. Já vira desse tamanho no cais do porto de Florianópolis e nas ruas do Rio de Janeiro. Nas casas de Praia do Nego Forro havia camundongos, sim, mas inofensivos camundongos que roíam alegremente alguns grãos de milho perdidos nos cantos da casa. E que se apavoravam diante de um gato. No terreiro do Nego Babá, que agora já tinha feito da Aninha filha de Oxum, passeavam vários gatos amarelados grandes e gordos, com longos bigodes pretos e unhas afiadas. Vó Chiquinha levou uma vez o neto para a casa do Nego Babá, o menino se interessou mais pela doçura da pelagem dos bichos do que pela cerimônia de homenagem aos orixás. Segundo a menina Aninha, os miados corriam com todos o camundongos da casa que brincavam sob as espadas-de-são jorge. Até um ratão grande, que uma vez apareceu vindo do mato, foi estraçalhado pela gataria em fúria.

Bastava um daqueles gatos ali no porão do navio para dar conta do recado, pensou o nostálgico passageiro do Rio dos Cedros.

Marcelino completou dezenove anos no trajeto (dezoito na certidão). Na viagem pensou na vó Chiquinha vária vezes. Viu-a sorrindo, brincando, desmanchando-lhe os cabelos, recortando de um velho almanaque colorido um navio de guerra da Marinha Brasileira que o neto, maravilhado, juntou ao santinho com a imagem de Nossa Senhora em preto-e-branco. Adormeceu uma noite imaginando-a ali com ele, dando conselhos e afastando da cabeça do netinho angústias e medos.

Num sonho que teve certa noite, a Divino Espírito Santo se alternava com a pequena Nossa Senhora dos Pretos oferecida pelo amigo Tião. Mas o pesadelo voltou. Contudo, o ser de três cabeças, estranhamente, emudecera. E o arranhar apavorado das garras dos siris se confundia com o ruído dos motores do Rio dos Cedros. Só o rechino de um carro de boi voltava periodicamente aos seus ouvidos. Talvez fosse uma peça de aço da estrutura do barco mal fixada.

A viagem levou seis dias. O navio fez escala em Santos e Paranaguá. Em certo momento, entre Paranaguá e Itajaí, alguém apontou para um grande cargueiro que navegava em sentido inverso.

— É de passageiros, é o Hoepcke indo para o Rio de Janeiro, corrigiu um senhor.

O Rio dos Cedros aportou em Florianópolis numa manhã cinzenta. Chovia fino. Marcelino desembarcou do navio ainda mareado. Enxergou a ponte Hercílio Luz sob a neblina. O debuxado lhe trouxe alívio; tinha voltado mesmo para a ilha de Santa Catarina! Carregava a pequena mala. No guichê perto do portão de saída, um cartaz colado na vitrine mural exibia com letras grandes — abril, sábado de aleluia, boa páscoa, seja bem-vindo a Florianópolis. Marcelino se deteve por algum tempo diante do letreiro. Só mais alguns dias pra fazer dois anos — ou três? — que a vó Chiquinha morreu. "Se tivesse voltado mais cedo naquela tarde acho que dava pra salvar ela da falta de ar medonha e assassina", pensou, melancólico.

— A saída é por ali mesmo, avisou-lhe um funcionário do porto.

O pescador atravessou o portão de ferro. Vestia uma camisa quadriculada, a manga esquerda cosida no punho com alfinetes. O andar flexuoso pelos paralelepípedos molhados das cercanias do porto repetiram o balanço do Rio dos Cedros. Um estabelecimento comercial com o nome "O Madeirense" oferecia tainhas e enchovas escaladas penduradas ao lado da porta. Garrafas de vinho amarradas com finas cordas de embira branca pendiam dentro da vitrine.

Com o dinheiro que lhe dera Éldio, Marcelino hesitou entre o velho ônibus e o carro-de-mola puxado por duas parelhas de mulas. O carro de tração animal fazia o trajeto Mercado Municipal–Santo Antônio de Lisboa em três etapas. Optou pelo carro-de-mola, mais barato. Uma família — pai, mãe e três crianças, uma de colo — lhe fazia companhia. A mulher tinha os cabelos ruivos escorridos e os olhos azuis, o marido lembrava o Tião. Uma das crianças, o menino, herdara os olhos da mãe e os cabelos pixaim do pai. A menina era parecida com Martinha, só bem mais nova. A de colo dormia agarrada à mãe, com o rosto protegido por um pano branco. Ninguém abriu a boca durante toda a viagem. Mas deu para Marcelino ouvir do boleiro que era uma família que morava em Palhoça e que já fizera essa viagem pela terceira vez.

Tudo era familiar a Marcelino, densamente familiar. O cheiro do pêlo encharcado dos muares, da maresia misturada ao couro das rédeas molhadas, do toldo perlando chuva. O ruído dos cascos ferrados no barro da estrada, do estalar do chicote nas ancas dos animais. O recorte das montanhas no continente, à esquerda. A natureza ataviada pelas extremidades da enorme ponte de aço ligando a ilha ao continente. O mar aspersa pela garoa persistente.

Veio a baldeação ao lado da mercearia "Casa dos Açores". Novo carro-de-mola puxado por cavalos tordilhos. Estrada sinuosa, montanhosa e esburacada, vôo e grasnar de gaivotas curiosas, floresta ecoando canto de aracuãs e de sabiás. Outra troca, voltam mulas passarinheiras com antolhos. A estrada atravessava o pequeno cafezal da Beira-Alta & Irmãos, a plantação de cana e o engenho da família Koerich, costeava a Casa Comercial Lello & Irmãos e percorria por mais de um quilômetro o lodo escuro e os caranguejos do mangue da Barracuda.

E, finalmente, Santo Antônio de Lisboa. Não era o Rio de Janeiro, continuava na ilha de Santa Catarina dos seus sonhos.

Marcelino desceu cabisbaixo na pequena freguesia. A família mal se despediu e logo caminhou em direção do alto do morro, onde vivia reclusa à família Naudemberg, dona de um viçoso pomar, principalmente com laranjas, e fabricante de queijo vendido no Mercado Público. Não longe dos Naudemberg ficava também o terreiro da Nega Mãe Olavina de Ogum.

Realizava-se no centro de Santo Antônio uma festividade. Marcelino fixou-se no boi-na-vara. O animal investia contra o boneco, o boneco escapava, a vara vergada retornava à posição vertical, o boi tentava fugir, o boneco descia novamente perto dos chifres, nova investida do boi.

Marcelino continuou, passou na frente da igreja de Nossa Senhora das Necessidades. Tentou fazer o sinal-da-cruz, algo o impedia, o interdito o nauseou.

Todos reconheceram Marcelino. Até o boi brasino do seu Manuel, ajoujado a uma vistosa vaca malhada num carro de boi decorado com fitas coloridas, pareceu identificá-lo. Marcelino não olhou para ninguém, seguiu a pé pela estrada. O boleeiro de uma carroça transportando cana e abóbora puxada por dois cavalos zainos com as costelas à mostra lhe ofereceu carona, ele respondeu negativamente com a cabeça. Na beira da estrada, perto da horta do seu Eusébio, um senhor desconhecido sentado sobre uma esteira de gravatá cozinhava charque e feijão; a panela de barro tremia sobre a trempe de arame. Cumprimentaram-se baixinho.

No meio do caminho Lino sentiu um calafrio. A enseada de Praia do Nego Forro surgiu, de repente, na virada de uma das curvas. O mar estava prateado, esquadrinhado por traços brilhantes e salpicado de rendas. Andorinhas trissavam. Marcelino diminuiu o passo, tonto, uma escuridão escondeu-lhe a paisagem, sentou-se na estrada empoeirada, e ali ficou por um bom tempo. A luz foi pouco a pouco voltando. Com os olhos fitos na mata, contou os garapuvus e pintou-os de amarelo, como se vestiriam na primavera. A sombra râncida da saudade desaparecia. Ele então levantou-se e seguiu caminho.

107

PRAIA DO NEGO FORRO. CICIO DE CIGARRAS. O NETO DA DONA Chiquinha sentiu vergonha. Uma aglomeração a esperá-lo já se formara. Marcelino, os olhos postos no chão, a tristeza espraiada no rosto, passou por todos quieto, também os outros estavam quietos. Um bando de tirivas às voltas com os frutos amarelos da palmeira bateu em revoada num grande alarido. O descor da face do pescador impressionava, os gestos lentos assustavam. "Lino Pescador parece que envelheceu dez anos", comentou baixinho a esposa de um pescador. Os cães Jiló e Alfama apareceram, ganindo.

Martinha não estava. Tião abraçou o amigo pela cintura e o acompanhou até a porta da casa.

— O senador contou tudo pra gente, Lino, parte dos Di Montibello foi embora há quase duas semanas no Hoepcke, o senador foi antes de avião, a dona Emma ficou um pouco mais pra resolver algumas coisas, vocês devem ter se cruzado no mar e no ar. As crianças foram com ela. O Crodoaldo tá preso, o Maneco, coitado, não pôde vir, tá de cama pra mais de dez dias, dizem que é tripa virada das sérias, a comida empedrou na barriga, o Salim das Maletas passou e prometeu trazer um remédio estrangeiro pra pedra no rim que funciona pra essas coisas. Mas ele tá um pouquinho melhor, tá tomando chá de picão e de quebra-pedra. Martinha tá lá no Centro, na Secretaria de Educação e Saúde, vai ser professora na Escola Luiz Delfino. A dona Chandoca é que faleceu, coitadinha. Encontraram ela caída atrás de casa alguns dias depois que você viajou. Foi enterrada no cemitério de Santo Antônio de Lisboa ao lado do marido e da mãe do Edinho. Fica com Deus, descansa, os teus passarinhos estão bem, as gaiolas estão penduradas lá nos fundos no tronco da goiabeira, tudo está em ordem, a Divino, as galinhas, tudo.

Tião falava sem respirar. O grupo que esperara Lino a manhã inteira vinha andando atrás, em fila indiana. Em certa hora Tião interrompeu bruscamente uma de suas frases e disse em voz alta:

— Vamos embora gente, deixa o nosso Marcelino descansar, ele precisa.

O ajuntamento se desfez em silêncio. Lino entrou em casa, beijou o quadro com a vó Chiquinha, a santa de madeira, o Espírito Santo de barro, e desabou na cama. Enfiou o rosto no travesseiro. A desonra, tal verme esfaimado, ulcerava-lhe a consciência. "A alma precisa de silêncio e prece", estava escrito numa das folhas oferecidas pela professora na saída da missa pela morte do Edinho. Cruz e Sousa. Ele lembrou-se. O piar insistente das gaivotas voando perto da casa eram como chamados públicos para a expiação derradeira.

Marcelino cobriu a cabeça com a colcha de crochê. Fugia do opróbrio. Fugia do seu próprio julgamento. Ajeitou com esmero a colcha em volta dos olhos orlados de fundas olheiras. Que ninguém testemunhasse os seus soluços desatados.

108

No dia seguinte, domingo de Páscoa, de manhã, foi aquela gritaria. Lino Voador estava plantado no alto do abacateiro que se erguia na vertente do morro, não muito distante da venda do seu Ézio, esteado em dois grossos galhos bifurcados. Encarava o mar. O neto da benzedeira Graciana tinha visto tudo, escondido atrás do capinzal. Alvorecia quando Marcelino, após ter levado flores ao cemitério, dispôs três gaiolas e três longas e finas cordas de embira ao pé do abacateiro, sobre uma esteira de gravatá. O menino jurou que Lino cantava baixinho, imitava aquela música que o doutor Nazareno gostava de ouvir, o neto da benzedeira também conhecia a melodia, todos, aliás, em Praia do Nego Forro, conheciam a ópera de tanto ouvir tocar na Villa Faial.

Marcelino atou uma das cordas numa lasca de pedra, a outra extremidade na alça de uma gaiola, lançou o seixo por sobre um galho alto, segurou a lasca que, pendendo do ramo, tocava o chão, e foi suspendendo o pássaro devagar. Prendeu depois, com dificuldade — o braço esquerdo servindo apenas como apoio —, a corda no tronco do abacateiro. Repetiu a operação mais duas vezes. As aves iam subindo em direção ao céu, as gaiolas balançando. Logo os três passarinhos estavam lá no alto da árvore e, segundo o menino, estourando de cantar.

Joãozinho viu assustado Marcelino trepar custosamente no abacateiro frondoso e se instalar ao lado dos pássaros. Nessa hora o menino partiu em disparada, espalhando que Lino Voador tinha virado passarinho.

Pessoas foram chegando para certificar-se do acontecimento, foi juntando gente, muitos já vestidos para a procissão do Senhor dos Passos na capela do Menino Deus. Até uma família luterana de origem italiana, recém-instalada na região vinda de Criciúma, constituída pelos pais e por cinco meninas formando uma escadinha, todos de cabelos louros e de olhos azuis, desistiu das compras no seu Ézio e ficou plantada sob o abacateiro. As crianças, de fisionomia louçã, se davam as mãos e pareciam petrificadas.

Chico Tainha pôs-se a gritar:

— Desce daí, Marcelino, desce.

A ansiedade na voz de Chico Tainha traduzia a angústia de todos.

Lino Voador, no entanto, não parecia mais desse mundo. Tinha virado estátua. Torso nu, seus braços ligeiramente levantados e sustentados pela galharia do alto do abacateiro, lembravam asas semi-abertas. O braço sem a mão sobressaía. Graciana insistia que Marcelino não era mais deste mundo:

— Morreu e já está duro.

— Cala essa boca, disse Jaciara, tentando manter a calma.

Subitamente apareceu Tião, que soube da notícia um pouco mais tarde, e que foi logo gritando:

— Desce daí, Marcelino, eu tô aqui pra te ajudar.

Nenhuma reação de Lino Voador. Seu Ézio propôs que todos gritassem ao mesmo tempo. Talvez o pobre pescador de asas estivesse ensurdecido pela vida, pelas ondas do mar, pelo barulho do Rio de Janeiro, pelas pancadas e borrachadas que o senador disse ter o pobrezinho levado injustamente da polícia na capital federal:

— Um, dois, três, desce daí Marcelino.

O coro de nada adiantou. Talvez estivesse morto mesmo, não se mexera uma única vez.

As costas de Marcelino se amparavam num dos lados do espeque bifurcado. Lino parecia, de fato, um pássaro imperfeito pousado prestes a alçar vôo.

— Jesus Nosso Senhor nos abençoe, ele vai voar, reavaliou Graciana, que diagnosticara, havia pouco, a morte do pescador.

Todos fizeram o sinal-da-cruz.

A viúva Altina, de joelhos, a cabeça ligeiramente pendida para o lado, ar santificado, iniciou uma cantoria invocando Nossa Senhora dos Pretos. Vários a imitaram. Nessa hora apareceu Martinha lívida, calada, prendendo a respiração, as mãos segurando o rosto. Dona Edinéia também veio às pressas. A cantoria se transformou em prece contrita para o céu, a professora e Martinha juntaram-se ao ato ecumênico.

109

Tião foi o primeiro a trepar na árvore. Alguns o ajudaram a subir. O vigia de peixes bufava e suava, o chapéu de palha amarelada caiu.

— O velho vai ter um ataque, ouviu-se.

Tião arrimou as costas no tronco central da árvore, contemplou o mar, a mata, a praia, as pessoas embaixo, levantou a cabeça, olhos em Marcelino, e subitamente deu um grito longo, como se libertasse o peito de algum grilhão. As pessoas fizeram um oooooh! Todos já tinham ouvido aquele grito pavoroso nas altas madrugadas. Logo se ouviu um segundo oooooh, pois Marcelino voltou ligeiramente a cabeça para as penhas da outra extremidade da praia.

— Ele está é bem vivo, disse, didática, dona Ednéia.

Tião continuou a subir com dificuldade. Passara a assobiar imitando pássaros, interrompia o canto com bufadas de cansaço, chamou o amigo com voz rouca e grave:

— Marcelino, oh Marcelino, tô aqui. Repetiu mais alto: Marcelino, olha pra cá, Marcelino.

O pescador lá no alto do abacateiro moveu-se.

Já havia umas trinta pessoas em volta da árvore. Todos se afastaram ligeiramente após o movimento de Lino Voador. O padre Arlindo também apareceu, levantou um crucifixo e rezou alto. Aninha de Oxum foi chamada. Tião subiu mais alguns galhos, agora assobiava como uma sabiá.

— O galho vai quebrar, minha Nossa Senhora, o negro vai cair, comentou Jaciara.

Marcelino se mexeu novamente.

O silêncio embaixo era quase total. Só se ouvia o respirar cadenciado de espectadores nervosos e apavorados. Martinha aproveitou o movimento de Marcelino para gritar:

— Marcelino, desce, por favor, eu estou aqui pra te ajudar em tudo, pra sempre, aqui ou onde você quiser, te amo para sempre.

A súplica saiu afogada, rouca, sufocada. Mas serena.

110

TODOS SE VIRARAM PARA A MENINA QUE FALARA COM QUEDA CONVICÇÃO e acendrado afeto, os olhos vermelhos voltados para o alto, como se ninguém mais importasse para ela senão Marcelino. O pescador, do cimo da árvore, procurou Martinha. Os nego-forrenses foram formando um círculo em volta da menina do seu Ézio. Aninha de Oxum chegou e se instalou ao lado do padre Arlindo. Fazia acenos carinhosos para Marcelino com as duas mãos, não conseguia articular uma só palavra, lágrimas escorriam-lhe pelo rosto. Vieram com ela o casal de Palhoça que acompanhara Marcelino desde o porto até Santo Antônio de Lisboa no carro-de-mola. Marcelino fez menção de descer. Escolheu o bom tronco para escorar os pés e, com a primeira troca de forquilha, aproximou-se do amigo. Tião o abraçou de supetão, como se naquele ímpeto o capturasse e o impedisse de voar, e pôs-se a chorar e a soluçar copiosamente. Acariciava os cabelos espetados do amigo Lino Voador, inundava-o com uma torrente de lágrimas e, a boca esgarçada pelo pranto e a face convelida pela emoção, repetia, tremendo:

— A vida é assim, meu filho, a gente tem contradições, a gente erra, depois melhora, vamos lutar juntos, volta pra nós, Lino, volta, volta, Lino velho, eu te ajudo, prometo, filho, prometo. Olha a tua Martinha lá embaixo, Lino, olha bem para ela, ouve o que ela está te dizendo, olha para ela.

Martinha se mantinha fixa, um sorriso petrificado, só as lágrimas corriam abundantemente, o seu peito tremia, segurava os soluços, repetia a frase — "te amo, Marcelino, te amo para sempre Marcelino, não pula, não me deixa, por favor, não me deixa". Marcelino voltou a olhar para Martinha e esboçou um sorriso.

Dona Ednéia ao ver o sorriso enunciou, sobressaltada:

— A manumissão, meu Jesus, minha Nossa Senhora do Rosário e da Lapa, ela chegou para o Marcelininho, ela chegou, gente.

Marcelino enlaçou meio desequilibrado o tórax de Tião, os dois choravam muito. Assim ficaram, abraçados, por algum tempo. Marcelino olhou novamente para baixo. Sorriu para Martinha. O sol parecia acariciá-la, os raios iriavam-lhe os cabelos anelados. Dona Ednéia gritou com toda a força:

— Manumisso! Você está livre, Marcelino Nanmbrá dos Santos. Livre, Marcelino, livre, manumisso.

Outros se juntaram a ela e repetiram, em coro:

— Manumisso, manumisso, manumisso!

Joãozinho trepou no pé de abacate, pulava os galhos com facilidade, cruzou com Lino e Tião que desciam, desajeitados. A benzedeira Graciana reagiu:

— Desce dessa árvore, menino atentado, desce já, tô mandando.

111

O MENINO NÃO OUVIU. CONTINUOU SUBINDO, APROXIMOU-SE DAS gaiolas e abriu as portas, uma por uma, com cuidado. Os pássaros observaram com estranheza aquele retângulo de céu e de mar. A sabiá logo voou e pousou na fronde do abacateiro. O curió ficou dançando na porta, deu uma voada, voltou para a sua casa, voou mais uma vez e encarapitou-se sobre a gaiola. O cardeal permaneceu algum tempo alternando o olhar entre o menino e a porta aberta, até mergulhar no céu em direção à enseada de Praia do Nego Forro, suspendendo, às súbitas, o vôo e pousando na ramagem de vicejante embaúba.

Marcelino fitou os pássaros por longo tempo, hipnotizado. Despertou de repente, como se nota inesperada fugida do gramofone do senador tentasse interromper os afagos sonoros de uma canção de ninar da vó Chiquinha. Moveu o braço esquerdo, buscou uma posição mais confortável. Olhou para Martinha com ternura. Procurou segredar-lhe palavras carinhosas. Fez o sinal-da-cruz, todos embaixo o imitaram.

Tião, que já apeava da galharia devagar, ainda conseguiu persignar-se, contrito. Doíam-lhe as costas, a sola dos pés, a coluna. Vários homens ajudaram a descavalgada final do vigia de peixes de Praia do Nego Forro.

Em seguida todos abriram a roda, se afastaram, respeitosos. Marcelino, ofegante, olhos nos olhos de Martinha, foi transpondo os últimos galhos falando, parecia pedir perdão, dizendo baixinho, choroso, — "eu também te amo, Martinha, sempre te amei, desculpa meu amor, desculpa, me perdoa, por Deus, me perdoa". Martinha adivinhava, sôfrega, as palavras nos lábios de Lino Voador, as duas mãos fechadas, o rosto inchado.

Marcelino trocava de galhos com cuidado. Agarrava com a mão direita o tronco do abacateiro e tremia ao firmar o pé na casca rugosa da árvore. Martinha, já sem conter os fortes soluços, escorava com mãos firmes, num esforço desnecessário, o lenho que sustentava a sua paixão. Lino Voador ia ser só seu. Só mais alguns passos. "Vem Lino, vem, acabou tudo, agora somos nós dois, vem, para sempre, vem para mim para sempre", ela sussurrou definitiva, persignando-se, o peito e o rosto congestos, sob o olhar enternecido dos moradores de Praia do Nego Forro.

Nota do autor

Por solicitação de jovens colegas da área de cinema, dei início à roteirização do meu romance *Marcelino Nanmbrá, o Manumisso*. Logo percebi, no entanto, que o viés literário foi se impondo e que, ao optar por uma formatação diferente, eu estava na verdade reescrevendo, aos poucos, um novo romance, com o dobro de páginas, com novas cenas, passagens e descrições, e com uma verticalização mais explícita dos personagens. O roteiro propriamente dito ficava adiado; a proposta, porém, provocou uma outra obra de ficção. Ainda assim, apresentei-o pronto aos mesmos colegas, que disseram: está de acordo com o que a gente entende por romance de fins desta primeira década do século 21, é um romance contemporâneo. Mas deixa que agora o roteiro a gente faz. "Marcelino" nasceu assim.

Preencha uma ficha de cadastro no
www.imagoeditora.com.br
e acompanhe os próximos lançamentos

Composto e impresso nas oficinas gráficas da
IMAGO EDITORA